大家书系
DAJIASHUXI 名家随笔经典

阎 纲/著

AIDAOSHENCHUSHIBUREN

爱到深处是不忍

主 编 阎纯德
副主编 谢冰玉

長春出版社
全国百佳图书出版单位

图书在版编目(CIP)数据

爱到深处是不忍/阎纲著. —长春:长春出版社,2012.1
(大家书系·名家随笔经典)
ISBN 978-7-5445-1988-5

Ⅰ.①爱… Ⅱ.①阎… Ⅲ.①散文集-中国-当代②随笔-作品集-中国-当代 Ⅳ.①I267

中国版本图书馆 CIP 数据核字(2011)第 231831 号

爱到深处是不忍

主　　编:阎纯德
副 主 编:谢冰玉
著　　者:阎　纲
责任编辑:谢冰玉
封面设计:大　禹

出版发行:長春出版社
发行部电话:0431-88561180
总编室电话:0431-88563443
邮购零售电话:0431-88561177
地　　址:吉林省长春市建设街 1377 号
邮　　编:130061
网　　址:www.cccbs.net
制　　版:馨元工作室
印　　刷:长春方圆印业有限公司
经　　销:新华书店

开　　本:787 毫米×1092 毫米　1/16
字　　数:250 千字
印　　张:15
版　　次:2012 年 1 月第 1 版
印　　次:2012 年 1 月第 1 次印刷
定　　价:30.00 元

文学魅力与散文精神

——“大家书系”之随想

一

当今“时尚”的潮水似乎已经漫过了世俗堤岸。在这个“什么都不缺”而缺少文化的时代,有一种狂野之气大有拟将“高雅”挤扁、压烂之势,但是文学并非无所作为,饥渴、茫然、寂寞、郁闷的精神和心灵依然需要文学来疗伤,“缺氧”的空间,依然应该有文学强劲的呼吸。“文学”作为精神食粮,有资格以其高尚的道德、理想、正义精神来温暖人心。这正是编者与出版者推出“大家书系”唯一的出发点和希望。

二

书写文学的发生,始自文字产生之后,文字使文学有了赋形的外壳。所以,人类语言与文字及人类对于生活观察与思考,是文学产生的基本条件。

中国散文蛛丝马迹地寻根溯源,其血脉可以追溯至甲骨卜辞、易卦爻辞、铜器铭文,它们是中国最早的“散文”,尤其是《周易》已具有散文的文学雏形。时至春秋战国,“百家竞作,九流并起”,著书立说,各具风采。《论语》风格简练,“含义深远,雍容和顺”,寓意深厚;《老子》无为而治,朴素辩证;《墨子》语言质朴,逻辑性强;《孟子》大气磅礴,锋芒显露;《庄子》奇幻斑斓,想象浪漫;《韩非子》论述严谨,雄辩锐利。它们是中国浩瀚散文长河之先河。

关于散文概念,一般都认为它是“西学东渐”的产物,或者以为是译自西方。事实上,中国“散文概念首创于佛门”①,最早出于佛徒口中,从韵文到无韵之文

①马茂军:《宋代散文史论》第4页,2008年,中华书局。

"散语",再到散漫随意之文"散文",话语体系逐渐形成。北宋沈括以降,文人的散文文体意识越发明确,可见中国散文的历史,上承"孔孟之温文肃穆,庄列之飘逸灵动,史传之厚重笃实,唐宋八家的风骨兴寄,晚明小品的洒脱情趣"①,经历代文人的刻意营造,使古代散文精神深入文心,形成了抒情、议论两大形态的优秀传统,并不断得到发展。及至20世纪"五四"新文学运动,中国散文进一步革新洗礼,推陈出新,个性解放,经历了一次"从古代到现代"的转折,使之从贵族化走向平民化,形式得以拓展,思想得到提升,风格更加多元,使历久而不衰的文体和人文精神传统得以弘扬,使之成为20世纪以来中国文坛的重要文体形式。鲁迅在《小品文的危机》中说明末小品"并非全是吟风弄月,其中有不平,有讽刺,有攻击,有破坏……到五四运动的时候,才又来了一个展开,散文小品的成功,几乎在小说戏曲和诗歌之上"。朱自清也说,"五四"时期,"散文的确是绚烂极了,有种种的样式、种种的流派,表现着批评着解释着人生的各方面,迁流曼衍,日新月异"。从清末算起,在那个"挣扎和战斗"的时代,多数作家终于发现了自己,经过章太炎、梁启超、鲁迅、陈独秀、胡适、周作人、茅盾、郁达夫、林语堂、梁实秋、朱自清等一代人的耕耘,使散文在承袭传统、吸纳欧美之下,生长了新的精神。

写景、抒情、议论是散文的基本艺术形态。它的自由就在于能言己之所言,抒己之所想,既可以写"风花雪月"和"悲欢离合"、苦涩的"闲话"和清幽的"心态",也可以通过各色人等和社会世相提出批评与呐喊。

散文写作无定法,有的偏于叙事,有的富于抒情,有的长于议论,因此便有了叙事散文、抒情散文和议论散文。

散文与随笔是一对无法分开的连体婴,如果叙事或抒情多了,人们会说这是散文,如果议论多了,就说它是随笔,人们又常常连说为"散文随笔"。

以文学形态而论,小品与杂文亦属散文。小品与杂文亦是自古有之,宋玉的《答楚王问》、枚乘的《七发》、扬雄的《连珠》、韩愈的《杂说》,都是大家公认的这类文体。这种文学形式,到了近代,多以议论为主,形式短小,言简意赅,内容广泛,风格犀利、尖锐、深刻,冷嘲热讽,幽默风趣,鲁迅视之"是感应的神经,是攻守的手足",是"匕首,是投枪,能和读者一同杀出一条自下而上的血路来的东西"。由于鲁迅等先驱的耕耘和开拓,小品或杂文,逐渐成为一个独立的文体形式,延续至今。随着社会和文学的发展,从散文中又分离出通讯特写、报告文学、传记文学、游记文学等独立的文体形式。

---

①刘登翰、庄明萱、黄重添、林承璜主编:《台湾文学史·上卷》第429页,1995年,福州·海峡文艺出版社。

三

20世纪“新时期”之后，散文研究有了新的拓展，理论层面得到了升华，林非、佘树森、刘锡庆、楼肇明就是其中的佼佼者。

林非著有《中国现代散文史稿》、《散文论》、《散文的使命》、《林非论散文》等，“史稿”被誉为散文史研究的“拓荒之作”、“散文转型初期的代表作”，他的《散文创作的昨日和明日》被称为“里程碑式的篇章”。林非说，大散文兼容文学家、学者和思想家的多种素质，散文必须脱离和摒弃低俗，关怀民族命运和人类生存境遇，“艺术上超越保守与平庸，实现革新与创造”；但是散文往往被误解，“认为它最容易撰写和驾驭，完全忽视了要达到它的美好境界的异常艰难之处。因为浓郁情感的勃发和深沉情感的升华，都无法大量和永远地涌现出来，更何况还得天衣无缝地融汇于形象和文字里面。”刘锡庆《散文新思维》和他的演讲，为散文“弃类成体”做出了贡献。他强调散文的主角是自己，好散文必须“以我为主”，其个性和心灵是赤裸的，是自我心灵生命和人格魅力的艺术外现。散文的向内性即万物内化，其特长在于表现内心，关注人类的“内宇宙”，一切事物没有心灵的过滤和沉淀，就不可能有散文。散文之优劣要看是否运自由之笔写我自得之见、抒我自然之情、显我自在之趣。散文的基本原则是真实，好散文必须有魂作核、以真情为骨，不拘泥于外在的语言形式。他还提出散文写作的五个层面说，即生活层面、情感层面、性灵层面、心灵层面、生命体验层面，这些真知灼见都为我们认识散文打开了一扇天窗。

四

文学的神髓是思想。20世纪“新时期”以来的散文经历了“伤痕的控诉、理性的反思、文化的寻根”，曾经的热烈回到温和平淡的“恒温”状态，使散文有了常态。

文学要有益于天下与后人，既要承传文明，又要发展文明。“散文创作最重要的是思想境界，这是中国散文的传统。因此，散文的趋向永远应该是大境界和语言美。”散文之道就在于从思想和感情的层面来体现人生的大境界、大情怀和人格。谢冕坚信一个人的境界和胸怀有多大，他的文字就有多远。在他的散文里，我们感受到的既有诗意的狂欢和富春江般的激情，又有悲怆婉丽、忧患重重的文化意韵。

阎纲说，“文学者，情学、情欲学，情根于爱”，“古今至文多血泪，散文尤甚”，“情之所至，缘情成文”。他的体会是：没有独特的发现，没有触动你的灵魂，不要动笔；没有新的或更深的感受，不要动笔；没有传神的感悟和深邃的细节支持不动笔（艺术细节是魔鬼）；求精短去辞费，不减肥不出手。他还说：“心灵对立构成艺术哲学。艺术的魅力源于善恶、美丑的势不两立,透过情感的反差、碰撞,凸显出深度的人格美、人性美。”

散文是写实的,这“实”自然是自己的实;散文是写心的,这“心”自然是自己的心。散文的境界和个性是多元的,或“载道”,或“言志”,或辛辣,或平淡自然,或闲适幽默,都可以写出优秀的作品,这也正是作家笔下相异的“个性”。作家眼里的山水、生活、爱情、友谊、仇恨、遭遇、情绪与欲望,都是自己的心灵告白。

创作实践浇灌出的心得体验是刻骨铭心的。在自己的作品中,张抗抗相信“‘自己’是唯一重要的,‘自己’意味着个人、个体、个性;意味着一个真切感受着世间的痛苦和欢乐的生命活体、一个热情地生活过、冷静地思索过而后留下的私人笔记”。她“按照自己习惯的写作方式,在散文和随笔这些相对自由的文字中,在这些不需要精心虚构人物和情节的篇章中,给自己开一扇透气的窗户……如果说,小说通常是在替别人说话、对别人说话;小说中的‘我’,大隐隐于‘故事’。如果说,小说的叙述者是生活的‘旁白’,那么,散文随笔便类似于‘独白’了。在散文和随笔中,我是显形的,我只对自己说话——我行、我见、我读、我想、我爱、我恨……用坦诚率真的文字——我记下!”她还说,“假如我始终把自己深藏在小说里,我会觉得憋闷、委屈、难受。所以我想方设法要攀上散文的救生圈,浮出水面来歇息。我不是一条遨游于深海的大鱼,而是热爱海洋和陆地的一种两栖动物。我如此强调坦诚而真实的‘自己’,恰恰是为了寻找自己和他人之间的‘异’与‘同’。因为,每一个独立而具有尊严的个体,都是构成我们理想中的公民社会的基石。”

陈启文也说,“我是一个职业虚构者。但在年过不惑、走向天命之际,我越来越觉得还有比写小说更重要的事情要做,近年来投入大量精力写作‘共和国国情系列’长篇报告文学和人文随笔。前者让我从书斋重返大地,走向比虚构更复杂严峻的社会现实,这甚至是一种逼迫。而后者则是我对历史与现实的叩问与反思。在文化的自省中,又可以获得超越现实的感受……如果不立足于坚硬的现实,也不可能真正抵达精神现场。当虚构的文学在现实中变得越来越虚弱,甚至沦为炫奇弄巧的把戏,我一直在渴望,文学能够找到一种直接有力的方式,以担当的勇气获得属于自己的行动能力……我认为人文随笔是真正的非虚构写作,它必须真实面对生存、自由、平等、人的权力和人的尊严等等绝对不能虚构的问题。它不是为写作而写作,没有花架子,也不必在叙事上有过多的营构,都是掏心掏肺的言说,这正是散文随笔的正途与大道……它是可以赋予重大意义的文体。它的自由以及言说的庞杂,它海纳百川的包容性,人性,诗性,智性,理性,神性,个性,它的端庄、严谨和内在的遒劲的张力,特别适合由汉语来承担。”

“一个人的生存态度和精神生活,决定着作家作品的质地”,这是赵玫的文学信念。她非常重视文字,一直认为“文字是文学最基本的部分,于是我始终坚守着对文字的痴迷……语言不仅要负载故事,还要承载思想,所以小说也应该拥有诗一般的语言和意象。于是我一直在努力尝试着,让语言的苛求甚于故事的铺陈”。她喜欢变化,喜欢新的尝试,“任何创造性都来自对以往的背叛,关键是能否颠覆你自己”。她还说,“我一直喜欢‘形式’的追求,因为其中可以体现创新的手段。形式是一种很微妙的载体,既具体又形而上……我喜欢将这个概念融入情感乃至思想的认知。新的方式必然会带来新的哲学。有时候景象就是思想,形式也就自然而然地负载了心意。我希望我的作品中充满形式感,诸如意绪流淌、时空倒置、凝固或运动的文字,画面般的描述,音乐般的交响,乃至句式、标点、字体的变异。总之形式会在任何不经意处生出无限深意,进而改变文本的走向……”

五

作家眼里的文学,常常是相同的,又常常千差万别。他们因为自己的创作实践和文化因缘的差异而从不同角度审视文学。真理不是唯一的,但尘世间的人生和情感是绝对真实的。

宗璞以小说为旗名满天下,其散文也写得朴实、真切、感人。许多年来她身体欠佳,却一直坚持写作,说自己的“工作像蚂蚁衔沙,一粒又一粒。只希望能使写的历史向真实靠近”。写作一如炼丹,“炼丹需要真火,真火是靠生命燃烧的。”“掌握炼丹真火的是人物”,她说的是小说里的人物,其实她就是这样令人感动不已的人物。她真诚地对待写作,希望“在尘灰中磨洗出湮没的历史真实,让诗意的向往飞翔起来”。她还说:“书更多是给后来人看的……当然,这要看书中人自己是否有生命力,在时间的长河中,能漂流多久。”她说的是自己的作品,这之于整个文学、文坛和所有的作家,如何在历史长河中经得起淘洗颇为令人深思。

中国散文传统根深叶茂。乐黛云认为“非常个人”的散文应有“三真之境”,即真情、真思与真美。“时日飞逝,多少文字灰飞烟灭,早已沉没于时间之海,唯有出自内心的真情之作才能永世长存,永远激动人心。真情从来是文学的灵魂。”中国文学传统以情为核心。她援引公元前300年左右的郭店竹简以示中国文学之传统:“凡声,其出于情者信,然后其入拨人之心也厚”,“道始于情,情生于性……凡人情为可悦也,苟以其情,虽过不恶;不以其情,虽难不贵”。

“情动于中而形于言”,这“形于言”才是真情是否能传递于人的关键。而“情景相触”构成意境,又是成功地“形于言”的关键之关键。

梁晓声认为“杂文与人的关系如同严父与诤友,警告我们断不可怎样;而散文与人的关系,则如同慈母与红颜知己。‘慈母’教我们领会真与善的人性要义,

‘红颜知己’影响我们从真与善中发现美”。

刘锡诚是一位民俗文化大家，说“文人虽不务实学，却爱解剖人生”。这很有哲学深意。“真正的文人多自谦，戒浮躁，胸怀平常之心，甘为边缘人。粗茶淡饭，布衣裘褐要传世，自然得有思想与艺术。”

以双语写作为己任的黄晓敏，没想到中文写作的欲望竟然萌生在寂寞的异国他乡。她说“拼音文字要你走进里面去寻找它的节奏，象形文字除了节奏，还有画面和诗意的锦绣：华丽和冷清，理性和调侃，热闹和凄凉，鲜花和芳草扑面而来，多年后，汉文字的魅力，在与母语几近隔绝的天涯，重识了故乡的芳草。在海外用中文写作是跟故乡对话，是某种形式的回家。两种语言的交替使用，好像听完音乐后再来享受绘画。在这远离故乡的天涯，用中文写作就是我的假日”。言为心声，这从灵魂里喷涌出来的语言，令人温暖，令人动情！

作家们这些来自创作实践的灵光，是经思想、感情和时代一起千锤百炼而成的肺腑之言，无论对年轻的作者或对读者无疑都有宝贵的启迪。

六

20世纪70年代末，中国文坛开始拆除栅栏，80年代初的巴金真话，又使散文得到一次反思和自新。有“解放”就有新生，30年来散文的繁荣是一个事实，女性散文、学者散文、文化散文、新生代散文，后浪赶前浪，不断发展。贾平凹自创刊《美文》以来则一直鼓呼现实感、史诗感、真情感的大气魄、大境界、大气清正的时代“大散文”，强调散文的平民意识和创新精神。穆涛说，“生活在你之外，真实也就在你之外；散文作为最直接的一种文学品类，应更有力地介入当下生活，发出自己的声音，并把自己置于无法逃避的境地。”作家的耕耘与思考，都是散文发展繁荣的阳光雨露。

写作很像一朝分娩，有痛苦，也有欢乐。我们记忆里清晰地保留着鲁迅的辛辣、周作人的闲适、老舍的幽默及大家们的思想艺术之光。作家们越来越多地自觉行走在人世间那个最庞大的队伍中。他们的真情言说足以证明散文的尊严与神圣。“大家书系”是作家提交的一份包罗万象的“私密档案”，从不算遥远的过去浏览至今，既有忆往的苦涩，也有当下的欢乐，既有思想的锋芒，也有艺术的鉴赏，文化与历史，国内与国外，现实与幻想，这个多元的精神展示，算是献给2012年的一个礼物。

丛书主编　阎纯德

2011年11月12日于北京半亩春

目录 contents

【总　序】

文学魅力与散文精神

——“大家书系”之随想/阎纯德 / 001

【自　序】/ 001

【第一辑　我吻女儿的前额】

张寒晖教我唱《松花江上》/ 002

奶奶到死不理爷爷 / 005

我爱我家的门礅石 / 008

母亲是被泪水淹没的 / 016

猴年说猫 / 022

体验父亲 / 026

我吻女儿的前额 / 034

野狐盘卧在寂寞的枕边 / 039

三十八朵荷花 / 045

孤魂无主 / 054

顺和哥和他的儿子 / 059

【第二辑　忍看朋辈成新鬼】

我的摇篮　我的恩师

——《文艺报》和侯金镜 / 064

丁玲与多福巷16号 / 075

“小草”为英魂而唱 / 081

纪念柳青 / 085

悼犯人李铜钟 / 088

黄秋耘相信眼泪 / 092

忍看朋辈成新鬼 / 098

临终前的忏悔 / 104

严文井二三事 / 107

为王愚安魂 / 111

只有一个孙犁 / 113

王国维自沉于乱世 / 115

史马迁与《司马迁》/ 121

【第三辑　命系文学】

作家自杀一案 / 126

老来风流聂绀弩 / 130

编书让我伤心 / 132

惊恐,王智量笔下的饥荒! / 134

审计厅长笔下的贪腐 / 136

梅洁《大江北去》,多少英雄泪! / 139

她夺回失去的美丽

——赵泽华《坚守生命》序 / 141

我的邻居吴冠中 / 146
说“三”道“二”
——也算美学命题 / 149
《小说选刊》那些日子 / 153
三个人几乎同时打了个趔趄 / 158
“居然泪尽还一笑”
——关于“世纪印象”的对话 / 161

【第四辑　月是故宫冷】

月是故宫冷 / 170
湖水深深 / 172
冷落了牡丹 / 174
我吃下一只苍蝇
——京城受骗记 / 178
“不要忘记国民党” / 184
鹿的奉献
——舞会之前是酒会 / 186
“最后一座医院”的最后一天 / 189
亲情遭遇癌症，黄传贵哭了 / 192
他不是共产党员
——“怪人”连文成的三个快镜头 / 199
五石头记 / 204
“体胖”与《宽心谣》 / 209
俗人参禅 / 212
人生三悟/ 219
罪犯·主教·警察
一个陌生女孩的来信
总有那么一天
玉树不倒(速写) / 227

牛汉说，散文是“诗的散步”，我的散文含诗量却不高，之所以归入散文，是因为我在场，情动于中，情景再现。

《我吻女儿的前额》(女儿周年祭)、《三十八朵荷花》(为“感动中国的爱情故事”而作)、《母亲是被泪水淹没的》等，流传很广，愿它进入家庭，让天下的父女、母女、男男女女都能接受它，为健康，为骨肉亲情。

《司马迁与〈司马迁〉》《王国维自沉于乱世》见文宗之风骨；《丁玲与多福巷16号》《“小草”为英灵而唱》见文狱之惨烈；《黄秋耘相信眼泪》《我的邻居吴冠中》《只有一个孙犁》见人格之魅力。

《五石头记》蓄满突突勃发之气，《他不是共产党员》因为没有做到“无私奉献”所以“不敢骗党”，《她夺回失去的美丽》扼住命运的喉咙，《“体胖”与〈宽心谣〉》祝您健康。

这里记述的未必称得上“在思维能力、热情和性格方面，在多才多艺和学识渊博方面的巨人”，却是满怀怜悯、不惜牺牲的血写的“人”。“人是会思想的芦苇！”我特别喜欢帕斯卡尔的这句名言。

爱到深处是不忍，忍看朋辈成新鬼。

我，大半辈子的编辑兼选家，同步写作文艺评论。

有记者问：“怎么写好评论？”

诗不可不读，散文不可不写，最好让评论和散文杂交，生出人性化、抒情性的优化评论新品种。

“您怎么写起散文来？《我吻女儿的前额》如此动人，您是怎样写的？”

用热血浇灌苦参。我喜欢杂文，没有正经写过散文。父母亲去世，疼我养我的人去了，我陷入巨大的痛苦和刻骨的反省之中，散文来叩门，写了《我的母亲阎张氏》和《猴年说猫》。女儿与死神坦然周旋，美丽的夭亡，那痛苦而镇定的神态令人灵魂战栗，我想念，梦里寻她千千遍，散文又来叩门，找我。散文延伸了我的爱慕，砌成一座寄托哀思的心碑。

“怎么写好散文？”

首先写父亲、母亲、恋人和爱人，写莫齿难忘的骨肉亲情，写死去活来的爱，“端起饭想起你，眼泪掉在饭碗里。”孙犁的《亡人逸事》，快读，三五分钟，掩卷后能让你心酸大半天。散文写爱，要动真感情，作者掉泪，读者才可能含泪。

一、没有独特的发现，没有触动你的灵魂，不要动笔。二、没有新的或更深的感受，不要动笔。三、细节、细节！没有一两个类似阿Q画圈圈、吴冠中磨毁印章那样典型的艺术细节，不要动笔。四、力求精短，去辞费，不减肥、不出手。那年，冰心散文奖颁奖，会下，林非紧握我的手说：“《我吻女儿的前额》可是血泪至文啊，但是，最后一段多余，我爱人萧凤也有同感。”林非夫妇的批评中肯！我的散文挣脱不了评论腔，这使我非常伤心。唉，当下的散文越拉越长，谋财害命，我也未能免俗。

心灵对立构成艺术哲学。艺术的魅力源于善恶、美丑的势不两立，透过情感的反差、碰撞，凸显出深度的人格美、人性美。

而这一切，必须有传神的感悟和鲜活而深邃的细节支持(艺术细节是魔鬼)，以便将人物推到情境的极限，让美丑的对立、生死的较量、感情的落差、两难的选择甚至渺茫的苦撑，变得韵味悠长、扣人心弦。我服膺雨果二元对立的艺术，也喜欢他的这句话：“在主义之上我选择良知，在冷暖面前我相信皮肤。”

古今至文多血泪，散文尤甚。

我是见贤思齐，对自己的作品很少有满意的。我用情太实，缺乏艺术想象，不灵动，也不枯燥，感情冲动，文字简约，能让人勉强读下去，这使我高兴。

读者教我！

阎　纲

2011年10月于北京古园

第一辑

我吻女儿的前额

张寒晖教我唱《松花江上》

一声“我的家……”双泪落君前。中国人民纪念抗战胜利60周年，没有忘记张寒晖。

九一八事变后，张寒晖和父亲阎志霄同在陕西省民教馆从事抗日演出活动。张寒晖常上我家做客，他不胖不瘦，不高不低，眼睛里透出的目光既斯文又谦和，喜欢逗小孩玩，我和哥哥叫他“张叔叔”，他却纠正说：“我是你们的大朋友！”

抗战爆发前的1936年，张寒晖被省民教馆的刘尚达（新中国成立后任西安市文联主席）二次邀回西安，积极从事救亡宣传。西安有史以来第一个正规的话剧组织“西安实验剧团”成立，父亲和张寒晖都是发起人，张任导演，刘任团长。接着，又组建了其后有着相当影响的大型剧团“西安铁血剧团”，父亲任团长。在竹笆市阿房宫电影院，我们曾经观看过两个剧团合演的独幕剧《不识字的母亲》（张饰母亲）、《一片爱国心》（张饰日本妇女）等，接着，铁血剧团冲破当局武力禁演，假易俗社舞台如期上演多幕话剧《黑地狱》。

入夏，刘尚达、张寒晖同我父亲议定，邀请二位当年就学北平大学艺术学院时的老师、戏剧名家陈治策来西安讲学，指导狂飙初起的新兴话剧活动。父亲他们召开话剧界人士集会欢迎陈治策。陈先生激动地说：西安话剧界同仁是一批对社会有贡献的艺术家，所做出的成绩很为显眼……欢迎会后，几位主要人士同陈治策一起合影留念。

一天中午，父亲和张寒晖出门有事，让哥哥跟我也去。张叔叔一路领着我俩，边走边教我们念诗：“锄禾日当午，汗滴禾下土。谁知盘中餐，粒粒皆辛苦。”一字一句地讲解诗意，极为耐心，表情丰富。这首诗连同张叔叔的音容笑貌，我和哥哥记忆犹新。

“西安事变”那天，人心惶惶。我正在南大街文献巷家门口吃甑糕，记得邻居一名国民党官员大惊失色，藏到顶棚上不敢下来。第二天，张寒晖同几位友好来到我家，一进房门，就把我抱了抱，喜不自禁地问：“娃呀，我给你教歌！会唱《松花江上》吗？就是‘我的家在东北松花江上……’”接下来，压低嗓门吟唱起来。哥哥和着他唱，一气儿将全曲大声唱完。“西安事变”前夕，《松花江上》已经秘密传唱开来，哥哥的音乐课教过《渔光曲》《毕业歌》《大路歌》和《松花江上》，但老师光踏风琴教歌，不介绍歌儿的名字，也不知道词曲作者是谁（为怕暴露地下党的身份，《松花江上》一直佚名）。张叔叔亲昵地拍了拍哥哥的小脑门连声夸奖道：“唱得好！唱得准！”叔叔们走后，父亲说：“刚唱的歌子，就是你张叔叔编的，也就是人人爱唱的《松花江上》！”父亲还特意告诉母亲说，“西安事变”前的一天，在易俗露天剧场的“怡情见志轩”里，他们开会商讨曹禺《雷雨》的排演问题，当场推举张寒晖担任导演。（《雷雨》上演，大街小巷贴满海报。母亲领着我们哥弟俩到竹笆市阿房宫电影院观看首场演出，我很不耐烦，连声抱怨“不热闹！不热闹！”）正要散会时，张寒晖说：诸位留步，最近，我谱了个歌子，想让诸位听听，提个看法。接着，他低声唱了这支新歌，也就是流亡离家的《松花江上》。父亲说，这是他第一次听到这支歌，非常感人，在座的人眼睛都湿了。

父亲还介绍说，《松花江上》是张叔叔 1936 年底 36 岁时，在西安二中教书时写成的。他除了上课改作业外，没黑没明的，心思全用到写歌上。可是他小小的屋里，只有睡的、坐的和爬的，什么乐器都没有。问他的歌为什么一听就想家、一唱就想哭？他说：我是学家乡婆婆娘们哭男人、哭儿女、哭坟呢！人越伤心越想报仇。

“西安事变”之前，《松花江上》就在东北军中飞快地传播，那是千千万万流亡者的哀嘶，凄婉不忍卒声。《松花江上》后来成为当局禁唱的歌曲之一。“双十二”事变，周恩来在会见被捉的蒋介石之余，途经新城的“讲武堂”，亲自指挥民众高扬悲歌，说：“一支《松花江上》，叫伤心人断肠。”

张寒晖给哥俩教唱《松花江上》不几天，便参加了东北军，任东北军抗日学生军政治部宣传科游艺股股长兼“一二·一二剧团”团长。学兵队编入政治宣传队，分赴各队将《松花江上》传遍东北军各军各师，飞向长城内外、大河上下直到苏美的广播电台。

张寒晖 1941 年 8 月到延安，任陕甘宁边区文化协会秘书长、戏剧委员会委员等职。“抢救失足者运动”中被错整，《松花江上》被诬为“散布悲观情绪”“为敌人做宣传”的“汉奸”“坏歌”，1946 年 3 月 11 日张寒晖肺水肿恶化逝世，终年 46

岁，长眠于宝塔山麓。“文化大革命”中，《松花江上》被列为禁歌，斥之为眼泪、呻吟、苦闷和失望，是“30年代资产阶级文艺”。

人民热爱自己的音乐家，凡爱国民众未有不习此歌者。“松花江水去潺潺，一曲哀歌动地天。”共唱此歌，不禁潸然泪下。即便是那天晚上，在纪念抗战胜利60周年的大型晚会上，一当“我的家……”三字出口，一倡百和，肠断心碎；一当“爹娘啊，爹娘啊，什么时候才能欢聚在一堂”响彻人民大会堂时，情绪达到最高潮，中华儿女，怒火中烧，大刀向鬼子们的头上砍去！

2005年10月

奶奶到死不理爷爷

"我……我……"

爷爷私塾的学生王同州说不出话来，哇的一声哭了。他从小死了妈妈，爸爸卧病不起，几次想张口向爸爸要钱，但口张不开来。

"王同州是你们里面最能跳、最能跑的，他没有运动帽，这可咋办呀！"爷爷束手无策。

祖母正在房檐下织布，全听见了。

"同州，别哭。"她从机架上跳下来，领王同州进到屋里。

景翰叔也在爷爷私塾里上学，入夜，他躺在祖母（我的继曾祖母）身边，总是睡不着。老奶奶上年纪了，在灯下做针线活，实在艰难得很。直到大公鸡叫过头遍，才算纳纳缀缀，将运动帽缝好。景翰叔戴着奶奶新缝起的运动帽睡着了。

第二天，王同州也戴着新做的运动帽上学来了，不过，运动帽是纸糊的！

王同州向同学们介绍了事情的经过：

……昨天傍晚，我祖母领着王同州一进到屋里，便到处寻找黑布，只是，翻遍了所有的家底，却连一片成块的也找不出来。啊！祖母从 16 岁开始纺线、织布，她纺过的棉花，和天上的白云一样多，她织出的布，和河里的流水一样长，但当她这时要为一个比她还穷的孩子缝一顶帽子时，才发现穿在自己身上的竟是这样破烂，存在自己身边的竟是这样不成材料！后来，急中生智，猛然想起用纸糊运动帽来了。她糊着糊着，记起景翰叔和孩子们曾经在爷爷的督促下用一个早晨的时光反复朗诵过的几句诗来。这几句诗，她竟然记熟了，这时在灯下悄悄地念道：

昨日入市中，归来泪满襟；
满身罗衣者，不是养蚕人。

鸡叫头遍以后，祖母把运动帽糊成了，王同州试了试，很合适，乍看，认不出是纸糊的。但这时奶奶却猛地跪在炕上，朝着那盏半明半灭的瓦灯，用哭泣似的声音诉说道：

“灯娘娘，你莫怨我！我知道纸糊的衣帽，只是鬼魂才肯穿戴。不过，我实在没有法子，纺了多半辈子线，织了多半辈子布，自己却没有缝一顶帽子的布片片……我不是有意咒同州，灯娘娘，你全知道呵，你莫怨我……”

祖母诉说完了，深深地向“灯娘娘”磕了一个头。

……县上的运动会开始后，爷爷学堂第一个参加比赛的便是王同州，他轻快地跑着、跳着，头上的运动帽，在春天的阳光下闪着光辉，谁也看不出那是纸糊的。

……

祖父、祖母，男教、女织，这样的日子本该是相当有福的，但他们各自的心里早已孕育着难以化解的疙瘩，慢慢地，谁不理谁，到底是为了什么？没人知道。

祖母一天到晚脸上阴沉沉的。一不高兴，收拾起印花小包袱，夹在腋下，低着头，到了姑姑家。姑姑家成了祖母的避难所。她到哪里去，什么时候回来，从不告人，别人也不敢问她，神神秘秘，像个飘忽不定的孤魂。祖母指桑骂槐，神经渐渐不那么正常了。

姑姑生下表妹以后，祖母打算久居女儿家，三代女性安享天伦之乐，眼不见、心不烦，再也不想跟爷爷我们一块过了。

祖母一病不起，方才回到“爷爷（我们）的家”。祖母病危，按乡俗的东西向，躺卧在正房正屋朝南的窗前，一身青布，满头青丝，瘦骨嶙峋，更显得矮小。祖母才五十出头呀！快咽气的时候，祖母对父亲说：“人不能没有钱，人不能借人钱。”然后拉住母亲的手颤颤悠悠地说：“你好，娃也乖。你是个好媳妇！”母亲后来告诉我说，她端屎倒尿舍身忘我地扶伺祖母，所以祖母断气时拉着她的手不放，对平时虐待媳妇感到内疚。

祖母的心里深埋着一个大大的谜团：弥留的时刻也不看祖父一眼，难道一辈子的夫妻就这样冷冷冰冰、凄凄清清不辞而别？

祖母性情之所以如此乖戾，用现代的眼光分析，可能患有更年期综合征，又不像，更大的可能是精神上受到强烈刺激，肚里的疙瘩化解不开，狂躁起来难以自控，非宣泄净尽不能平息心态，从而酿成祖母平生天大的不幸。

难道是因为祖父常常把自己挣的铜子如数交给他的继母，或者曾祖父去世后的遗产分割不公？还会因为什么？祖母生闷气，爷爷我行我素。

祖母去世不久，姑姑病了，病在肠胃。姑姑爱吃大头菜，母亲用肉丝炒大头菜叫我送去。姑姑斜卧着，痛苦的样子，见我，眼睛湿润却不说话，只打了个招呼、摇摇头，表示对大头菜已经失去兴趣。我退了出来，心情沉重。

家里人爱姑姑，都说姑姑生性聪颖，举止端庄，长得像父亲，也像我。姑姑真的很好看，刚才我看见她，她没有说上几句话，但是一双生动的眼睛水灵灵的，充满着温馨。

姑姑小名玉娥，聪明伶俐，清丽文静，人见人爱。姑姑留长辫，只要她把辫子往后一甩，那动作在我看来说多美有多美。一天夜里，在"耕读传家"的老屋前院，姑姑为姐妹们表演和唱歌，声情并茂，大家觉得很新鲜。时，月明似昼，夜凉如水，这一夜给家人的印象太深太深。姑姑爱大哥爱得不行，成天背着大哥梧生玩，后来嫁到孙家，院子幽静，是大哥常去玩耍的去处。

姑姑生病期间，睡在房门外的台沿上。门外唱大戏，大哥看戏口渴了，跑到姑姑家把不洁的"污毒水"灌了一肚子，姑姑不忍，挣扎着身子要阻止，却一下子晕了过去。

母亲曾经说过，她非常喜欢姑姑。母亲到西安住家时，给姑姑做了很多嫁妆。姑姑坐月子，母亲常去看望，送些做好的饭菜，再把衣物涮洗一番，一洗就是一青柴垛。乡人称道，夸奖说："多好的一个嫂子啊！"姑姑面对婆媳两头，她的同情往往在受虐待的母亲一边。母亲后来常对我说："我跟你婆、你姑三个人演了一折《小姑贤》。"

祖母去世后的第二年，约 1941 年，姑姑终于丢下表妹走了。可怜的姑姑，只活到二十出头，美丽的姑姑，下世太早了！表妹孤苦伶仃，母亲抱回我家抚养，和我们情同一母。

六十多年后的今天，当我脑海里重现刚才去家里看望姑姑那一幕时，那清秀的长相、文静的神态，同我病中秀外慧中的女儿咪咪（阎荷）何其相似？再联想到我早逝的、才女般的鸣蝉姑姑（翰叔姐姐）来，心里颇不平静。两个年轻的姑姑，她们那时得的急性菌痢和淋巴结核，同现在女儿咪咪患晚期卵巢癌一样凶多吉少。聪明伶俐的阎门三女性啊，多么不幸！

人说姑姑找她的母亲去了。

姑姑和祖母合葬。

祖父去世后，家人把一辈子不过话的老夫老妻也一起合葬，生不同庚死同穴，让他们在冥冥中把生前没说的话说个够。写到这里，我不禁为我可怜不幸的祖母流下滚滚热泪。

祖母会品箫，如泣如诉。难怪父亲吹箫吹得让人伤心。

2005 年

我爱我家的门礅石

1938年,为了躲避鬼子的炸弹,举家疏散,一辆洋车(人力车),过咸阳,60公里,母亲紧抱着我,像抱着一大筐鸡蛋,从西安搬回醴泉县城,首先映入眼帘的,是躺在大门口不规则形的门礅石,其实是一块丑石。

这时,祖父已经从祖宗的老宅分出,迁入新居。新居坐落在阎家什字的斜坡上,坐南向北,唐太宗的昭陵遥遥在望。

从西安回到醴泉新家以后,发现厅房的西墙上还挂着爷爷教私塾体罚学生用的“大板子”(戒尺),格子门的角落整齐地躺着一对“哑铃”,也许是爷爷教余健身用过的。打手打屁股的板子挂在那里,非常显眼,像是展厅里的主展品。爷爷之所以把板子看得那么重要,是因为这不是一般的物件,而是爷爷的权柄,是爷爷足可称道的光荣历史。这块长可及腰的板子,尽管褪了色,木料却是上等的,三年困难时期,正好点火做饭当柴烧。可惜归可惜,要我在当时,也会一咬牙、一闭眼,把它塞进炉膛。

我又发现爷爷脑袋后面的“短刷刷”不见了。爷爷是前清的顺民,又是本县里民局局长的二少爷,自然是以满族人的长辫子为荣。曾祖父去世后,爆发辛亥革命,陕西乱了一阵之后,又面临一场“留头不留发”的生死抉择。那时的革命,革来革去,总拿头发开刀。头发,乃父母所授,首先需要荡涤的是前朝异族强加在头上的羞辱,恢复先人传统的发式。爷爷挡不住时代潮流,实行改良主义:辫子剪掉,但不从根儿上剪,而是齐脖一剪子,后脑勺剩下一撮齐刷刷的短发,把它扎上,就像拨浪鼓似的一摇一动的“猪尾巴”。这是爷爷一生中唯一的一次尽管不大彻底的革命,也就是鲁迅所写过的“头发的故事”。爷爷告诉我说,他们当时把辛亥革命叫“反正”,“拨乱世,反之正”。反者,还也;“反正”就是还政于正道,

“正”也就是“政”。所以,40 年后,粉碎“四人帮”,中国“拨乱反正”,批判“两个凡是”,我马上想起爷爷“头发的故事”。

大房的正厅,一排浅灰色高大的格子门窗,说不上雕梁画栋,却也十分考究。前庭屋檐下,青石铺成台阶,阶下两侧,各有一棵年年疯长的梧桐树,爷爷说:“家有梧桐招凤凰。”大哥后来说:“可别招来‘假凤虚凰’(40 年代电影名)!”孩子们常在梧桐树下玩耍,捡东西吃,油香油香的。爷爷以下我们四代人,都在这高高的梧桐树下渐渐地长大。困难时期两棵梧桐树粉身碎骨,只留下记忆的清荫。

大房东头一间住着父母,西头一间只住着祖母一个人,因为老两口不和,奶奶爷爷谁都不理谁。奶奶一不高兴,谁也不告一声,挎上包袱便去姑姑家了。父亲早出晚归,祖母常不在家,大房虽清静而凄清。祖母去世后的第二年姑姑去世,表妹、妹妹、侄女一群女子娃住进西头一间,闹声不绝于耳。大房前两边空地上,是两棵直挺挺高耸的梧桐树。西厢房后来住着大哥两口子,东厢房招客,我和爷爷住在西厢房与二门间的耳房,爷孙俩合盖一床被窝,童言无忌,爷爷幽默,欢声笑语。我常说:“我和爷爷是好朋友。”

大房以北是后院,后院上面是坡地,栽些杂花小树,种些葱蒜瓜豆。坡下一块空地晒太阳、晾被褥。这里长年置放着一张炕桌,孩子们在上面做功课、练大字,爷爷查皇历、算生辰八字。当我能够为爷爷代笔写“婚单”时,爷爷格外高兴,说:“孺子可教。”

爷爷不信佛,但是乐善好施,常常给人写对联、下贴、打婚单。

按醴泉习俗,平原男女十来岁、山区不过七八岁,即由“父母之命,媒妁之言”相亲、定亲,经过“打婚单”报生辰、看属相,议定财礼,写成“合婚书”,通过“下帖”等形式确定婚姻关系。但结婚前须请媒人吃“会亲酒”“担和酒”和“送箱子”。女方请人给女儿“开脸”,上坟祭祖,吃“离娘饭”。婚事成功了,爷爷被人当贵宾请去吃“筵席”。爷爷叫我一起去,什么“鱿鱼海参席”“七筒八柱席”,席上的“甜盘子”煞是好吃!我最看不惯客人“坐席”时抢着给自己馍里夹肉(俗称“肉夹夹”),然后掏出块脏兮兮的手帕小心翼翼地包上,捅进此时弹嫌太窄的袖筒里预备带回家让孩子们去争抢、去解馋。这一天当然是我的盛大节日。

写“婚单”,打头的话总是老格式,什么“天地氤氲,万物化醇,男女构精,万物化生”云云。农村人不识字,写好写坏没人问,只要是红纸黑字写出来的,管它笔力老嫩、功夫深浅!所以,爷爷敢于放手叫我代书,我也就高兴地答应了,一笔一画,十分认真,看上去不成样子,爷爷却表示满意,违心地说“稀样!”这之于我,是莫大的鼓励。自此之后,不用人催,我认真练起字来。正好,家里留下宋伯鲁

（“关中名宿”，戊戌变法中颇有胆识的帝党人物，同我曾祖父结有金兰之谊）不少赠贺的字画，还挂了副对联：“铁肩担道义，妙手著文章。”还有一副对联：“颜鲁公书力透纸，吴道之画意在笔。”我便开始临摹碑帖《颜鲁公多宝塔碑》和《柳公权玄秘塔碑》。乡人说：“先学赵，后学柳，然后才学宋伯鲁。”后来发现《欧阳询九成宫醴泉铭》，看见“醴泉”二字好不亲切！便又学起欧来了。岂知，彼“醴泉”非此“醴泉”也！后来到西安上初中，对标准草圣、辛亥革命的元老、三原县的于右任爱得不得了，一写就是一墙。

西厢房门前的院井中，有一株盛开的玫瑰花。母亲穿得干干净净，白袄大襟衫，黑布裤子，直贡呢鞋，满面春风，站在阶前观赏满院飘香的玫瑰花。在我们兄妹的眼里，母亲永远那么慈祥，那么善良，她在玫瑰花前的影像那么美、那么雅气，永远定格在儿女们的记忆里。

五月的庭院里，总能看见母亲的身影，她细心地采摘含苞待放的玫瑰，不由人想起戏台上天女散花。母亲将花瓣儿收入大口颈的瓶子，然后，一层花瓣铺一层红糖进行腌制。一个月后打开瓶盖，香气四溢。腌制好的玫瑰，用来包玫瑰香包子，熬煮玫瑰香稀饭，存放一年不会坏。

小时候，孩子们头上长虮子，尤其是女孩子，恨不得擦个洋火把头发烧光算了。大哥先拿小妹做试验，把她剃成个光头。那年正是玫瑰花开时节，族中婶婶采了一朵扎在小妹的头上，小妹跳着、蹦着给人看，旋即又凄楚地说：“我前脑门儿、后马勺的，秃子头上戴花，要多难看有多难看！”

二门以外是前院，靠门墙不远有棵枣树，长到三米左右，横向发展，枝叶茂盛，形成一个圆弧状，“娃娃头”的我，每每穿过树下，总要蹦跳几下够够高，显耀自己的个头。我是我们家个子最高的人，怕也是阎氏家族个头最高的人。在中国作协五七干校时，女同志挂蚊帐总是求我，说：“阎纲，借你个个儿吧！”我一生以个儿高为荣，所谓“站得高，看得远”。其实不然，“文革”时坐喷气式，上下午两个单元，个儿越高腰越疼。现在我弄明白了，长寿者，矮子居多。

前院花园里种着花草树木，枣树以外，另有石榴树、香椿树，还有玉簪花、单片花和喇叭花，后来引进“番茄”，也叫洋柿子，即今之西红柿。大哥是头一个敢吃“番茄”的勇者，我们兄妹各尝了一口，都怀疑它有毒。香椿也是鲜菜，特别是带露的香椿，或细雨中的嫩椿芽，滚水中一焯，打个鸡蛋一炒，香气直喷鼻翼。可惜了的，当大家知道香椿是上好的东西时，困难时期开始，香椿树当做灶下的燃料锯成一截一截木头。秋天，果子熟了，特别遇到深秋的一场淋雨，有意留着不摘的大红枣儿，熟得深透、裂开细长的缝隙，脆的要碎，孩子终于等着了，便选取一个“崇公道”(《女起解》人物)上树打枣。冬天到了,我们将一个个硕大的石榴用棉絮包紧,单等一场大雪。大雪染白了园子里的一切,树木在雪压下冠盖低垂,只有到了这时,石榴终于裂开笑脸,露出一行行红里透黑的牙齿,晶莹闪亮,笑傲寒风。兄妹们坐在热炕上吃石榴,别是一番风味。我吃石榴,连籽儿一齐咽下肚,我囫囵吞咽的习惯,就是这时养成的。春天到了,群莺乱飞,采花捕蝶,一群孩子跟着我这个娃娃头瞎闹腾。我悄悄把一只蜜蜂当做玩物递到表妹的手里,让她当成果子握住不放时,刹那间,手背肿成个胖油糕,遂大哭不止。后来长大,我自觉羞赧,为这桩恶作剧痛悔不已。我比表妹大,为什么要欺侮一个没妈的娃呢?

往往在我们玩得最痛快的时候,爷爷的扫地笤帚已经伸到你的脚下,猛地突袭你的大腿根儿:“蹄子,避开!”

爷爷生性耿直而好洁成癖,整天扫个不停,炕上收拾得干干净净,尿盆擦得锃光瓦亮。我想,人家南方木头做的大马桶涮干净了可以放在房间里,爷爷一个小小的瓷盆能比马桶“脏”多少呢?

爷爷爱吃夜食。天色向晚,爷爷照例出前院把头门关上,然后把二门关上,然后从后屋巡视到前屋,一句一句地叮嘱那八个字:“小心灯火! 谨慎门户!”然后叫我脱衣上炕,聊不多会儿,就和我趴在炕板上吃凉面,要么喊“嫂子——嫂子——”要吃的。好在有人经常不断地提着礼当上门,托父亲给县衙门求情。私塾不办了,师生的情谊没有断,逢年过节,总有学生提上吃货孝敬先生。这些吃货,都成了爷爷和我炕边上丰美的夜宵。

我跟爷爷吃尽了家常便饭和风味小吃,爷爷和大嫂培养了我的口味,这口味具有巨大的排他性,六十多年不变,舍此而求诸他,即便是大鱼大肉也不解馋。我最馋的饭食吃货计有:浇汤烙面,羊肉泡馍,水盆羊肉,“一窝鳖”的羊肉包子,棋花面,拨刀面,扁豆面,棍棍面,出汤面,热窝子,麻食,镯面,彪彪面,荞面饸饹,驴蹄子,蘸水片片,菜疙瘩,南瓜盖被儿,腊八面,搅团,搅团鱼鱼,煎搅团,脂油包子,手工挂面,荠儿菜,煎饼,糊涂,茄夹,灰条,浆水菜,浆水面,枣山馍,锅盔馍,石头馍,云云馍,眼镜馍,糜面馍,甑糕,年糕,绿豆糕,地软包子,调和拌汤,烧鸡,腊汗肉,炒荞粉,烙面豆,胡辣汤,辣子蒜羊血,粉汤羊血,鸡蛋醪糟,绿菜面,合面,麻糖(麻花),杏仁油茶……家乡味美呀!

爷爷对我的教育,基本上是开蒙读物的一套,教材就是他教私塾时被他背熟了的《三字经》《千字文》《百家姓》《颜氏家训》《幼学琼林》等。爷爷说:“初入社会8岁以下者,先读《三字经》以习见闻,读《百家姓》以便日用,读《千字文》以明义理。”等等。无非什么“人之初，姓本善”“昔孟母，择邻处，子不学，断机杼”“头悬梁，锥刺股”“勤有功，戏无益”“苟不学，曷为人”“幼而学，壮而行，上致君，下泽民，扬名声，显父母，光于前，裕于后”“幼不学，老何为。玉不琢，不成器；人不学，不知义”“三纲者，君臣义，父子亲，夫妇顺”“父母在，不远游，游必有方”。无非君君臣臣父父子子，孝悌忠信，礼义廉耻，重伦理，重亲情，重然诺，亲密和谐，恬静和美，与世无争。

爷爷把教与爱结合起来，对我进行儒家的家庭教育，灌输孔孟的治国之道。“国之本在家”，古老的中国向来是“家族本位”，中华文化从家族观念筑起同时被家族观念所笼罩，所有的人间关系都可以家庭化，尽孝必能尽忠，历代王朝以孝治天下，因而有“君父”“臣子”“父母官”“子民”“师父”“学子”等家国一体、政亲合一、政治伦理化之美称。整个社会俨然一个大家族。在家当人子，入仕做人臣，忠孝两全。做私塾教师的爷爷，以为这是他所给予后代的最为珍贵的精神遗产。爷爷是个十足的乐天派，最爱说笑。

抗日战争爆发，父亲公事繁忙无暇眷顾，大哥振维将新文化带回家。

大哥经常给家里引进新鲜的事物让我们开眼、长见识。他带回来一只叫“洋柿子”的东西，红红的，十分好看，但是谁也不敢下嘴。他不知从哪儿弄回一辆破旧的自行车，骑上，招摇过市，后面跟了一大群孩子。他又弄了台旧相机，太时髦了！他还买了把二胡大家学，用二胡拉戏，后来又鼓捣小提琴。

更为重要的是，大哥给我介绍了不少五四新文学作品和抗战歌曲，前后到我手的书籍计有：鲁迅的《呐喊》《彷徨》《野草》《故事新编》《阿Q正传》和《药》，郭沫若的《少年时代》，胡适的《胡适文存》，茅盾的《子夜》，巴金的《家》《春》《秋》，还有一些话剧剧本如曹禺的《雷雨》《日出》《北京人》，田汉的《咖啡店之一夜》《获虎之夜》，洪深、欧阳予倩的剧本和外国的《黑地狱》。当然，好书不好懂，但是，我记住了鲁迅等一大批进步作家的名字，郭沫若的《少年时代》诱发起我强烈的上进心。

醴泉解放后，我参加了解放军宣传队，后来复学上西安一中。西安解放后，大哥进西北人民革命大学，我回县筹办县文化馆，大哥又回县创办县工会。由于我是共青团县店员支部的支部书记，店员属县工会，又因文化馆和县工会都要开展文艺活动，我和他都在教歌和学拉小提琴，我也有一些新作出版须同大哥讨论，所以，我同大哥在工作上、创作上多有接触，何况我俩单位位于城隍庙的前后院。兄弟俩都穿解放服。这时，我19岁，长大了，大哥一反严厉的面孔。1952年，我上大学，鼓动他也上了大学，我俩成为名副其实的“同志、朋友加兄弟”。

长达8年的抗日战争，新文化的冲击和渗透，家乡的解放和解放区文艺的醍醐灌顶，使爷爷觉察到他的教育路线不那么管用了，但是，他肚子里有识字课本和传统美德，还有人情世故和一大堆笑话向我传授，教我“出必告，反必面”，“人勤地不懒”，敬惜字纸，“礼之用，和为贵”，客人不动筷自己不动，夹完菜即刻放下筷子，“坐如钟、行如风、卧如弓”。但是他自己不在意的时候，我可以十分的不恭，睡觉时胡翻乱滚，常常将一双大腿搭在爷爷的肚皮上，爷爷忍着，怕惊醒我，也顾不得什么“卧如弓”了。一次，我双手执箸拿他刚剃的光头当鞭鼓敲，爷爷大怒，声色俱厉，不依不饶，爷爷不情愿自己绝对家长的地位就此屈辱地结束。

爷爷大势去矣！当他发现我看的戏比他多，知道的历史故事比他多时，一面赞叹现在的孩子越来越灵性、理解力特别强，一面惊叹新文化大潮之不可抗拒，他的私塾教育败下阵来。爷爷有自知之明，他绝不固守传统，而是改变方针，老学新用，口中念念有词，说什么：“‘上智不教而成，下愚虽教无益，中庸之人，不教不知也。’这娃聪颖过人，从小看大，‘彼颖悟，人称奇’，不教而成。”从此以后，他再不向我像念经一样絮絮叨叨地子曰、书云、古人说，充其量给我解词、认生字，如什么是“彰明昭著”“风从龙，云从虎，圣人出而万物睹”，什么是“差池”“错位”“翻仰”“翻乱”“先后”（妯娌）“木讷”“弹嫌”“熬煎”“骚情”“调和面”“长的心疼”等。

后来家道衰微，爷爷帮助母亲支撑着一大家子，苦度岁月，心思全在扫地上，要么逗人发笑，十足的乐天派。入夜，爷爷照例出去把头门关上，问问还有谁去前院上茅房，然后把二门关上，接着，从后屋巡视到前屋，“小心灯火——谨慎门户——！”

第二天一大早，照例打开头门扫大街。

大门口是一条自东而北的大车路，所谓“大车”，就是旧时农村与手推车、独轮车并存的骡马牛拉的铁轮（铁皮包轮）大车，它是农村最值钱的运输工具，非常笨重，上坡时最艰难，不是狠抽套车的高脚牲口，就是停下来一个劲儿地给两个车轴膏油。

这条土路，遇上下雨，沟深路滑，我小时看见粮车上坡时，牛屁股不知要挨多少下杠子，全身冒汗，“挣死牛”！这个顽强挣扎的镜头给我的印象深极了。

我从西安回到坡坡上的新居，朝北的大门口下面，正是这条自东向北、在阎家老屋前拐弯，然后顺斜坡而下、驶向西北门外的大车路。这条车路，也正好修在卧牛形的醴泉县城的低着头的牛脖子上，它横跨陕甘两省，只要不舍昼夜，一直可以将车赶到甘肃省，将牲口吆呵进兰州城。

西兰路上过汽车，老婆娃娃跑来看热闹，正好车子坏在坡坡上，一伙人上前去推车，生于前清末年的爷爷幽了一个默：“什么‘牛皮不是吹的，汽车不是推的’？你不推它动弹得了吗？”

我每天步出大门，必须面对这条泥泞的坡道。沿着这条道东行约百米，有一座巧小高耸的“庙庙”，匾额高悬：“文昌阁”。只要我出得家门，对面的远山就是高耸入云的九嵕山，巍巍乎伟哉，那就是覆斗形的“唐王陵”（昭陵）。只要我上街或是上学，“庙庙”就是必经之地。这座小庙留下我为还赌债、偷卖父亲香烟的不良记录，美美挨了母亲一顿笤帚疙瘩，母亲一生就打过孩子这一回，我记打，我不忘《三娘教子》里的唱词：“这边湿了那边换，左边湿了换右边，左右两边都湿遍，娘把儿抱在怀里边。”“文革”挨打，刘绍棠说那是“娘打儿”，我反对，我只有一个娘！

遗憾的是，这条土路沧桑百年，直到90年代城区向南面扩展，才于城建中最后被柏油所覆盖。“庙庙”同时期坍塌，一堆废墟至今瘫卧在那里，2000年回乡，我特意靠近它照了张相。这条土路和古旧的小庙都是历史的缩影，从中可见阎姓一条街的经济何等滞后。

我常常坐在大门外的石礅上看送粮的车马怎样使劲儿地拉车上坡，看着看着心疼起被鞭打的牲口来了。我常常冒雨在大门口看雨水怎样从门前斜坡上顺着车路渠缓缓流下，幻想那是一条小河，河中有鱼儿，鱼儿有家族。我也常常站立在门口冲着坡下拐弯处一群晒太阳的街民们大声呼叫：“爷——吃饭！”然后等爷爷弹掉烟锅里的余烬，“唉”的一声站起身来，健步向我走来。

爷爷晚年，经常端着烟盘到对门坡坡下拐弯处的墙角下晒太阳、聊大天，却不和别人一样端上老碗边吃边聊。叫他吃饭，照例大叫一声“爷——吃饭！”远远看见老人家慢悠悠地站起身来，拍打屁股上的灰土，半天，才直起腰来。

爷爷老了，我长大了。我已经在县里文化馆、县文联做事，每月给家里送薪水：从粮库领回的6斗小麦。一个老了，一个大了，共同语言少了，便渐渐地疏远“老朋友”。

爷爷仍然在坡坡底下的墙角下晒太阳，或者坐在大门口那块不成形的石门礅上看牛拉车上坡，暗暗给牛使劲儿。我每每吃完午饭上班出大门的时候，爷爷总是挡住我的去路，要求跟我说话，我不耐烦，有时态度生硬，爷爷立刻改变腔调说：“忙你的去！忙你的去吧！”我不觉得难为情，反倒有一种挣脱感。爷爷去世后，我好难过啊！我又听见爷爷说：“忙你的去！忙你的去吧！”那无奈的眼神，一直望着我，叫我的灵魂永不安宁。

正是这条路，我踩着它到县城中心的城隍庙上小学，到南关文庙念昭陵中学，到城隍庙改建的县文化馆、县文联上班，到西安上高中，到解放军宣传队搞宣传，到兰州上大学，到北京中国作家协会和国家文化部编刊物、办报纸。在这条大车路上，我渡过了醴泉13年，家乡这13年，塑造了一个算得上"书香门第"出身的"陕西愣娃"。不管风云突变"军阀重开战"，不管怎样被"政治"运动得散了架，也不管改革开放某些"先富起来"的"分田分地真忙"，家教的阴魂不散，"愣娃"的脾气不改，福耶、祸耶？性耶、命耶？

爷爷1952年去世，终年70。大门口那块门礅石还在，68年了，阅尽大门里里外外的风风雨雨。

2004年11月27日

母亲是被泪水淹没的

1962年，历史进入“困难时期”，母亲放心不下一家大小，决意叫我转户口，从北京回到醴泉老家。母亲到家的头一件大事，就是天天给女孩子们洗头，给头上贴药，因为她们长了一头的疮颗。

母亲面对的是嫂子独自一人率领下的饥饿大军。

1952年，我调干上了兰州大学中文系；1953年，在我的极力动员下，大哥调干进入西北大学历史系。家里生活没了着落。原先我和大哥工作，每月拿上口袋、推上小车，到粮库里装麦领薪水，现在上大学了，两人把调干助学金抠出一半来寄回家用，也不过杯水车薪。经济来源也没了。人常说：“人上十口，吃饭雷吼。”天天得填满这九张嘴啊！家人不怕吃苦，何况母亲是贫农出身勤劳节俭。母亲说：“人和鸡一样，刨食吃，不缺胳膊少腿，人就能活。”大家一齐咬牙，暗暗地等待我和大哥将来的出路。兰州的天气比西安冷，家人还得担心我脚腿受寒。

生活一天难于一天，母亲和大嫂肩上的担子可想而知。可是，她们非常坚强，几乎想尽了一切办法。父亲的衣物卖掉了，一条尚好的毛毯卖掉了，前院不值钱的草房也拆了。为了让小妹和侄女复学，最后连西边的厢房也拆了。孩子们一天天长大，深知生活的艰辛，主动分担了部分体力劳动：抬水、磨面、看娃、洗衣服。我想起在家时担水、磨面加看娃头都要大了！

当生活的重担压得透不过气来的时候，母亲就放声痛哭，口中不住地声唤：“大(陕西称父为‘大’)，你咋不把娃一块叫上去?”我不知道母亲叫的“大”是亡故的祖父还是外祖父。大哭过后，母亲若无其事，又回到机子上织布，坐在纺车前纺线。唯一的指望，就是大哥跟我快快毕业，养家糊口。

1956年我终于毕业，次年生子，接母亲到北京；次年大哥毕业，分配到河北南宫中学。我们月月都给家里寄钱，但是僧多粥少，国穷民更穷。

大哥申请调入醴泉县昭陵博物馆，一两周可以回家一次。

母亲这时回到的所谓“家”，其实是大嫂卵翼下嗷嗷待哺的一群小鸟，要是排队报数“一，二，三，四，五，六，七”，连母亲、大嫂，一共九口。

不论是国还是家，都已经困难到家，一个工分一毛多到三毛，食堂吃上“淀粉馍”。一家人除了大张着的口和空荡荡的手外，一无所有，日子实在过不下去。母亲无奈，让小妹休学。母亲说：“要不咱去你舅舅家想想办法？”大哥急了，极力反对，对母亲说：“妈，你看我的头发都快掉光了！”并以头示众；他有头痛的老病，此刻，头发稀疏的后脑勺禁不住地左右摇动。母亲心疼她的儿子，也丢心不下一群孙子，两下里，哪头都是亲骨肉。她什么也没说，一咬牙，领上小妹和最小的孙女我的女儿还是搬走了，离开西北街的家，回娘家逃难去了。

舅舅家在县城以北皇甫村张家，离县城五华里。

姐姐有恩，谁敢不收？困难时期，大家困难，再难也得和姐姐共渡难关，七手八脚，在二舅的大门口搭个草棚遮风挡雨。房子的顶上烂了一个洞，睡在炕上仰头看，能看见天上的星星。锅头连着炕。没有案板，就给炕上铺一张报纸，放一块木板。东家妗子送一升米，西家舅家送一担柴，真个是上了山打柴，下了河脱鞋，到啥时说啥时的话；端的是茅椽蓬牖，瓦灶绳床，碗里汤水能照人，吃了上顿没下顿。大家省点，给姐姐碗里留点，但是，一下子多了三张嘴，可就难了。要让母亲和偎随在母亲身边相依为命的小女儿和小孙女的肚子都能填满，绝不可能。可怜的母亲纺纱织布，两个女子拣柴拾粪，加上本家舅舅们雪里送炭，时不时地添上一口两口，才算保住一行三条人命。

母亲拼命地纺线、织布。母亲的一个堂弟在隔墙的生产队的饲养室喂牲口，常给人说：“我姐成晚上不睡觉，我给牛都拌过二道草了，还听见纺车嗡嗡嗡、嗡嗡嗡地响。”两个女孩天麻麻亮就起床到地里搂柴，捡棉花壳壳，收拾麦草晒干点炕。那年代吃的烧的都短缺，一年到头，懒人们没啥烧了，母亲的小柴垛除了做饭、点炕以外，竟然没有烧完。为了维持三代女性困顿窘迫的日子，母亲日夜操劳，绞尽了脑汁。母亲托人买了头小猪，两个女子用玉米皮、涮锅水，加上麦草喂养。没有猪圈，就让小猪睡在门道，早上放出去觅食，中午回来喂一顿，下午又放出去找吃的。乡下草多，饿不着。小猪倒也听话，慢慢地长大，年终赶到集上卖了，真还解决燃眉之急。母亲把她和两个女子的户口都转到乡下，队里便给母亲娘孙仨分了口粮，分了自留地，干地里活的劳动力，就是两个蕞（音 zuì，意“小”）

女子。母亲勤快，能下苦气力，会安排，人勤地不懒，从此，生活有了着落。

乡下的生活刚刚安稳下来，母亲一边纺线，一边述说自己的身世，月亮弯弯，冷光普照九州。

听母亲讲她过去的事情。

……

有个姑娘出嫁，祖母和外婆两家同是这个姑娘的亲戚。祖母是代表男方娶女的，外祖母是代表女方送女的。按照旧俗，外祖母当天就得把姑娘交给婆家，叫做“交人”。这两位将来的亲家，同坐在一个筵席上吃饭。祖母说话清楚，办事厉害，外祖母看在眼里，回家后对她的姑娘说：“娃，你使不过啊！”外婆心上吃力了。果然，迎娶以后，祖母虐待媳妇。从此以后，外婆特别记恨外爷，以致忧心成疾，成为她最后病倒的主要起因。

那姑娘就是我的母亲。

母亲说外婆白白净净，一头卷发，人很细腻。外婆有个姐姐在西安，没有女儿，想抱母亲到西安抚养，外婆哪里舍得？母亲自小也是白白净净，也是一头卷发，特别像外婆，非常听话，家里人谁不喜欢？母亲不到14岁，张家死了伙计打官司，官司输了，债台高筑，一个殷实之家从此中落。皇甫村舅家是个大户，有堂妹多人，但外爷当家，舍己为家，把自己的女儿24两银子卖到阎家，这就是祖母常说的“24两银子买了个丫鬟”。母亲14岁时外婆去世。外婆病重时把外爷的胳膊紧紧拉过去，狠狠地咬了一口，后悔女儿的亲事。外婆一断气，母亲也病倒了。出殡那天，母亲不能走路，用车子拉着到坟上送别她的母亲，一回到家，人事不省。后来听母亲说，她当时病得很重，外爷已经给她做好一口瘦小的棺材匣匣，任谁都说这娃活不成了。母亲命大，活了过来，小小的年纪，担当起外婆操持家务的重担，其间的艰难困苦可想而知。

母亲17岁嫁到阎家，又开始了媳妇受婆婆折磨的日子。她想回娘家看看几个没妈的弟弟，祖母只准她三天的假。就在这三天之内，母亲手脚不停，黑明不闲，缝缝补补，洗洗涮涮。她用手指尖数着日子，不敢超假。小舅小时爱翻乱，棉袄从上领扯到下衣边，母亲边哭边数说。舅舅几个没鞋穿，四季光着脚，母亲只有三天时间，做鞋怎么也来不及了，光脚就光脚吧。给小舅剃头，忽然发现什么东西磕碰了一下剃刀，掰开一看，呀，原来是半截钉子！母亲伤心不止，坐在门槛上放声大哭。她哭早去的妈，哭弟弟连个固定的睡觉地方都没有，哭那根生锈的钉子。女儿回娘家本来是娇客，但母亲不是。三天期满，要回县城了，两个弟弟要姐姐把他们带走。母亲坐在车子前面哭，舅舅们在后边哭着追。外婆去世时小舅才 6 岁，还是虚岁，外婆断气后穿上老衣躺在床上，小舅还上去摸外婆的乳头要吃奶呢！聚在周围的亲戚们没有不哭成泪人的。

母亲说她在阎家过第一个春节时，初一早上去“转筵”，给本姓大人们拜年。阎家人多，男子大队先拜，然后是女子大队，母亲随妇女队伍出发，按照庚齿最老的依次磕头下拜。拜到祖母时，奇怪的事情发生了，忽然之间，祖母操起板凳腿朝母亲头上打去，血一下子从头顶流了下来，母亲羞愧难当，抱头扑向了井边。但她一想到娘家还有一个老人和几个兄弟，婆家还有一大家子，便忍了，照样蹑手蹑脚地侍候婆婆，忍气吞声地向前熬着。

以上都是母亲从北京回来，借住娘家、夜里纺线时说的，听起来像故事似的，却是一段泪水浸泡的历史。

妈这辈子太难了！

几年下来，母亲身体累垮了，特别是血压，很高，便又带着两个女子回到县城家里，住西厢房。由于血压太高，母亲不时地害头疼，常说：“耳朵里在磨面。”突然，无来由地哭了起来，不一会儿又笑了，精神受了刺激。这时，孩子们都大了，升学问题、工作问题、婚姻问题一大堆，摆在母亲和嫂子的面前，怎么活啊？母亲伤透了脑筋，常常大哭不止：“个个命苦，从小到大，节节有难，天不睁眼！”

饥饿的年代，为了逃离成分不好的家庭，为了找到一口饭吃，无奈之下，二侄女利亚远嫁新疆。利亚离家远行，家人依依不舍，心都碎了。母亲回到屋里，不停地哭，跟谁都不说话，过度的伤心终于使她开了口，自言自语地泣诉着：“娃出了口外了！咋处呀？我娃出了口外了！”利亚听话，没有是非，母亲特别喜爱。

就这样，三个女子给人了，一个“卖”给口外！

据南妹回忆，1971 年，家里每月仍然收到我从北京寄回的 15 元生活费。父亲回信叹息说：“一潭死水，两个累赘。”可是母亲总是说：“叫娃下个月不要再寄钱了，钱够用。”父亲责备母亲不该丢下一大家子去了北京。他哪里知道是二哥有了阎力，让母亲把户口转到北京。母亲却说：“我去北京看娃，把节省下来的钱捎回家供孩子们上学。”母亲紧紧巴巴，一点一点地省着、攒着，把我上大学时邻里们接济的钱，挨门挨户地还了。这些钱本来是捐赠给我上大学的，因为住在西北街阎家什字的阎姓人，从小喜欢我，以我能上大学为荣，但是，母亲执意要还，在当时那个环境里，谁家家里不和我们一样的难场！母亲仗义！

1975年，母亲的身体已经很差，动作十分缓慢，面容憔悴，耳朵也聋了，白花花的头发上顶了一条湿毛巾，问她，她说：“发烧。头痛得厉害。”

1976年3月，母亲病危，母亲半身不遂，瘫在炕上，见人激动得说不出话来，泪水嗒嗒地往下滴。母亲几乎无时无刻不在剧痛之中。为了减轻痛苦，她使劲地拽绳子、咬被子。她拉着嫂子的手说：“颖如，快给我买毒药……我不恨你！”小妹拉着母亲痛苦地说：“妈，看你还操心这个、操心那个不？”大家都哭成泪人了。母亲天天喊着大哥的名字，盼大哥给她针灸，不管是扎到那里，扎一扎好一点。这时，大哥在昭陵博物馆上班，回一趟家，来回好几十里路。母亲弥留之际，特别想念我。打从小，母亲想着法子打扮我、管教我，教我勤谨、好学，不说谎，不偷懒，母亲百般疼爱我，却不惯我哪怕任何一点点坏毛病。我听话，生活一向简朴，但长年在外，政治运动一个接着一个，母亲尽量不向我开口给我增加负担，但此刻，她再也忍不住了，她想我北京一家大大小小，大呼小叫，叫唤我的小名：“运生！运生！”大哥打电报给我通报病危，我所在的单位《人民文学》编辑部回电说：“阎纲出差未回。”后来才知道，正是此刻，我胃部大出血，也处于病危之中，躺在北京隆福医院里进行抢救，天安门广场上正如火如荼。直到断气，母子终未见面……我命苦的妈！

1976年4月，母亲病故。母亲一生勤俭持家，任劳任怨，慈眉善目，少事无非。母亲生性善良，同情没娘的娃，所以，姑姑早逝后，她坚持把表妹金针接回舅家，从小带在身边，藏在自己卵翼下养护，生怕别人欺侮。所以，大家从小把表妹当亲姐妹看待。金针长大工作后，不管在咸阳，还是醴泉，处处孝敬舅父母，疼爱一群女子娃，买吃买穿，问寒问暖，至今。

此刻，我打开芳妹给我的另一封信，听到小妹在哭泣：“我们娘儿仨逃难乡下的日子里，大哥没来看望过母亲，你也不回家。母亲晚上纺线，心里不好受，就提念你们兄弟俩，她想儿子啊！但她从来不向人提说，只说两个儿子争气，一个上大学，另一个也上大学，‘兰州天冷，他二哥没棉裤穿！’她日夜不安，捎话给大姐，大姐远在终南山下挑灯给你做棉鞋……可怜天下父母心！现在想来我们做儿女的没心啊！就像《红楼梦》里“好了歌”里说的：‘痴心父母古来多，孝顺儿孙谁见了？’二哥，我说这些，你心里不要难过。”

芳妹最后说：“写到这里，我还得补充说明：你兰州大学中文系毕业了，分到北京，我那时年纪虽小，也能看出母亲的脸上露出平时少有的笑容。第二年，大哥西北大学历史系也毕业了，分到河北南宫中学，每月将工资的大部分寄给大嫂。你到北京后，每月工资六七十块钱，还有两个孩子，但坚持每月寄钱贴补家用，经常多达 30 元，家里大小 9 口人啊！我和利亚、力行等几个侄子、侄女都已经上学了，二哥，你的这些钱着实给家里解决了大问题。妈说过你每月粮食定量 30 斤，但每月向国家捐出 2.5 斤，自己只剩下 27 斤半。就这样，你还在嘴边留出点，换成全国粮票寄回家里。我记得有一次，因为劳力少，家里的粮食分不下来，你一次性地寄来 80 块钱，把粮食买下了。母亲到北京看阎力和咪咪，我和利云长住皇甫村舅家以后，你每月仍然寄家 12 块钱。母亲从北京回来，我们娘儿仨逃难到舅家，你每月寄家 15 块钱，一直寄到母亲去世。二哥，虽然你远离家乡，不在老人身边，能几十年如一日地寄钱养家，经济上也实在难为二哥、二嫂了。我还记得，从 1950 年开始，17 岁的你，和大哥同时工作，月月给家里领粮食（月薪 6 斗麦）；你上兰大以后，每月刨除伙食费和零花钱，把调干 19 元助学金里攒下的 10 块钱寄回家用。说句良心话，二哥，你尽了孝了。”

2005 年 12 月

猴年说猫

今年，1992年，猴年，我的本命年。小时候死叼着妈的奶头不放，妈亲昵地拍打着说“多大的娃了，还恋奶”的絮絮叨叨，好像就在昨日，怎么转眼60岁了！

步入老年，多么可怕！

人活多少是个够？但人都愿长生不老，多活一天是一天。几年前回陕西老家，七婆病重，逢人便说：“死就死了，就是丢心不下这个世事。”瞿秋白36岁；李大钊38岁；伟大如列宁，54岁；德邵如鲁迅，56岁；国父孙文，59岁。舜曷人耶，余曷人耶，却苟活于今？

活着就得尽忠尽孝。

家父在堂，86岁，在下不敢言老。给父亲写信时，我极尽小儿态，强颜欢笑，做天真状。年近九旬，耄耋之年，孑然一身，自炊独处，我心不安。感谢公家，终于住进宽敞的居室，遂敬请老父北上颐养天年。父亲怎么也不肯，故土难移。我接二连三驰书催行，恨不得趴下涕泣跪请。信曰：“望求老父，北上团聚。在父，以尽堂前训子之责；在儿，以尽老莱子膝下娱亲之孝。天伦乐事，时不我待，胡不归！”

年初，我回家乡将老父接到京城，晨昏定省，朝夕陪伴，大自推轮椅拔牙镶牙，小至接电源开电视播放秦腔、说话解闷。照例的一日三餐，买菜做饭，洗衣洗脚，扫地擦桌子，提壶倒垃圾，全方位的侍奉，多层面的保健，尽心尽力，无所不干，集女儿、保姆、大少爷、小跑腿的职能于一身。我也吃惊：这么多的角色我竟然扮得如此出众！

“父母在，不远游，游必有方。”可参加可不参加的社会活动一概婉拒，自己几十年来形成的一套生活习惯该冲破的就得冲破。我自己吃饭简单，只要有面食、辣椒就行，但给父亲的饭食必须清淡多样；我自己不爱洗洗涮涮，但每天晚上10点钟必须把水温适度的烫脚水恭恭敬敬地放置在电视机对面的父亲脚下；我即使再忙、再累，也要在父亲烫完脚后立即将水端走倒掉，必须等电视机屏幕出现“再见”二字时将机关掉。父亲白内障手术前，一只眼睛什么也看不见，另只眼睛视力仅有0.02，但是喜欢读书看报，术后尤甚。真不敢相信他一手捧起砖头、一手执放大镜将32万字的长篇小说《雍正皇帝》几天之内用眼睛齐齐儿地扫了一遍。他还在自己的小屋里时不时地写点什么。一天，我收拾他的房间，一个标题映入眼帘：《谈戏迷》。记述当年与秦腔名角交往和组织话剧团进行抗日演出活动的趣闻轶事。父亲的起居饮食极有规律，休息、娱乐、学习搭配得当，吃饭不过量，处事不过头，不偏不倚，中庸之道，不惹是生非，不开风气之先，心里不搁事，遇事顺乎自然，易地亦然，雷打不动。这也许就是他的长寿秘诀。

我却差远了。父亲来后，我的生活全部打乱，又当孩子又当保姆，是 60 岁的儿子兼保姆，我乐意，我多方位地异化本我，所以，当父亲读书看报写作时，我感到自己远不到倚老卖老的时候。

8 月 14 日，年届花甲，似水流年。日前，儿子和女儿要给我做寿，说“60 大寿不可不过”。我不客气地训了他们一通：“我什么时候过过生日！乏善可陈！”电话的对方颇感委屈和不解。翌日，儿女又来电话，质问道：“你说过，活到 60 大宴宾客，自己许下的愿竟然忘了？”

孩子们说的一点不假，有这么回事。1979 年 7 月，在协和医院，我的胃部恶瘤手术。原计划全胃切除，将食道和小肠联结，每顿吃一两饭，进食后有痛感，饭后只能平卧。手术有危险。但是，情况比预料的要好。主治大夫的手术刀非常高明，神不知鬼不晓，竟然使我的五分之三的胃得以保留，真不知怎样感谢他们才好。术后，卧于病榻，医生鼓励我鼓起驾驭生命的勇气，我说：“那就争取活到 60 岁。”医生说：“不成问题。”闻之大悦。我保证地说：“活到 60 岁，1992 年，我请客，大摆宴席，首先恭请诸位医师大人！”

正是这五分之三的胃支撑这羸弱之躯挣扎奋斗了 13 年——整整一个“延安时期”，比“八年抗战”还长。固然，13 年，只不过我的一个短暂的人生段，但是生活内容驳杂，悲喜交集，极富戏剧性，说好听点，如白居易诗云“婆娑绿阴树，斑驳青苔地”，生命力顽强，艰难却有意味。我烧香念佛也不敢想入非非，鬼门关前居然一个大转身，一来二去，忝在了健康老人之列。

我并没有忘记“活到 60 岁大摆宴席”，可是我还是拒绝做生日，百感交集，往事如烟，人生苦短，哪有这番情致！何况老父在堂，不敢言老，如此这般……孩子们再没说什么。

生日那天，冷冷清清，照例的粗茶淡饭，正常的刷锅洗碗。天气仍然很热。上午到医院做了肠胃钡餐造影。医生问：“家属怎么不陪同？”我说：“谁也没告诉，今天我生日！”医生莫名其妙。

不久，儿子送来一只白猫，说是专为我和爷爷弄来的。他说没有给老爸过生日，很过意不去，这只猫权当生日礼品，没事时逗逗玩玩、解解闷儿，“不然，你和爷爷太寂寞。”爷爷没说什么，他一向寡言。我无奈，说：“那就留下吧。”接着，儿子把养猫须知一一详述，要我照办，要有不明白的，随时给他打电话。

一只雪白的小猫，跳跳蹦蹦，给室内平添了生气。但是，当着儿子的面不好直说，我和老人都不喜欢猫，特别是猫的那副媚态，猫不如狗，狗比猫义气，我和父亲不约而同地道出四十多年前秦腔的一个剧目的名字：《义犬救主》。猫不行，有奶便是娘。狗则不然，“儿不嫌母丑，狗不嫌家贫。”

我最讨厌猫谈恋爱时难耐的、发嗲的、假门假势又如泣如怨的刺耳的尖叫，真让人受不了。

又过不久，女儿送来刘心武的新著《风过耳》，也说是给我解闷。我并不寂寞，并不沉闷呀，你们怎么搞的！我一天的事情做不完，而且生性好静，你们忘了？但《风过耳》来得算是时候。有作家告诉我，里面的故事热闹着呢，备写文坛风流。

《风过耳》有意思。宫自悦、匡二秋、简莹、欧阳芭莎这伙“新潮”人物，刻画得活灵活现。这伙人物我们见多了，人见人骂，人人又拿他没有办法。

再过不久，儿子又送来一只猫，黑白相间，刚出生不久，毛茸茸的一副憨态，精灵般的，煞是好玩。

慢慢地，我还是讨厌猫了。每天从17层楼上下来换土，时时搜罗鱼头鱼尾鱼杂碎做猫餐，弄得我不胜其烦。屋子里尿臊味越来越大，给老人做饭还得给猫煮食；特别是两只猫求食时喵喵叫的那副嘴脸，那副媚态，着实难以继续忍受。尤其是一对男女的嬉戏以及其充满柔情的尖叫使人烦躁不安，但屡禁不止。后来，他们对我的殷勤逐渐降温，而且越来越不畏呵斥，绝对无视我的存在。他们经常跳上我的书桌抓碎稿纸，经常蹿上饭桌在父亲的菜盘里争荤。我烦透了这对“狗”男女，一见他俩就像遇见宫自悦和匡二秋。我准备读完《风过耳》后将二猫送人，免得不间断地产生不愉快的联想。

父亲和我正相反，你越着急的事他越不着急，你越烦心的事他越有耐心，他对猫的反感丝毫不亚于我，可是他从不对猫公子、猫小姐下逐客令，而且劝我遇事要忍，要知足，知足者常乐，忍一忍，风浪就过去了。

不几日，又一个讨厌的人物闯进我的生活，就是华威先生。为了编书的需要，我和张天翼的《华威先生》不期而遇。要说做人，华威先生让人讨厌；作为艺术典型，华威先生让人叫绝。

华威先生整天忙于开会、赴宴，是职业的“会议阀”。他一天开几十个会，所以来去匆匆，总是迟到早退。谁不请他开会，谁就是“秘密行动”，要追查背景。他总是坐着一辆光亮的包车在街头闪电般地疾驰。他永远挟着一根老粗老粗的黑手杖。他始终以热心抗战的面目和庄严的姿态出现在各种各样的集会场合。他是大后方官场的宠儿，又是国统区官气十足的文化人。他煞有介事地为抗战奔波，实际上是鬼混其中成了抗战的障碍。他浅薄、庸俗、无聊，令人喷饭，却装腔作势，附庸风雅。他到处伸手，然而什么事情也干不了。

放下《华威先生》，再拿起《风过耳》，宫自悦之流也不示弱。此辈，朝叩富儿门，暮随肥马尘，奔走华洋之间，往来主奴之界。在主子面前，他可能是奴才；在奴才面前，他当然是主子。在主与奴、名家与同类与弱者之间，他是变色龙。

是呀，他宫自悦五十大几的人了，为什么活像个"小字辈"似的，活蹦乱跳于这个老、那个老之前？为什么每天不辞辛苦东奔西跑，到这个场合中那个场面上频频亮相曝光？又为什么一会儿任这套丛书的挂名主编，一会儿任那个社会活动的倡议者和发起人？为什么忽而同这个人结盟，从调情瞎逗到签订委托书，似乎好得合穿一条裤子还嫌肥；忽而舍此就彼，把原结盟者视作陌路乃至反目成仇，又与新友如胶似漆、打得火热？……

华威先生有后，后生可畏。他们都是"会议阀"，好摆官僚架子，自诩正人君子，都是文丑。但宫自悦们尤甚于追慕名位的华威先生，追名逐利，情系官场，一身的荤腥。宫自悦们的鬼心眼连同贪欲、好色与势利，一概被推向市场。在他们眼里，文坛连同名家非名家、合法非法、已婚未婚、活人死人、善人恶人、好心歹心都是商品，都可巧取豪夺、买入卖出，一展坑蒙拐骗之方，大兴纵横捭阖之术，兼济姓名厚黑之学。要是说华威先生是官气十足的文化人的话，宫自悦们则是流气十足的文化商，他们买卖的商品既包括名家的遗稿，也包括别人的情爱和他自己的逢场作戏。

公白猫又同母花猫做异性的追逐，小姐大呼小叫冲着我求救，很快地，小姐又同公子齐声向我讨要，惊恐立时变成软语，憨态可掬，妩媚可掬，谄谀可掬。顷刻又幻化为文场、官场、情场、赌场、商场上一些颇为熟识的面孔。

父亲走过，二猫毫不理睬，继续对我纠缠献媚。父亲从来不喂他们食，根本不理他们，他们自然也不理他。

这两只猫，我是决计不能留了。马上给儿子打电话，限三日内来人带走，逾期，无偿出让，甚至放生。好，就这么办，不能手软。

大前天、前天、昨天没有人来。我要贴告示了。取来一张硬纸板，上写：

今有白猫（公）、黑白花猫（母）各一只。身体健康，活蹦乱跳，善解人意。愿无偿捐赠爱猫的主儿。有意者请到本楼1701室叩门。

1992年8月

体验父亲

父亲死了，不满一周年。

1994年元月20日，腊月初九，再一个多月，正月十四，就是寿诞之日。父亲死了，终年八十八岁，虚岁九十。“人活多少是个够！”祖父在世时这么说，父亲在世时也这么说。

在我们这个血脉上，只有父亲长寿。曾祖父活了四十多岁，曾祖母还要年轻。祖父活到七十出头，祖母不到六十，姑姑先于祖母而殁，二十挂零，她是祖母最为疼爱的人。他们没有看见重孙，有的连孙子也没有看见，可是父亲，去世前还抱过孙女的孙女。

1986年，父亲满八十，早已是阎家什字我们阎姓空前的长寿冠军，而且饮食适度，生活有节，思维敏捷，气色好看，内脏没有查出一点毛病，家人之喜也。所以，正月十五，在他生日的第二天，我们给他做寿。一辈子不愿人提做寿的父亲，这回格外的痛快，一说即通。我们一大家子，不论老的小的，都爱哑静，不事张扬，反对铺张。按父亲的意思，只通知子子孙孙、女子女婿和他们的地上跑的、怀里抱的哪怕鼻涕娃们，其他人一概保密。他说，“我出钱待客，算我的心。我用县政协年终给我的两百块钱在馆子包上几桌席，大家美美吃上一顿，高高兴兴一场，尽兴为止。”我们谁也不同意。老人“为儿孙作马牛”的年岁早已经过去，儿孙们还要成群结队地吃老人，这算啥吗！我提议新事新办，拿出不流俗套的可行性方案，如此这般地比划了一番。既平朴又绚丽，既新潮又念旧，简陋而不乏雅兴。大家说：“此计甚好！”

那天一早，前脚后脚，蜂拥而至，满园春色。不摆宴席，免去酒仪，但不能让嘴闲着，糖果、麻糖、甘蔗、花生、瓜子一大堆，这是为孩子们预备下的，充分供应，各取所需。把一群毛孩子安顿住，事情就好办了，大人们图个安生，从容自如地说自己想说的话。

庆典开始。长孙之子长重孙担任司仪，第一项是鸣放鞭炮，噼里啪啦响个不停，满院子的浓烟，火药的气味使人陶醉。“长子阎振维为阎公拜寿！”大哥上得前来，口称“大，给称拜寿！”接着恭恭敬敬站直，九十度弯腰鞠躬，然后，跨前一步，伸手抓一个红纸包包，算是从老人那里领到的“封儿”。礼毕，退下。然后，是大媳妇拜寿，次子的我拜寿；一个一个叫名字，从长子到最小字辈的最小一个后代。每一个拜寿者的出现和他们的各自不同的动作，都博得一阵一阵的笑声，老寿星也是喜不自禁。一大家子人，整整笑了一个多时辰前仰后合，人声鼎沸。原来怕小孩子们闹，结果孩子们一个个像看热闹似的瞪大双眼一个劲儿地傻笑，根本用不着人管。他们顾不上啃甘蔗、剥花生，鼻涕哈水直流，两只手冻得像两把红萝卜。头一个讲话的是大哥。他举例说明父亲是阎姓家族唯一的长寿老者，历数父亲缔造这个家庭的艰辛，感谢父母亲的养育之恩。我的发言从《满床笏》郭暖拜寿谈起，说今天四世同堂，也算是“满床笏”了。我说父亲当年抱回家的一台手摇留声机，给全家带来现代艺术，一台“洋戏匣子”培养了一家四代人。要是唱秦腔，我们一家就是一台戏。不管唱的、拉的、打的、写戏本的，可以包揽一切。我还讲到昨天给母亲上坟的事，重读了在母亲坟上即兴宣读的祭文，以及向母亲禀告的改革开放以来家里的十大喜事，说明逢其时也，人丁兴旺、家业兴旺。我强调地说，文明治家、勤俭持家的家风，就是由父亲和母亲共同创立的。我提议，老人八十五岁寿诞之日，大庆祝；九十大寿时，特大庆祝。这一振奋人心的提议被一阵热烈的掌声通过。最后，父亲讲话，大谈富国之道和健身之道。他现身说法，论证富国之道在于改革开放，健身之道在于身心运动，心广才能体胖。他强调地说，“胖”不当肥胖讲，心广体胖之“胖”者，安泰舒适之谓也。“不管一天多忙，对我说来，出门溜达个大半天，和端起饭碗吃两顿饭，同等重要。”最后，语重心长地说：“‘忠孝’二字，还是尽忠为上。孔夫子要继承，但现在看来，孔夫子的孝道和妇道可能要打折扣。你们要经邦济世、与人为善、好事多做，不要因一家之小而忘一国之大。”经久不息的掌声将寿典推向高潮，大大小小几十口无不兴奋异常。接下来，拆封儿即拆红包。这个节目最有趣，因为每个封儿的钱数不等。只有一个封儿里的钱数最多（大洋五块），所以，打开一个一阵，笑得直喊肚子痛，笑得房顶往下直掉土。奇怪，拆完所有的封儿不见那五块钱，众人纷纷怀疑根本没有五块钱；但封封儿的人发誓说有，大家一笑了之。下一个节目是吹蜡烛、分蛋糕，这时，孩子们又活跃起来，一个个吃得满脸奶油，花狸猫似的。最后全家合影，密密麻麻站了三排。快要摁快门时，不知谁扑哧一声笑出声来，原来在一个为重孙代领封儿的母亲身上发现忘记拆开的红包，打开一看，不多不少五块整。

没有不散的宴席，一天的活动结束了。父亲说，今日移风易俗、别开生面，醴泉县城独一份。大家说，老寿星八十五岁生日我们再相会，九十寿辰出奇制胜，来它个更绝的。

新事新办，不弃孝道；哑哑静静，热热闹闹；既有老的传统道德，又有新文化的品格，正合父亲的脾气秉性，所以，父亲特别开心，特别满意也特别满足。

1992 年，我亲自动员父亲赴京北上，父亲故土难离，说什么也不肯。后来经我说服，又说："不买卧铺！我就是蹲着也要上京城！"

根据父亲的身体状况，活到足岁九十不成问题。在北京家里，我服侍他的时候，除轻度便秘外，没有其他什么毛病，饮食起居正常，不但每晚必看电视，而且手执放大镜，天天阅读报刊，还读长达三四十万字的《乾隆皇帝》等长篇。但是，来京一年之后，父亲又想回陕西，他不好意思直接对我开口，而是让远在深圳的大妹妹和临时来京的大侄子向我迂回渗透。我表示坚决反对。接父亲来京是我的夙愿，从前没有房子，现在分到宽敞的房子，好容易把他老人家的大驾搬来，这么快让他又走？但是，父亲的情绪稳住没有多久，又稳不住了。去年的现在，也就是比现在稍早，暖气将来未来之时，父亲执意要回老家，说他早有返乡之意。这次，他亲口对我说了，我不松动，父亲动感情了，说了一句至今令我心酸的话：

"心慌得很，叫我回去吧，撑不住了！"

"天寒地冻，明年开春再说。"

"一辈子了，也没见把我冻死！"

父亲这人，寡言多思，轻易不开口，一旦开口，铁板钉钉子，绝不收回，而且不说二遍话。

"那就说好，看看再来，到时候我接你。"父亲点头。我又强调地说："说定了，到时还是我接你。"

我请咸阳作家程海夫妇将父亲护送回乡。《热爱命运》的作者程海，父亲认识，喜欢他的质朴和耿直。在一个寒气袭人的夜晚，我们赶往北京站。马上就要开车，父亲拄着拐棍一步一个脚印缓慢地朝前挪动。我让儿子背上爷爷快走，父亲不肯，说："来得及！"我知道父亲自诩身体硬朗，甭说背他，就是走路扶他一把也坚决不让，你伸手搀扶，他会用愤怒的胳膊把你的胳膊用力地甩开。

我急了："什么来得及，要是来不及呢？""背上！把爷爷背上！"我下命令了。

刚赶进车厢不久，开车的铃声响了，父亲自言自语叹息道："老了、老了，真老了，不中用了！"

回老家一个多月，人不行了。1月16日表妹打来长途电话，说父亲水米不沾牙，正在打吊针；1月20日侄儿长途电话，父亲上午逝世。我后悔死！明知天寒地冻，老迈年高，为什么放他回去呢？"老小、老小"，老人和小孩一样，你不管着他点，能由着他的性子来吗？

春运高峰期间，我戴着黑纱挤上西去的列车，心跳伴随着铁轨的轰响，一分一秒地向父亲靠近。踏上醴泉地面，已是掌灯时分。

大门口斗大一张告示，上写：

阻　告

家严弃养　痛遵遗嘱　丧事从简　敬告诸亲朋　谨阻奠仪

父亲上午已经火化，灵堂上置放着他的遗像和漆黑的骨灰盒子。我对着父亲的遗像长跪不起，磕了三个响头，眼泪直往肚子里流，万感交集，眼前一黑，不觉天昏地转，出现幻觉，半天醒不过神来。侄子们费力地把我拉了起来，扶着，指着灵堂旁边的幕帐，说："这是爷爷的遗嘱。"

遗　嘱

勤俭持家　厚养薄葬　传统家风　我谢世后　丧事从简

遗体火化　移风易俗　毋违我意　从命是孝　是所至嘱

阎景超1994年1月10日8时23分

泪眼蒙眬中，父亲来到我的面前。

父亲是我们家族最早接受新文化的人，也是"五四"后醴泉县人所共知的文化人。父亲不迷信、不拜佛、不信教，不语怪力乱神之事，然而，在土葬或火化的问题上从来没有明确的表示，只说过将来要死就死在老家他置的这院庄子里，别的话没有说。新社会、新时期人们享福了，保健条件好，他要在短命的阎姓家族，创长寿的纪录，从而以血肉之躯证明"心广体胖""生命在于运动"的真理。他似乎觉得"死"对于他来说；是个遥远的话题。在土葬、火化的问题上，我以为父亲的心情是矛盾的。按照老规矩，与母亲合葬，入土为安，在重孙们一顶顶红孝帽的迎送下，背上棺材安详地下，也算有个归宿；按照新规矩，不与活人争地，火化升天；飘飘欲仙，鼓盆而歌，移风易俗，保全一生文化人的人文品格，何况自己还是县里的政协委员、人们尊敬的阎老先生。我们都没料到，在火化这一尖锐的社会问题上，老人如此明白和果断，这无疑在土葬依然成风、至今连个焚尸炉也没有的醴泉县的平头百姓中爆了一个冷门。

果不其然，在火化的问题上家里人发生争执。反对者担心本家上百户人不答应，也怕把人架在火上烧对不住地下的老母："真是二百五，把他大（爹）给烧了！""啬皮！"话多难听！但是全家老小还是统一在一个重要点上，就是不管怎样，也要按遗嘱上说的办："勤俭持家，厚养薄葬""毋违我意，从命是孝"。老人家一辈子谨言慎行，只要他说出口，就是他的深思熟虑、务期必成的郑重宣言。现在，轮到学历史的大哥主事，他也是个执拗性子，说："机关单位、朋友远亲、舅家姑家姨家，一概阻奠，秘不发丧；只通知女子，女婿一个不叫来；近百户自家本姓人，齐门通知，一户不漏，泣血顿首，尊之上位。大的脾气我知道，就这么办，埋锅起灶，各执其事。散！"马上派人去了毗邻的乾县火葬场。

不铺张也不敷衍；盆盆照摔却免去其他缛节陋习；席面照摆但不搞"十里搭帐篷"；守灵晚上烟酒招待，玩扑克、打麻将，但不搭台子唱戏也不演电影；既严守遗训又不拂亲情，也是新事新办，新旧结合，想来，父亲冥府里会点头同意。

丧事办完了，在县上人的心里留下一个世纪老人的完整形象；父亲死了，我们家庭结束了一个新旧交替的时代。

回到醴泉家后，从气氛到气候都是出奇的冷。父亲走了，冷冷清清；天寒地冻，透心儿凉；白天手不敢伸出来，夜里脚腿怎么也暖和不过来，屋里生着炉子呀，怎么搞的！我睡在父亲床上，像是王祥卧冰。在北京时，一个老汉服侍另一个老汉，当儿子又当孩子，晨昏侍奉，作老莱子彩衣娱亲状，倒也越活越觉年轻。北京当老莱子，回乡当王祥，始知"二十四孝"行之不易。我在这里卧冰，父亲几十年在这里卧冰，醴泉人包括小时候的我都在这里卧冰，大家不都好好地活过来了吗！可是，此刻，我实在觉得很冷很冷。可怜的父亲，在这张冰的床上，怎么度过你生命最后的一刻？你水米不进，辗转反侧，起来坐下，坐下起来，但是，一个呻吟声唤也没有。你双眼紧闭，顾不上跟前的一切，也来不及回忆过去，也不是全力忍受难以忍受的病痛，而是思考着另一个世界的情景。一次，当两个妹妹扶你瘫在她们胸前时，你回到眼下的现世。妹妹问你："把二哥叫回来！"你听清楚了，嘴唇困难地启动："不咧！"父亲，你和我两地相望时，总是牵肠挂肚地说："二哥难，你二哥背头（承受力）大。"但此刻，你什么也没说，半晌半晌，突然冒出这样一句话来:“你妈………可……怜。”

父亲死了。千不该,万不该,不该让父亲大冷天回县。父亲真的死了,父亲找母亲去了。

父亲回县后,小妹把他接到她的家里,梦呓般地说道:“我要回家过腊八……大年三十以前解决问题。”

果不其然,父亲殁于腊月初九,无疾而终,不知不觉地回归到另一个住处,一切似乎都在他的缜密计划之中。

父亲一生,生性平和,喜爱文艺,热心公益,宁肯吃亏,也不抗争。他的人生哲学是“善”,处世哲学是“忍”,行为方式是“文”。人家是“小不忍,则乱大谋”,他却是胸无大志、有忍无谋,多一个朋友多一条路、多一个冤家多一堵墙,一辈子没有跟人吵过嘴、打过架。他的这套律己箴言,加上母亲勤俭持家和更为和善的行为准则,相得益彰,融会而成我家的家教家风。父亲不习惯堂前训喻,因此,对我一脉相传甘愿接受家教家风的约束表示满意,但是对我在阶级斗争中一忍、再忍、三忍、忍无可忍,或咆哮公堂,或打笔墨官司鸡蛋碰石头的表现颇不以为然,即便反抗有效,他也很不赏识。在父亲看来,天人合一,天下为公,人们生活的这个世界,是个谁也离不开谁的统一体,所以人和人要相亲相爱,多行善事。他不同意“人性恶”。“人之初,性本善”,他是“性善”论者,认为以善杀恶,不如以善制恶,以善化恶,尽可能避免以牙还牙,万万不可结下世仇;既然人性善,那么,人的与生俱来的天良终归会被自己发现,到头来善恶必报,得以善终。他认为,国民党之所以不能长久,根本原因就是作恶多端,共产党之所以力克腐败,其原因就是腐败乃政党之恶根。他认为国家领导人说“多给群众办实事”的话说得好,得人心,唯善,能以得天下。他在县上做政协委员时,走街串巷,不厌其烦,大会小会,建议尽快修建环城公路,解决群众行路难等等民众最为迫切的难题,县上的人都知道,阎老先生积德行善,三句话不离修桥补路。父亲从小背诵四书五经,受儒家学说影响很大;当然也有些佛家的东西,尽管他不语怪力乱神。

当我离开家乡时,“像话嘛,把他大给烧了”的说法已经销声匿迹。

回到北京后,一时很不习惯,觉得父亲还在小屋里正襟危坐,大睁视力加起来只有 0.02 的双眼,手执放大镜,像在脚底寻找绣花针一样的读书看报。我不由自主地走上前去,像去年此时此刻向他请教学问那样。一次,我问他“日出而作,日入而息,凿井而饮,耕田而食”后面一句是什么时,他顿时兴奋起来,说:“‘帝何力于我哉!’也有人读作‘帝力于我何有哉’,是谬读。孔子曰:‘七十,从心,所欲不逾矩’,但人们句读错了,断句断成‘从心所欲,不逾矩’。”他说他从小喜欢这首《击壤歌》，喜欢得不得了，说他从小也常念叨《尚书》里最激动人心的话：“时日曷丧，吾与汝偕亡！”还有一次，他给我念了张学良最近一回接受采访时的一段谈话。张说：“夫子之道，忠恕而已。日本人有‘忠’，但无‘恕’。人应该原谅人、体贴人。这是我的脾气。”张氏此言，父亲激赞不已，言毕，室内立刻荡起他平时少有的爽朗笑声。父亲恪守恕道，绝不隐忍偷生；与人为善，却不抱残守缺。有件事现在想来仍然让人感动。他的大学教授堂弟、我的叔叔阎景翰家，婶婶半身不遂，十多年卧床不起，叔父端屎倒尿，床笫守候，年复一年，岁月催人老，人比黄花瘦，将近七十，仍然过着旷夫般凄惶的日子。一天，父亲要我给西安叔父的儿女，我的弟弟、妹妹写信，让他们着即准备给父母办理离婚手续，说：“此事甚急，万勿延误，造成终生恨事。”他说：“一个活人，从四十多岁到六七十岁，过着不是活人的日子，这不合人的本性。我是哥哥，趁我活着，就得管管。新社会了，病人照样能得到精心的护理。”然后问我道：“你看咋样？马上写信，岁月不饶人！”父亲当时很动情，说起话来嘴唇只打哆嗦。这件事，我什么时候想起来什么时候感动。

人去楼空，音容宛在。

父亲身上，儒家的忠恕、佛家的诚善和墨家的兼爱兼而有之，缺少道家的空灵和庄子的才分，他把“文质彬彬然后君子”、道德文章琴瑟和谐的希望，寄托于他的后辈子孙。他代表一个时代、一个家庭，一段历史、一个过程。在他的主持下，这个家庭顺乎潮流，跟上时代的脚步。他完成了自己的历史使命。

此刻，父亲去母亲那儿将近一年的今日今时，这套房子显得出奇的空旷，总让人感到在电视机前，父亲依然非常投入，那摇头晃脑、击掌打拍子听戏、悠然自得的神情历历在目，总觉得一个步履蹒跚的身影还像以前那样在我眼前慢慢地、轻轻地移动，目光里充满着述说不尽又无从述说的情义无限。“该吃饭了！”“还不休息？”吊在他嘴边的，一天到晚就是这么两句。这平平常常两句话，对父亲来说，是诗，对我来说，也是诗，是肺腑之言，是天机自动，是天籁自鸣，是只有我一个人才能读懂的，永远在这套房间里回荡、永远不会在我心中消失的父亲的歌、母亲的吻。

父亲死了，寿终正寝，家史的一页掀过去了，上接的一代断裂了，一个人所标志的时代终结了，从此，一个大家族彻底解体了。作为人子，不理解形面上的父爱就是不理解传统，就不会形而下地以父爱爱子。现在，一大家人分而居之，天南地北，多少年难得见上一面，大家各有各的家，各有各的一套，田园牧歌式的、宗法森严的“四世同堂”，早已成为历史的陈迹，所以，父亲对于儿子的儿子和儿子的儿子的儿子，即第三代、第四代或者第五代的影响，只能通过我们儿子一代即第二代发生作用。文明社会家庭兄弟们急遽“单过”的走势，使得族权象征的老爷爷的形象在各自为政的诸侯国里迅速淡化。陌生的寿星老儿的存在，对第三代、第四代、第五代来说，是一个抽象的符号，在第二代兄弟姐妹之间，老人也不过是维系孝悌忠信的一条可有可无的纽带，各人有各人的系列、各人的摊子。所以，尽管“满床笏”，子子孙孙绵延不绝，属于他老人家这一血脉的大大小小竟有好几十口子，可是，调谁来侍奉堂前都不可能；非不为也，实不能也，不是不情愿，而是动不了。老人感到孤独，老人成了飘零者、多余的人。老人越是长寿，按世俗的说法越是有福，本人之福、子孙之福，然而，老人越是有福，越感到寂寞，新生代越觉得陌生。所以，老人升天，纽带中断，象征消失，大家庭解体，接下来的，是大哥和我，在子子孙孙、孙孙子子、传宗接代、生生不息的各路诸侯间继续充当族权的象征和亲戚的纽带。想来凄然，但未必不是社会的进步。

父亲沉疴在床时，暗中让二女婿无论如何弄点“安乐剂”偷偷交给他。他怎么知道有什么“安乐剂”？真有“安乐剂”这种内服的药吗？

“儿孙自有儿孙福……唉，人活多少是个够呢！”越琢磨这句父亲晚年长吁短叹的老话，心里越觉得不是滋味。

我决定搬进父亲住过的这间小屋。我现在已经睡在父亲睡过的木板床上。我尽量做着同父亲一样的梦，潜心体验作为人祖的老人一生的滋味和他弥留期间复杂的心态。我想，在我离开这个世界的时候，我要不辱父教，恪守家风，也要像父亲一样，不与人间争地，不给后代添麻烦。我，一介书生，身无长物，没有给儿孙留下什么，也不想叫他们为我奉献什么，再难受、再痛苦，也不哼哼、不嚎叫、不声唤，免得儿孙们看见难过，眼睛一闭，走人，任事不管，灰飞烟灭，骨灰也不留。“儿孙自有儿孙福”，该干什么干什么。死了拉倒，有你没你一个样，就像父亲他老人家临终时泰然处之，让床边的后辈们自个去琢磨、去理解的那样。

可怜的父亲，越是长寿，越有零落之感，可是，谁也没有多嫌过他。在这个喧嚣的大家族中，现在想来，他孤独，然而，“吾道不孤”，他已经感到十二万分的满意。

1994 年 12 月

大家书系

我吻女儿的前额

美丽的夭亡。她没有选择眼泪。

女儿阎荷，取“延河”的谐音，爸妈都是陕西人。菡萏初成，韵致淡雅，越长越像一枝月下的清荷。大家和她告别时，她的胸前置放着一枝枝荷花，总共38朵。

女儿1998年查出肿瘤，从此一病不起。两次大手术，接二连三地检查、化疗、输血、打吊针，“那瓶走尽这瓶流，点滴何时是个头？”祸从天降，急切的宽慰显得苍白无力，气氛悲凉。可是，枕边一簇簇鲜花不时地对她绽出笑容，她睁开双眼，反而用沉静的神态和温煦的目光宽慰我们。我不忍心看着女儿被痛苦百般折磨的样子，便俯下身去，梳理她的头发，轻吻她的前额。

神使鬼差般地，我穿过甬道，来到协和医院的老楼。21年前，也是协和医院，我在西门口等候女儿做扁桃腺手术出来。女儿说：“疼极了！医生问我幼儿时为什么不做，现在当然很痛。”其状甚惨，但硬是忍着不哭，怕我难过。羊角小辫，黑带儿布鞋。

19年前，同是现在的六七月间，我住协和医院手术。

穿过甬道拐进地下室，再往右，是我当年的病房，死呀活呀的，一分一秒的，就是在这里度过的，这里还留着女儿的身影。此前，我在隆福医院手术输血抢救，女儿13岁，小小的年纪，向我神秘地传递妈妈在天安门广场的见闻，带来天安门诗抄偷偷念给我听。她用两张硬板椅子对起来睡在上面陪住，夜里只要我稍重的一声呼吸或者轻微的一个翻动，她立刻机警地、几乎同步地坐起俯在我的身边，那眼神与我方才在楼上病房面对的眼神酷似无异。替班的那些天，她不敢熟睡。她监视我不准吸烟。有时，女儿的劝慰比止痛针还要灵验。

回到病房，我又劝慰女儿说：“现在我们看的是最好的西医郎景和，最好的中医黄传贵，当年我住院手术不也挺过来了？那时好吓人的！”女儿嘴角一笑，说：“你那算什么？‘轻松过关’而已。”她千叮咛、万嘱咐，一定让提醒那些对妇科检查疏忽大意的亲友们，务必警惕卵巢肿瘤不知不觉癌变的危险，卵巢是个是非之地，特别隐蔽，若不及时诊治，就跟我一样受大罪了。

最后的日子里，五大痛苦日夜折磨着我的女儿：肿瘤吞噬器官造成的剧痛；无药可止的奇痒；水米不进的肠梗阻；腿、脚高度水肿；上气不接下气的哮喘。谁受得了呵？而且，不间断地用药、做检查，每天照例的检血、挂吊针，不能将痛苦减轻到常人能够忍受的程度。身上插着管子，都是捆绑女儿的锁链，叫她无时无刻不在炼狱里经受煎熬。“舅妈……舅妈！”当小外甥跑着跳着到病房看望她时，她问了孩子这样一句话：“小镤，你看舅妈惨不惨呀？”孩子大声应道：“惨——”声音拉得很长，病房的气氛顿觉凄凉。同病房有个6岁的病友叫明月，一天，阎荷坐起梳头，神情坦然，只听到一声高叫：“阎荷阿姨，你真好看，你用的什么化妆品呀？”她无力地笑着：“阿姨抹的是酱豆腐！”惹出病房一阵笑声。张锲和周明几位作家看望，称赞“咪咪，真坚强！”女儿报以浅笑，说：“病，也坚强！”又让人一阵心酸。

胃管里流出黑色的血，医生急忙注射保护胃黏膜和止血的针剂，接着输血。女儿说：“现在最讨厌的是肠梗阻。爸，为什么不上网求助国际医学界？”我无言以对。女儿相信我，我会举出种种有名有姓的克癌成果和故事安抚她，让她以过人的毅力，一拼羸弱不堪的肢体，等待奇迹的出现。我的心情十分矛盾：一个比女儿还要清醒、还要绝望的父亲，是不是太残忍？可是，我又能怎么做呢？只能把眼泪往肚里咽，只能以最大的耐心和超负荷的劳碌让她感受亲情的强大支持。夜深了，女儿周身疼痛，但执意叫我停止按摩，回家休息。我离开时，吻了吻她的手，她又拉回我的手不舍地吻着。我一步三回头地出了病房，下楼复上楼，见女儿已经关灯，枕边收音机的指示灯如芥的红光在黑暗中挣扎。一个比白天还要难过的长夜开始折磨她了。我多想返回她的身边啊！但不能，在这些推让上，她很执拗。

父爱、爱父，爱到深处是不忍！

女儿在病房从不流露悲观情绪，她善良、聪颖，稳重而有风趣，只要还有力气说话，总要给大家送上一份真情的、不含苦涩的慰藉，大人孩子、护士大夫都喜欢她，说“阎荷的病床就是一个快乐角，什么心里话都愿意说给她听”。

7月18日凌晨4时，女儿喘急，不停地捯气儿，大家的心随着监护仪上不断闪动的数字紧张跳动。各种数字均出现异常，血氧降至17。外孙女给妈妈擦拭眼角溢出的泪水。10时20分，女儿忽然张口用微弱无力地语调问了声：“怎么还不给我抽胸水？”这是她留给亲人们最后的一句话。她用捯气抵御窒息，坚持着、挣扎着，痛苦万分。我发现女儿的低压突然降到 32，女婿即刻爬到她的胸前不停地呼叫："咪咪，咪咪，你睁眼，睁眼看我……咪！"女儿眼睛睁开了，但是失去光泽……哭声大作。大夫说："大家记住时间：10 点 36。这对阎荷也是一种解脱，你们多多保重！现在让我们擦洗、更衣、包裹……"可怜的女儿，疼痛的双腿依然翘着。护士们说："阎荷什么时候都爱干净。阎荷，给你患处贴上胶布，好干干净净地上路。"又劝慰大家说："少受些罪好。阎荷是好人！"女儿的好友甄颖，随手接过一把剪子，对着女儿耳语："阎荷，取你一撮头发留给妈妈，就这么一小撮。"整个病房惊愕不已。

女儿离去后，有泪皆成血，无声不断肠，但是我如梦如痴，紧紧抓住那只惨白的手，眼睁睁看着她的眸子渐渐地黯淡下来，却哭不出声来。我吻着女儿的前额。《文艺报》的李兴叶、贺绍俊、小韩、小娟闻讯赶来，痛惜之余，征询后事。我说："阎荷生前郑重表示'不要搞任何仪式，不要发表任何文字'。非常感谢报社和作协，你们给予她诚挚的关爱，在她首次手术时竟然等候了 10 个小时！"

妈妈的眼睛哭坏了。伴随着哭声，我们将女儿推进太平间，一个带有编号的抽屉打开了，已经来到另外一个世界。我抚摸着她僵硬疼痛的双腿，再吻她的前额，顶着花白的头发对着黑发人说："孩子，过不多久，你我在天国相会。"

八宝山的告别室里，悬挂着女儿的遗言："大家对我这么好，我无力回报。我奉献给大家的只有一句话：珍惜生命。"那天来的亲友很多，文艺报社和作家协会的领导几乎都到了，女儿心里受用不起，她生来就不愿意惊扰别人。

女儿的上衣口袋里，贴身装着一张纸片，是她和女婿的笔谈纪录，因为她说话已经相当困难了。血书般的纸片，女婿至今不敢触目。

等你好了，我们好好生活。

哪儿有个好啊？美好的时光只能回忆了。

只要心中有我们，一定能够战胜疾病。

我心中始终有你们，却没能控制住疾病。如果还有来世，只盼来世我俩有缘再做夫妻，我将好好报答你。

从今天开始咱俩谁也不能说过分的话，好吗？

这些都是心里话，因为我觉得特别对不住你们，你们招谁惹谁了，正常的生活都不能维持。

你有病,我们帮不了忙,不能替你受苦。

谁也别替我受苦了,还是我一人承受了吧。我只希望这痛苦早些结束,否则劳民伤财。真的,我别无他求,早些结束对我来说是最大的幸福。

别这么想,只要有一点希望咱们俩就要坚持,为了我,是不是我太自私了。

坚持下去又会怎样呢?你看你们每天跑来跑去,挺累的,为了你们,我看还是不再坚持为好。肠梗阻太讨厌了!

生病没有舒服的,特别痛苦,你遇事不慌,想得开,我看是有希望的。

你看不行,你是大夫吗?(玩笑)

你知道多少人惦着你呀?

大家对我这么好,我无力回报。我奉献给大家的只有一句话:珍惜生命。我真的爱大家,爱你,爱丝丝,爱咱们这个家,都爱疯了,怎么办?真羡慕你们正常人的生活,自由地行走,尽情地吃喝。没办法,命不好。酷刑!胃液满了吧?快去看看!

后来,又在她的电脑里发现一则有标题短文,约作于第11次化疗之后。惧怕的事情终于发生了,她却变得坦然。“思丝”即思恋青丝,女儿的女儿也叫丝丝。

思丝

做梦也没有想到,我,一个12岁孩子的妈妈、满头青丝的妇女同志会以秃头示人。更没有想到,毅然剃发之后竟不在意地在房间内跑来跑去,倒是轻松,仿佛“烦恼丝”没了,烦恼也随之无影无踪,爽!

活了三十多岁,还没见过自己的头型呢,这次,嘿,让我逮个正着。没头发好。

摸着没有头发的脑袋,想一想也不错。往常这时候我该费一番脑筋琢磨这头是在楼下收拾收拾呢,还是受累到马路对面的理发店修理修理?是多花几块洗洗呢,还是省点钱自己弄弄?掉到衣服上的头发渣真麻烦，且弄一阵儿呢。没头发好。

没了头发才明白为什么有人愿意剃光头。盛夏酷暑，燥热难耐，哪怕悄悄过来一股小风，没有头发的脑袋立马就感到丝丝凉意，那是满头青丝的人无论如何也体会不到的。没头发好。

没有头发省了洗发水，没有头发节约护发素，没有头发不用劳驾梳子，没有头发不会掉头皮屑。没头发好。

没头发的时候，只能挖空心思发挥其优势，有什么办法呢？再怎么说，这头也得秃着啊。

我翘首盼着那一天，健康重现、青丝再生。到那时，我注定会跑到自己满意的理发店去，看我怎么摆弄这一撮撮来之不易的冤家。洗发水、护发素？拣最好、最贵的买喽！还有酷暑呀？它酷它的，我美我的，谁爱光头谁光去，反正我不！

衰惫与坚强，凄怆与坦荡，生与死，抚慰与返抚慰……生命的巨大反差，留给亲友们心灵上难以平复的创痛。

吻别女儿，痛定思痛，觉得死亡也没有什么可怕。死后，我将会再见先我一步在那儿的女儿和我心爱的一切人，所以，我活着就要爱人，爱良心未泯的人，爱这诡谲的宇宙，爱生命本身，爱每一本展开的书，与世界上第一流的思想家作精神上的交流。

2001年　女儿周年祭

（此文荣获“首届冰心散文奖”）

野狐盘卧在寂寞的枕边

1999年秋天，闲步街头，见一群人正在围观，争先恐后的样子。我好奇地凑上前去，原是几个小伙子争购一张长可当鞭的狐狸皮，狐狸皮在一个头戴瓜皮帽的乡下老头的手里小心翼翼地攥着。

“我先把一千元压在你手里，你别走，我搭车回家取钱，立马就到，怎么样？”老人不肯。

“我不让你等，这么着，你跟我一块走，搭车，到我单位，取完钱你走人，行吧？”老头还是不肯。

越是争抢得厉害，他越紧张，竟然哆嗦起来，生怕被人抢跑似的，把狐狸皮紧紧地搂在怀里。

围观者至少有一个班。都说这个老头胆子忒小。

几个上了年纪的小老头一阵叹息之后，莫不称赞乡巴佬手里的货如何如何地道。一位戴金丝眼镜的老人说，这种皮子，货好，都是长白山里的真东西，全身满是山野灵气，我在长白山打过游击，这玩意现在值钱了。你管它是“草狐”还是“赤狐”，都是稀物。价钱吗？其实不高，千儿八百的，留着是个玩意儿，也算一份家当嘛！

我对狐狸并没有好感。狐狸昼伏夜出，狡猾多疑，而且偷食家禽，非常讨人嫌，人不知道我对狡猾多疑多么愤恨！还有什么狐狸精、狐媚子，狐群狗党、狐假虎威，都不是好东西！可是我爱练毛笔字，自小喜爱“草圣”于右任，对狼毫有好感，而狼毫就是狐狸毛做的，后来发现弄错了，那不是狐狸毛，是黄鼠狼的毛。我对狐狸从根本上改变看法是“狐死首丘”的成语：“鸟飞反故乡兮，狐死必首丘”，即便是死，也要把头朝向自己生长的山丘。

女儿病了，癌症晚期，离死亡一步之遥，我清楚地意识到难以抵御的灾难已经降临。

没完没了地做检查、打吊针，像是不停地从五脏六腑里一刀子一刀子挖肉，哪是个头啊！

关键是手术，天大的痛苦也得咬牙。不错，关键在手术，可手术的关键呢？

“红包！”

我不以为然，我坚信“红包”不但拉人下水，而且败坏协和医院的名声，“何况，人家不会收的。”静谧的病房里，我遭到亲友们强烈的谴责。

“你不硬塞，怎么知道人家不收？”

“阎荷病后，床头堆满鲜花，问疾者不计其数，有人专为手术送来现金，关键时刻，节骨眼上，装什么清白！”

我蔫了，说：“问问阎荷，叫她拿主意”。女儿说：“手术大夫一连几个钟头下来满身流汗，辛苦极了，作为患者，不表示点什么过意不去。”又补充了一句：“要是郎景和大夫手术就好了，他是林巧稚的高足。我读过他的《唉，人呐！》，印象非常深刻。”

手术日期确定，主刀的果然是郎大夫，但是，名人重名不重利，送红包仍有难度。再难也得想想法子。女儿说得对，手术责任重大，苦差事，把心提到嗓子眼。

我找到当年我做手术时的外科书记熊世奇，这位精神矍铄的退休老人说话干脆：“不可！使不得！”而且不无骄傲地说：“我们协和一直保持着良好的风气，况且郎大夫做过协和医院的副院长，大家不是称他郎主任又称他郎院长吗？”见我十分为难的样子，熊书记说：“有了！郎大夫喜欢写作，你们都是搞文的，跟他聊聊创作岂不甚好？”

女儿好记性，郎大夫擅长随笔写作，我们之间会有不少共同语言，包括世道人心、义理辞章、作家官司、文苑轶闻。

我的上衣兜里埋伏了一个鼓鼓囊囊的信封，随时准备着。林巧稚的画像挂在办公桌的上方，桌上堆满了外文医书而且垒得很高。不间断的电话声，但是文学的话题吸引了这位外科大夫。他对报告文学更感兴趣，怕是和理由写过《她有多少个孩子》的林巧稚不无关系。我说：“你的《唉，人呐！》我女儿印象深刻，我们家，她是您最早的读者。”郎大夫说：“我是动刀子的，也动笔，做过的手术和发表的文章都不少。”“您怎么喜欢写作？”“不怕你笑话，我小时就想当作家，未能如愿，到了协和，工薪一族，上班下班，骑车撞车，感动、冲动，才冒出你女儿提到的那篇短文《唉，人呐！》，发表之后，有了反响，于是，关于‘人’的话题便在我的笔下逐渐生发开去。”“关于文学，你一定有自己独特的见解。”他又去接电话，然后不加思索地说：“鲁迅本来是学医的，他说，我解剖别人，但更严厉地解剖自己。一位患者问我问得好：‘你能切除人身上的毒瘤，能切除人的灵魂里的毒瘤吗？’我回答说：‘能，但不能光靠外科大夫，还要靠全社会做这个更难、更大的手术，这就是关于‘人’的话题。”

我的手一直捏着那个信封，该出手时就是出不了手。郎大夫站起来，把签好名的新作《一个医生的哲学》递给我们。我们告退了。

我受到无情的责备，谁会相信手里捏着的钱送不出去。女儿不耐烦了，从枕头下抽出那本《一个医生的哲学》，指出两处地方让我念给大家听：

将近七个小时的艰苦努力……哦，周末了，妻儿要等我吃晚饭……家属们千恩万谢。“你老可是救命恩人……”又递上厚厚的信封，这更是万万收不得，好说歹说地将他们请出了门。北风呼号，严寒刺骨，我拉紧了棉帽，顶着风一歪一拐地蹬着……

病家和医家都不应该将“红包”看得太重，大夫更应该看重的是自己的责任，以及对病人的诊断和治疗结果。关于此，我很赞赏医生这样和病家的对话：病家说：“我没有别的意思，只是觉得不这样心里不踏实。”大夫说：“你这样才使我不踏实。你是想让我踏实地做手术，还是不踏实地做手术？”病家无言。

众无言。

儿子阎力打破沉默，说：协和医院住院处挂着公告，题目是“致病人及家属的公开信”，其中有这样的话：

为了加强医风医德建设，保持和发扬我院优良传统，再次恳请您不要向我院职工赠送钱物，同时希望您对我院所有工作人员廉洁行医的情况进行监督。

众无言。

女儿表情复杂。

“手术做得很漂亮！”第二天上班，观摩过这回手术的大夫都这么说。

不论是查房还是接受家属咨询，大夫们的目光都是柔和温馨的。啊，静谧而沸腾的病房！

女儿危重，但是坚强，每一刻的镇定和从容都需要百倍于常人的毅力和豁达。为了女儿，我终于鼓起勇气开始“尿疗”。所谓“尿疗”，就是喝尿，每天喝自己早起的第一泡尿。美国人说它“小可以治疗感冒，大能够拯救晚期癌症患者的生命”，“而且可以激活人体固有的治愈率”。“不信吗？事实胜于雄辩！”《尿疗治百病》一书，日本人中尾良一著，说得神乎其神。我并不全信，但是死神已经叩门，稻草也许能救命。我先在自己身上做试验。每天，东方泛起鱼肚白，我毫不犹豫地举起量杯，仰脖儿，一饮而尽。我向所有的人保密，我要给大家一个惊喜。

女儿病后，常常腰痛，不知道狐皮能不能抵御寒气？应该给孩子留下点正经有用的东西，什么项链首饰之类，挂金戴银，俗人露富，我一概不感兴趣。

我下意识地凑到老人堆里。有句话特别让我上心：“那老头说过，他女人有病，可是太穷，才拿皮子换药钱。”

回到家里，我满脑子除了狐皮还是狐皮。

两日之后，又见“瓜皮帽”。当我证实他就是长白山里人，这狐狸就是那野狐，上蹿下跳，机灵敏捷，一味地吸纳天地灵气，妇女围上狐狸皮尤其对症……便拨开众人，勇敢地伸手过去，一手交钱，一手交货，高高兴兴地把一只公狐围在腰上。

“老哥，你值了！”“瓜皮帽”一反木讷地说，“我在山上整整等了半年才套住一公一母，老伴病了，等钱用，不然，留给老伴自己用。哥你是知道的，狐皮暖身子，围在腰上避邪气。”

当我把狐皮交到女儿手里时，女儿高兴的样子绝不亚于头年接过生日礼物——（尽管是超轻量级的）白金钻戒时的情景，女儿和我都感到莫大的慰藉。

半个月后，派出所里。

“狐狸皮？你先交来。”我被上上下下打量了许久，顿感形秽，自惭落拓。

“狐狸恐怕不属国家保护动物……何况我的这只不一定是真的。”

“假的也得交上来，东西呢？你不交上来我没法查，回家取去！”

又过半个月，我在本居住区保安人员的配合下，历尽千辛万苦，将貌似离退休老干部的那位“金丝眼镜”带到派出所。我早已下定决心，一定要在确保“两会”召开期间加紧破案。

“我把人带来了。”眉飞色舞，备述一切。

片儿警客客气气地面对嫌疑人问话。“金丝眼镜”不慌不忙，大大方方，掏出工作证,确认其身份——东北某工厂的工程师,然后,180 度大转弯,态度十分傲慢。

没错,就是他!我跟此人多次面对面打交道,声容笑貌萦绕脑际,能认错人?绝对不可能。可是,拿不出证据,你就矮了一大截。

尽管我将“金丝眼镜”如何现场导演的把戏数落个一清二楚、无懈可击,人家不信。你磨破了嘴皮可证据在哪?老“金丝”哈哈大笑,扶了扶眼镜,挖苦地说:“这位先生不戴眼镜,眼神比我好,怎么连五官相貌也瞅不准?我跟你一无冤、二无仇,见鬼了!看你……那样儿!”

可不是吗,我穿着随便,不修边幅,这会儿倒像恶人了。

冷场。

片儿警朝我看了看,说:“你先回去吧!”

我转身退出,听他背后大声叮嘱说:“别忘了把狐狸皮交出来!”

狡猾的狐狸,闹得我心里怪不是个滋味,但在女儿面前一直装糊涂,好像什么也没有发生似的,只不过每每天寒地冻的时候总要反复叮嘱她说:“记着把狐狸皮围在腰里!”

我的脑子很乱。

有个狐狸的故事。突然发现一双蓝莹莹的眼睛恐惧地瞄着她,是一只披着缎子般皮毛的花狐狸,且防且退。她一阵风似的追上前去,狐狸忽然蹿上岗子,站定,狡黠地瞥了一眼,姗姗而去,她站在那里直发愣。她的朋友这时追了上来,说:“哎呀呀,狐狸是故意引你离开的,那是它的老窝,窝里有狐狸小崽子,不信你回去瞧瞧。”可敬的狐狸,为了爱、爱儿女,才拿生命作赌注,给它的敌人使了个“调虎离山”之计。善哉,狐君!

又听一位捕狐者的大侄儿说,当他们获取被夹的狐狸时,发现锈色的铁夹子夹住的是一只白狐的小腿,荆棘地里血肉模糊,棕狐正在舔着白狐的鼻子,两只狐狸的嘴角都沾满血迹,另一只——情场的失败者伏兵周边警戒人敌……一阵酸楚,使我极度不安。

又是一年春草绿,“两会”召开,狐皮的故事让它故去吧,再嚼不出什么味道来了。

痛彻心扉的女儿,已经到了最后坚持的阶段。

她强打精神用自己疲惫不堪的双眼看世界、看亲人,看她生活过的三十多年的美好世界，看周围与她三十多年来息息相通的亲人们。她在亲人面前天真地笑、口口声声“逗你玩！”说明心的深处绝望地哭泣。她用极大的精力佯装轻松，强颜欢笑，博取亲友的宽心，担心我们把自己的生命搭给她、为她付出的太多太多！

我理解女儿，我太理解自己的女儿了，所以，坚持喝尿，亲自为苦难的女儿踩出一条逃生之路，让她感受亲情的巨大付出对于挽留女儿的生命绝非徒劳。

胃管里流出黑色的血，医生急忙注射保护胃黏膜和止血的针剂，接着输血，就这样三番五次地、夜以继日地。我仍然用最大的耐心和超负荷的劳碌让她感受亲情的强大支持，自甘受苦，将“喝尿”进行到底，等待奇迹的出现，但是，一切美好的愿望被残酷的现实所击碎，绝非徒劳，终究徒劳。

女儿去世了！

野狐盘卧在寂寞的枕边，默默地望着窗外的飞雪。

我想起狐狸的精灵，想起“狐死首丘”之伟烈，不觉肃然。

三十八朵荷花

“人谁不死，于汝即冤。”转眼已是4年。

女儿去世，花自飘零水自流，割不断此恨绵绵。女婿陆刚睹物思人，觉着亲爱的咪咪依然陪伴在他的身边。他诚心给她立块墓碑，将缱绻与思念铭刻在永世坚硬的石头之上。

倾吐衷曲，凝诗行于方寸之间。

我搜寻记忆的碎片，一遍又一遍……两难的境地，带笑的哽咽，含泪的哄逗，弥留时分的骨肉情、生死爱。

文艺报社印发的《阎荷同志生平》是这样写的：

> “阎荷同志因患癌症医治无效，于2000年7月18日在协和医院逝世，享年38岁。”
>
> “阎荷崇尚理想，刻苦钻研，不断给自己提出新的挑战。她曾主动提出辞去总编室副主任的职务，去编辑室做一名普通编辑、很快成为一名称职的编辑，也写得一手漂亮、真诚的文章。”
>
> “阎荷以瘦羸之躯担起工作重担，担起为妻、为母的责任；她为了工作、为了父母、为了家庭，再大的压力和怨苦都能承受，因为她的心里总是装着别人。在人们的印象里，她总是一副和善的笑脸和一双值得信赖的眼神。即使在重病中，她还在牵挂着文艺报的工作和同事……”

女婿说：“这是组织鉴定，不足以表达我们二人之间的深情蜜意。春去秋来，一个又一个秋高气爽的季节。思念、思念，永远的思念！”他给我讲了以下的故事——

那年我二十多岁，刚到舞协工作，虎虎有生气，人长得不算好看，可是傻人有傻福，找了个好姑娘，水中捞月我“捞”着了。

1983年中直机关到十三陵水库绿化基地植树，车上的人有说有笑，陶醉在郊游似的兴奋氛围中。一位少女的长相深深吸引着我。她穿着朴实，白净的皮肤，梳着一个马尾小辫，文静得像个仙子，透出一股灵气，一看就是个有教养的女孩子。我不知偷偷看了她多少眼，哪怕是小会会儿，也不想把视线从白雪公主的身上移开。我打听到她在作协《文艺报》工作。我暗自下定决心，利用一切机会和她接触，上山的时候走在她的前面拉她一把，下山的时候从旁边扶她一下，极力献殷勤。休息时和她打羽毛球，看电影故意碰她，费尽了心机。只要有她，让我一辈子在这里种树我也愿意。

“白雪公主”终于被“卖油郎”感动了。我们互寄杂志，她常在寄杂志时夹寄一张纸条，言词不多，但倍感亲切，我把它珍藏起来，想看就看，那种幸福劲儿简直无法形容。

我家人口多，光兄弟姐妹就7个，但阎荷做得很好，多头关系都处得融洽，真应了那句俗话：“不是一家人，不进一家门。”她开朗、活泼、幽默，家里人人喜欢她，小字辈就更甭说了，个个跟她打得火热。阎荷喜欢孩子，小侄子逮住她不放手，死活不让我俩在一起，说长大了要娶她，整个一个吃醋。

不知哪辈子修来的福，感谢上帝把她赐给了我。

1998年5月，阎荷病了，病得很重。协和医院消化科病房，大夫问谁是阎荷的家属？我说我是。跟我来！我随大夫来到护士站。你是她的什么人？爱人。阎荷的化验结果出来了，你要做好心理准备。严重吗？不是消化不良吗？忘记跟你说了，我是妇科黄大夫，你爱人得的是卵巢癌，大面积腹水，病情相当严重，明天换病房，准备化疗。

突如其来的打击！我呆了、傻了，快要疯了，脑子里一片空白。我年轻美丽的爱人得了癌，我怎么面对那双真诚的眼神，怎么告诉我的女儿……我在走道上独自徘徊，簌簌泪下。我回到病房，尽量回避她的视线，强颜欢笑。她问我大夫怎么说的，我说没什么，明天换病房，再做一些检查。她说不对，你看着我的眼睛……大夫到底怎么说的？我说真的，大夫真的是这么说的，还能骗你？她说，她从门上玻璃的反光里，看见我和大夫说话时的表情，回来后看见我的双眼红肿，敏感到情况不妙，但不知道病情严重的程度，心想，还是不知道的为好，快乐一天是一天。可是，就在第二天，她不愿意证实的事情发生了，她被转到妇科病房，一进门，惊呆了，四个病人躺在病床上，每人的床前挂着七八个吊瓶，每人的头皮都是光光的，不停地呻吟和呕吐。多么沉重的打击啊！她一下子哭了，非常伤心。她有一个温暖的家庭，有一个可爱的女儿，她才36岁啊！

一个平凡的女子，一夜之间调整好自己的心态，变得坚强起来。她说："周总理就是我眼前的病友，病魔找上门来了，怕有何用？你弱它强，你强它就弱，我发誓要同病魔决一死战。"我心里明白，她的话，七分是安慰我的……

沿着女婿的情感历程，我打开记忆的闸门，翻阅她遗留人世的笔墨，摘录可供选取的墓表资料，一遍又一遍地，不觉悲从中来。

11月16日，阎荷给母亲刘茵的生日贺卡里写道：

虽然我从未对自己的未来设计过什么蓝图，但也万万没想到现实对我如此残酷，一次次的痛苦折磨着我，我快承受不起了。我在别人的安排下生活着，寂寞地生活着，也可以说我是为亲人、为朋友艰苦地支撑着。不敢展望未来，只能面对现状。

内心的痛苦虽然难以排解，但我总愿意将快乐呈现给你们，使你们也快乐一些，我希望在你们的印象中我永远是个快乐的人。

8天之后的24日，漫漫长夜，在一张铅笔和着泪水的纸条上：

失眠难以使我从病痛中走出。

每一次我都努力，带着微笑挑战，但现实却是残酷的。我坦然地说过：不言后退。此刻，我瘦弱的身躯再也承受不了这么巨大的折磨了。

父母将我引入这个世界，我没能给他们受伤的心灵以慰藉；哥哥对我倍加照顾，我没为他带来快乐；丈夫为我可以付出一切，我却不能使他本不强壮的身体得到更好的休养；女儿是我将她带入这个世界的，今后我还能给她些什么呢？

亲爱的人们，病痛虽然时时与我做伴，但心中有了你们我还是快乐的；你们给予我的，我会终生珍藏。抬头望望，天上的星星数不清，可总会有一颗在眨眼睛，那就是我，我的思念！

在这张纸片的后面，有我随手写下的几句话："咪咪，我们愿为你承受一切之重，甚至付出自己的生命——这曾给了你生命的生命，这是真的。慈祥的上帝将亲眼看见你如何战胜磨难而且相信你一定能够。”

1999年，阎荷肠梗阻，水米不进，病情加重，3月2日，夜不能寐，凌晨4时，在一张纪录胃液、体温的纸片上信手写来：

天空湛蓝，我诞生了，磕磕绊绊长大成人，世界真美好。

不幸我被击中，守着病床，呼吸着酒精挥发的气味，想起臧克家的诗句。天花板这页书永远翻不完、读不完，也永远读不懂。

假如没有我呢？真后悔来到这个世界。我宁愿世上没有我，没有我也就没有痛苦中的挣扎，不尽的日日夜夜。无奈！

辗转反侧。打起精神来吧！假如世上没有我，我就看不到神奇的地球、和煦的阳光，以及我深爱着的人们。

不敢张口，难为情地嗷嗷待哺，这美食之都、饮料王国，没有我的份了。一天不如一天，一阵不如一阵，就是穆铁柱，也会变成巩汉林。无奈！

假如世上没有我，此刻，我的亲人、我的朋友，便没有劳碌、失眠、消瘦，真的，我不愿看到。你们开心吧，轻松、惬意、欢愉，我好欣慰！谁又让我这样深深地爱着？无奈！

无畏！使出浑身的解数来，咬牙、跺脚，掀门帘、露一手！既然来到这个世界，就让痛苦把幸福衬托得更加美好、更加甜蜜。

苍天有眼，愿我所爱的人们平安健康；长夜难明，感谢上帝赐予我写字的力量。

愿世界更加美好，天空依旧湛蓝。

3月2日4时　无眠夜　信手涂鸦

两日后，亲人们传阅完这张纸条，说：“这是《静夜思》啊！意境深邃。”我对咪咪说：“难怪大家盛赞《静夜思》，它具有共同的人性内涵，感人至深。”咪咪却说：我个人的隐私，不外传！一天，《文艺报》秋子探视，要求发表《静夜思》，咪说：“不，不，给我两千元稿费我也不愿意发表。”

为了改变病房里的气氛，阎荷总是主动拿亲人开心，说：“咱们家的人都起了些什么名字呀，硬邦邦、干巴巴！什么烟缸儿（阎纲），烟粒儿（阎力），再来个烟盒儿（阎荷）！”“咱们家不但有作鞋（中国作协）的，而且有舞鞋（中国舞协）的，到了儿不定还有锯鞋（中国剧协）的！”这时，再沉重的心也会快活一瞬。

陆刚说，每到这种境遇，他就想起当年和咪咪谈恋爱的情景。“我们一起看演出，看电影，看体育比赛。阎荷的知识面很广，尤其文体方面；文学、影视、音乐、戏曲、小品、舞蹈作品的作者、演员她都能一一道来；足球、排球、乒乓球、游泳、跳水、体操都是她的所爱。她脑子里满是智慧，全身充满着活力。她还爱玩一种接成语的游戏，用成语的最后一个字，接下一个成语，她的脑子整个一个成语小词典，没有能难住她的，每次都因为我的卡壳而终止游戏。一次我输了，她让我请客，我问上哪？她说：‘燕京饭店西餐厅，那里高雅，有情调。’我骑摩托车，她坐车后座，双手搂着我的腰，头靠在我的肩上，我的心急剧跳动，太幸福了，我想：为什么不说去天津呢，路比这儿远多了？到底去哪儿？去哪都情愿！”

此刻，咪咪正让亲人们围坐在病床两边做这种类似修辞学上“顶针”、前尾作起头的成语接字游戏。她记的成语最多，所以，她是赢家。还喜欢一种问十个“是不是？”然后猜中人名谜底的一种游戏。她问得很巧，结果猜中协和医院门口一个卖冰棍的老大娘。她总是笑到最后。她还喜欢出一些习见的字词考我这个老编辑，我写的“器”字少了一个点，“寅”字少了一横，“笑”字的“夭”错成了“天”，读错了“大腹便便”“呱呱落地”和“阿房宫”。每当阎荷同亲人们做这类游戏的时候，我就想起她打自小就爱做语文游戏，想起她谈恋爱时成心拿陆刚开涮。

但她躺在病床上做游戏、开玩笑，往往选择亲人一族情绪不佳的时候。

第二次肠梗阻，阎荷痛苦有加，她对刘茵说：“妈，你要坚强。”刘茵哭了，她劝妈妈别哭，劝着劝着，自己忍不住也哭了。陆刚进来看见，背后批评刘茵说：“咪咪一直是咬着牙不哭的，妈你怎么当着咪的面哭呢？”

阎荷喜欢读小说，我给她带去写法别致的《人寰》和着眼人性的《大明宫词》。茅盾文学评奖开始，她点名要《许三观卖血记》和《尘埃落定》两部长篇。她说，苦中作乐，多一份额外的享受。我问《尘埃落定》如何，她说，《尘埃落定》是美文，艺术上要什么有什么，绝对一流！她的脸上泛起红晕，又赞叹说：“《许三观卖血记》清新隽永如白话诗，《尘埃落定》简直就是诗小说。”期间，雷达叔叔趋前探视，称赞咪咪这孩子通达，净跟他开玩笑。

周日一大早，咪咪高兴地告诉我说：“丝丝入团了，是班上头一批发展两名团员中的一名。”说话时，脸上浮现出春意，溢于言表的幸福感同时温暖着我的心。平时在家，咪咪一半心放在女儿身上，一半心放在丈夫身上，唯独忘记她自己，孩子争气啊！谈起对孩子的教育时，咪咪说：“我的教育方式很简单：同女儿平起平坐，相互尊重，自由开放却不放任自流，让她觉着你疼爱她却不惯她。”只要丝丝一人在家，她再疼再憋气，都要打发陆刚晚饭以前赶回去，而这时的她，翻身已经相当困难，只有陆刚轻轻“端”着她翻身才不致让她撕心裂肺地痛。提起这件事，我就为我的女儿生女婿的气，陆刚无奈，眼泪汪汪。重病住院，她为孩子感到欣慰，又无时不牵肠挂肚，尽管她和孩子谁也不提探视见面的事，但是谁的心里都在暗暗地使劲儿，有意回避执手相对无言时钻心的痛苦。

爱到深处是不忍！

2000年7月的一个下午，咪咪闷热难当，想喝绿豆汤，我将绿豆汤熬好，另有冰镇西瓜、西红柿、冰块等，顶着大太阳骑车送去。一应花样，在餐桌上摆好，像是正儿八经吃饭那样，整整齐齐、五颜六色。咪说：“爸切得像工艺品一样玲珑剔透，真好玩！”每当咪准备好餐具开吃之时，我总是说：“跟真的一模一样！韩国料理，跪式服务。”父女俩苦笑着。咪精神不错，挥舞着刀叉，细细地嚼、慢慢地吐（不是“咽”而是“吐”），顺便用舌尖润润干裂的双唇。咪深深地叹了一口气：“又‘吃’又‘喝’，什么牛腩，什么腰果，什么麦当劳肯德基必胜客，吃了那么多东西啊！够了！”说着，全身又是一阵难忍的疼痛，她咬牙侧了侧身，向着陆刚喃喃自语：“这次住院怕是出不去了。别人走得那么容易，我怎么这样难？”陆刚装作什么也没听见。

5日后，阎荷高烧40度，痛不欲生。晚，始用吗啡，昏昏沉沉，不“吃”不“喝”，看上去十分可怜。

翌日，陆刚生日，与阎荷互献鲜花。陆刚说：“这束花是我送咪的，这束花是咪送我的。”阎荷抓住陆刚的手不放，握着、吻着。晚8时她给陆刚打电话，知道大妹妹正在饭馆给陆刚过生日，便在电话里直道歉：“实在过意不去，谢谢陆璐！祝贺陆刚！祝你生日快乐、生日快乐，乐乐乐乐乐……乐！”通话时间很长，但没让丝丝接电话。

陆刚生日的第二天，余兴未尽，咪咪要我出个“脑筋急转弯”她来猜，我说：你们听好，说是到瓜地里买10斤重的西瓜，但是只带了9斤半的钱，到了儿，10斤重的西瓜还是抱回家了，怎么回事呀？咪说：“陆刚，注意爸说的‘抱’字。”我说：“陆刚，猜中了我免费给你打一年工。”陆刚抓耳挠腮。我提示：“注意时差。”结果猜中了，说：“记着给我免费打工……”咪说：“爸爸日夜跑医院打工，早满一年了！”我又出一题：“明明是假货，为什么还让卖？”咪猜中了，“是假肢、假发。”

提起“假发”，咪咪不由得动了动自己的脑门儿。

提起“假发”，不由得想起一件事来。从阎荷的电脑里偶尔发现约作于第11次化疗之后的一篇叫做《思丝》的短文。她惧怕的事情终于发生了。“思丝”即思恋青丝，她的女儿叫丝丝。

思 丝

做梦也没有想到，我，一个12岁孩子的妈妈、满头青丝的妇女同志会以秃头示人。更没有想到，毅然剃发之后竟不在意地在房间内跑来跑去，倒是轻松，仿佛烦恼丝没了，烦恼也随之无影无踪，爽！

活三十多岁了，还没见过自己的头型呢，这次，嘿，让我逮个正着。没头发好。

摸着没有头发的脑袋，想一想也不错。往常的这时候我该费脑筋琢磨这头是在楼下收拾收拾呢，还是受累到马路对面的理发店修理修理？是多花几块洗洗，还是省了钱自己弄弄？掉到衣服上的头发渣真麻烦，且弄一阵儿呢。没头发好。

没了头发才明白为什么有人愿意剃光头。盛夏酷暑，燥热难耐，哪怕猛然间来了一股小风，没有头发的脑袋立马就感觉到了丝丝凉意，那是满头青丝的人无论如何也体会不到的。没头发好。

没有头发省了洗发水，没有头发节约了护发素，没有头发不用梳子，没有头发不会掉头皮屑。没头发好。

没头发的时候只能挖空心思发挥其优势，有什么办法？再怎么说，这头也得秃着啊。

我翘首盼着那一天，青丝再生，健康再生。到那时，我注定会跑到满意的理发店去，看我怎么摆弄这一撮撮来之不易的冤家。洗发水、护发素？拣最好、最贵的买喽！还有酷暑呀？它酷它的，我美我的，谁爱光头谁光去，反正我不！

癌细胞不断地侵蚀阎荷的五脏六腑，全身性的剧痛和奇痒像一双双粗暴的魔爪伸向她的喉咙。下面是当时写在纸片上的对话笔录，一直装在咪咪上衣口袋里秘不示人。一天，刘茵抽取卫生纸时带了出来，咪赶紧捡起塞进口袋，妈奇怪："秘密吗？""嗯！"咪咪的病情越来越重，肠梗阻插着胃管，腹水向两肺进逼，呼吸极其困难，不停地捯气儿。她和女婿只能在一张小纸片上进行揪心的交谈。不得哭，潜别离，两心之外无人知。

等你好了，我们好好生活。

哪儿有个好啊？美好的时光只能回忆了。

只要心中有我们，一定能够战胜疾病。

我心中始终有你们，却没能控制住疾病。如果还有来世，只盼来世我俩有缘再做夫妻，我将好好报答你。

从今天开始咱俩谁也不能说过分的话，好吗？

这些都是心里话，因为我觉得特别对不住你们，你们招谁惹谁了，正常的生活都不能维持。

你有病，我们帮不了忙，不能替你受苦。

谁也别替我受苦了，还是我一人承受了吧。我只希望这痛苦早些结束，否则劳民伤财。真的，我别无他求，早些结束对我来说是最大的幸福。

别这么想，只要有一点希望咱们俩就要坚持，为了我，是不是我太自私了。

坚持下去又会怎样呢？你看你们每天跑来跑去，挺累的，为了你们，我看还是不再坚持为好。肠梗阻太讨厌了！

生病没有舒服的，特别痛苦，你遇事不慌，想得开，我看是有希望的。

你看不行，你是大夫吗？（玩笑）

你知道多少人惦着你呀？

大家对我这么好，我无力回报。我奉献给大家的只有一句话：珍惜生命。我真的爱大家，爱你，爱丝丝，爱咱们这个家，都爱疯了，怎么办？真羡慕你们正常人的生活，自由地行走，尽情地吃喝。没办法，命不好。酷刑！胃液满了吧，快去看看。

7月18日，夜深沉，昏暗的灯光下咪咪侧着头，呆呆地望着通身紫透了的一种宽叶草，这是好友甄颖特意从燕莎商城捧回来放在床边的。咪咪天生喜欢紫，对紫色异乎寻常地敏感，似乎这“红”与“绿”的组合燃烧着不息的生命。咪咪的余光又转向陆刚，望着陆刚出神。陆刚将胸口贴紧咪咪，二人对视；陆刚抓住咪咪的手，相执无言。陆刚索性将身子倒下，在高高垫起的枕头上与咪共枕，脸和脸紧紧地贴在一起。陆刚问：“这样好吗？”咪咪说：“好！（声音微弱地）这样多幸福！”

7个多小时之后，病房慌乱起来，咪咪安详地闭上眼睛，病床四周哭声一片，陆刚一把抱住了咪咪：“咪咪，你睁开眼看看我！咪咪，你睁开眼看看我！”随后，又抱住亲人们大哭大喊:“我的咪咪没了!我的咪咪没了!”

转瞬间女儿归天。“如果还有来世……我将好好报答你”,“只盼来世我俩有缘再做夫妻”,成为最美丽的遗愿和回报。

转瞬间女儿归天。我想起常为死亡困扰的蒙田,他说:“与其被死亡追逐,不如回过头来与死亡相邀,与死神对饮。”生性敏感的女儿对此了然于心。

女儿达观,心性恬淡,活得平实。她选中比她的待遇还低的行政人员做丈夫,带着品学兼优的小丝丝幸福度日。她尊重人,用心体贴人,谁都愿意跟她说句心里话,谁家小朋友见她不依恋、不念叨?

鹰攫小鸟时小鸟绝望而啼叫,枭捕小兔时小兔惊恐而哀号,而咪咪在连吗啡都不能缓解疼痛和刺痒的无望下却没有高声喊叫、低声呻吟。

美丽的夭亡,亲情的绝唱,谱成一首柔肠百结的《安魂曲》。

我的主意定了,咪咪的墓碑上就刻上这么两段话:

> 阎荷是《文艺报》编辑,写得一手漂亮真诚的文章。
> 阎荷总是一副和善的笑脸和一双值得信赖的眼神。
> ——《阎荷同志生平》

> 美丽的夭亡。她没有选择眼泪。
> 她的胸前置放着一枝枝荷花,总共三十八朵。
> ——《我吻女儿的前额》

2004 年 7 月　女儿四周年祭

(此文荣获“感动中国的爱情故事奖”)

孤魂无主

阎姓聚族而居，远房的伯父不少，但三伯生性怪异，涉世传奇，全身都有戏，生前，我恨他，死后，又想他。

三伯从小喜爱读书，据闻，四书五经“可以通背”，之乎者也烂熟于心，肚里有文墨，算得上本姓大族里不大不小的一个文人。后来抽大烟（吸食鸦片）成瘾，没有赶考，自甘堕落。

三伯的老屋在祖宅的正院，作为老大的一支，庄基阔大，屋舍俨然。他把祖上留下的家业卖个精光。

三伯变卖房地产的办法很特殊，今天拆几根椽，明天拆几条檩，卖了钱便买大烟棒子。大烟棒子是把生土熬熟以后，用小片粽叶包起来，一小团拧一个棒子，酷似现在的水果糖。那时，醴泉县城（50 年代改为“礼泉县”，唐昭陵雄踞县城北山）有烟馆，上街拐弯就到，三伯是那里的常客。一份家产全让他“抽”光了。落魄之后，每天只需一两个棒子即可过瘾，但愧无分银，一狠心，拿媳妇换了几两“生土”，媳妇哭哭啼啼，连人带娃，硬让人贩子给领走了。

房舍、庄基、老婆、孩子，全卖了，无立锥之地，他便在家族各个支系的公用粪场，搭造起一座简易的屋，大不过半间。他不种庄稼，不养牲畜，无粪土可堆，在粪场占据粪堆大的一块地方安身，于情于理都说得通，所以无人过问。门外是林立的粪堆，人来人往，群蝇乱飞，窗小，门狭，屋檐低矮，你想进房门，焉敢不低头！三伯蜗居其中。

这半间小“窝”，面西，屋后紧贴糖坊大院，大院的门墙向阳，避风，每到冬天，老人聚集在这里晒太阳。从上午 10 点到下午 5 点，人们懒洋洋地蹲靠在墙角，说长毛造反、西太后西逃，说袁大头登基、张勋复辟和孙大炮二次革命，谁家媳妇孝顺、儿子听话，谁家婆媳又上演《小姑贤》。有人脱掉上衣捉虱子，有人在砖墙上蹭痒痒。午饭时分，儿子或媳妇给老人把饭端来，那碗大得像小盆儿，吃一碗就饱得打嗝。老人们以能在这里安全过冬为幸事，大白天不必回家。我爷爷是私塾先生，教书育人，老年爱说笑，是这伙哥们的核心人物，但是爷爷不愿意蹲在墙角吃饭。不论是门前污浊的粪场还是南侧热闹的老年活动中心，这一切的一切，都与独来独往的三伯无关。

三伯谋生了，在半间瓦房的门外挂了个“代写文书”的牌子，从此有了“阎代书”的称谓。

三伯没有早晨。从凌晨 3 点到午前 11 点，是他最香甜的睡觉时间。11 点前后起床，躬着腰从窝里走出，低头，背手，迈方步，穿过柴市，上了大街。先到“一窝鳖”要一竹碟羊肉包子，要么到馆子吃上一碗红肉码子，然后，“刘二茶馆”落座，边品茗、边招揽生意。这时，总有乡下人向他拢来，这个要写一张地契，那个要写一份诉状。他不慌不忙，点头应允，不紧不慢，继续喝茶，直到喝足歇够才起身，求他的人尾随其后。三伯途经柴市，在烟馆买好棒子，回到小屋，先过瘾，过足了瘾，然后像医生叫号一样，按先来后到依次靠近炕桌，挨个儿给他们代书。三伯一天最为繁忙的时刻开始了。

写一张诉状或地契，没有规定的价钱，但来人留下钱财才肯离开。三伯从来不跟人争多嫌少，给多少收多少。整钱放在炕桌的抽斗里——土炕超大，炕桌也不小，是他的书案，是屋里唯一的家具；小钱装在衣袋里。接着便听下一个来人说道，聚精会神，问问答答，提笔，舔墨，刷——刷——刷，无论长短，一挥而就。干这一行，醴泉县城他是独一份，因而，收可抵出。不过，这些钱全用在吃喝开销上，极少数购买笔墨纸张，大多换了大烟棒子。正由于他做的是独门生意，一桩案子要是有两家原告的话，两家原告都会来找他，他都应承下来，而且把两张状子写得全都在理，因了这一点，有人背后议论他，骂他是“黑心代书”，他不管这些，打官司嘛，或输或赢，全靠各人的本领和门路，与他代书有什么相干！我收的，是代书该收的，多少由你，你我心安理得。

除了诉状、地契，他还写书信、分约、婚单、对联以至“天荒荒，地黄黄，我家有个夜哭郎”。他精通农村一切应用文，靠一支秃笔换钱，有饭吃，有衣穿，有烟抽，倒也自由自在。

打发走一群来人，三伯感到疲累，从床上搬下矮桌，摆好烟盘，再足足过上一把烟瘾。此刻，日近黄昏，对门祖宅的台阶上下已经聚拢了嬉戏扯闲的人，他也躬身其中。孩子们要他讲包公、济公，他不拒绝，而且加添上施公，绘声绘色没个完，直到天黑，可惜，没有茴香豆送给孩子们：“多乎哉，不多也！”

入夜，被本家一座座粪堆包围起来的小小瓦屋安静极了，静得有些恐怖，粪堆刹那间变成坟堆！夜无月，漆黑可怕，月光如水，阴森可怕，但是三伯不怕，好像只有这时候才好使他进入神游的最佳境界。他睡得很晚、很晚，一盏小油灯常常亮到凌晨甚至鸡叫三遍。他在小屋里做什么呢？人们说不清楚。有人说他挑灯夜读，有人说他心系国难，有人说他借酒浇愁，总而言之，此时的三伯回归到文人的本真，难怪他特别适应甚至期盼着夜幕降临后这种死尸般瘆人的寂静。睡得晚也就起得晚，他的生活里只有夜晚和晚半晌儿，没有前半晌儿。即便是大年初一，也要睡到大晌午。我们家族有个不成文的规则，大年初一一大早，家族四个支系的男男女女，分性别排好长长的队伍磕头拜年，拜祖先的灵位和活着的长辈。队伍经过粪场，三伯尚在梦中，只好在他的窗外跪下磕头。尤其是年轻媳妇们，对他十二分的尊敬，一边下拜，一边对着窗里挑衅地喊："伯，给你拜年咧！"她们故意把嗓子扯得很高。他被吵醒了，想起今天大年初一，便翻了一个身，在床上懒懒地应道："磕吧！磕了搁在窗台上！"一阵笑声渐渐远去。妯娌来拜年，在他房外喊："三哥，给你磕头了！"他仍未起床，照样对着门窗说："磕吧，磕吧，磕了搁在窗台上！"窗外说："快吃饭了，你还不起来？"他说："正安零件呢，安好了就起！"族里的长者听了这话，不高兴，长叹息："他白领了族人的跪拜，祖先何曾领受过他一个头呢！"

话虽这么说，全族的男女老少，没有一个人讨厌他，没一个人反对他的。不知人们是不屑讨厌他、反对他呢，还是不敢讨厌他、反对他。冬天来了，他要烧炕，自己不耕不种，没柴没草，又懒于捡拾，便随手提上个粪笼，找到柴火堆就动手，扯呀扯，塞呀塞，塞满后大大方方走开，无人干涉，无人计较。

就这样，在这半间瓦房里，三伯度过了15年的日日夜夜，到了第16年，一个突然，儿子笃笃从外省远远地跑回家来，年方一十七八。年轻的小伙子不显身份，在整条街上来回乱窜，暗中打问，最后在父亲最繁忙紧张的时刻，绕过粪场，推门走进半间瓦屋。屋内有人一字排开，挤在东墙的墙根，娃也不声不响地蹲在队尾。等人们一个个离开后，父亲以为这年轻人也是求他写诉状什么的，抬头便问："你是啥事？先口诉吧！"孩子扑通一声跪倒在地，连呼亲爹，热泪盈眶。

笃笃从母亲口里知道了自己的身世，不愿寄人篱下，决心千里寻父，身背母亲准备的干粮，空着两只手，跋山涉水，返回醴泉城关阎家什字。他哪料到父亲竟然蜷缩在巴掌大的小屋里，不觉悲从中来，一腔怨怼顿时化为怜父之情。

三伯老泪纵横，16年来，他何曾如此伤心过！

笃笃大我4岁，我叫他"笃娃哥"。那时的我，正陶醉在街道的自乐班里，说唱念打，愉悦乡民。一次，自乐班在我家演练，笃娃来看热闹。16 年来，笃娃哪里见识过此等兴高采烈的场面？他沉迷其中，开始惊喜，继而发呆。大家心疼他，本家的娃嘛，可怜家的，让吃让喝让拿，“叫娃下回再来！”

凭着是刘二的老顾主，三伯给儿子在茶铺找到一份苦差。我们醴泉县城，只有西门外的井水最甜，可是茶铺劳力不足，对外说是西门外的水，实际却是骗人的。用西门外的水沏茶，味道甘醇，斟入杯中，高高鼓起，一清不溢，半点不流。自笃笃当了伙计后，刘二茶铺改用西门外的井水，从此客人蜂至，生意兴隆。笃笃为人老实，整日烧水拉风箱外带挑水。先是日挑十多担，后来陡增二十多担。挑回的水倒在两个大瓮里，清幽幽地打闪，照人可真呢！

笃笃睡在茶铺的板楼上，茶炉的热气准准地对着他铺下的被褥。他不曾料到板楼的这一部位，虽然暖和却最为潮湿，不几年便染上风湿病，腰疼腿痛，终于在抗日战争的中期郁郁而亡，不满 20 岁。

儿子死时，三伯 63 岁，事后一百多天不曾接待过一个顾客，不曾写过一份文书。一天午间，有人远远发现一个老妇在笃笃坟上烧化纸钱，捶胸拍土，号啕大哭，前仰后合，死去活来。这人把这见闻告诉三伯，三伯估摸着笃笃他妈寻她娃来了，连忙跑向墓地，等他赶到时，娃他妈无影无踪，杂草丛中只剩下一大堆纸灰，随风飘散，乌鸦惊叫几声，然后飞去。四野死一般的寂静，三伯在杂草丛中来回踱步，最后晕倒。

三伯一病不起，劝吃劝喝，不吃不喝，呻吟夹杂着梦呓，如泣如诉，几天后便死了。孤魂无主。全族人为他筹办葬礼，一切遵照乡规里俗：阴阳看了地穴，掘圹七尺，青砖镶砌，三寸柏木棺材漆得油黑，十六抬棺罩，细乐吹吹打打，一群族里的侄儿、侄孙披麻戴孝，倒也热闹非凡。这样的葬礼使整个醴泉县城的老人们钦羡不已，说：“够了，够了，他这一生也值！”说：“有儿有女又能咋样呢？”

也许，三伯想为自己写一张诉状，控告不平的人世同时控告他自己，但他没有写。所幸者是，他死后，人们没有忘记将他用了一生的那方似砚似瓦的东西置入棺内，没有忘记为他献上一枝上好的小楷狼毫。

三伯从粪场被转送到坟地，活棺材变成孤魂野鬼。那时中国农村，识文断字的极少，三伯死了，人们感到很不方便。很长一段时间，乡下人不知道他已经不在了，找他，在半间房的周围索索地转悠、等候，阎家的人看见了，说：“不要等了，等不来了！”说着，眼里涌出了泪。

三伯生前，常来我家蹭饭，我最怕他来家里蹭吃要喝。他来家，母亲连声不断地“三哥！三哥！”叫着，殷勤待承。爷爷将他让上正座。我得先叫声“三伯！”

然后沏茶倒水。他一点也不客气，随便夸你几句，便推杯、挥箸忙活起来。我恭恭敬敬，双手把饭碗递到他的面前，一碗又一碗。我神情漠然，何等地厌恶啊！三伯看出来了，说："吃多了，吃好了，够了！"母亲盯着我直翻白眼。

三伯一生，唉，怎么说呢？好吃懒做大烟鬼，卖房产卖媳妇卖儿败家子，不可原谅，我恨他、厌恶他。也怨他代写诉状，包揽词讼，为什么不见贤思齐，像《四进士》里的宋士杰那样，打抱不平，击鼓鸣冤，舍得老死边外，一举撂倒他三个贪官！

笃娃哥死了，三伯也跟着死了，六七十年过去了，我又想三伯了。想起那座粪堆群里的坟头活棺材，想起那杯苦茶，那方代砚而濡的瓦片，那些不值钱的秃笔，那孔乙己般的惜惶可怜穷酸相，那岁月的萧索、颓丧、衰败与沉重，不禁低下头来，彻心彻骨地忧伤。

笃娃哥死了，三伯跟着死了，他的那个社会也死了，我原谅三伯了。三伯品行罪错招人怨，为人所不齿，可是乡下的受苦人离不开他，而他，只要填饱肚子过把瘾便知足。他有他的活法：安于贫穷，与世无争，自食其力，保有自我的一席之地——自由的空间；也有安全感，莫谈国是，和孔乙己一样"从不拖欠"，你官府管不着，不担心"偷书不算偷"结果被人打折一条腿。

2010 年 12 月

顺和哥和他的儿子

顺和哥和他的二儿子地弟，是我们本家人喜爱的父子笑星。

顺和是阎家老屋排行数三的一个老哥，诙谐幽默，在街上以率直闻名。困难时期过年，队上每户发十多斤麦子，几户只能凑起来磨面，磨完面队上要收费，顺和哥说："我是长款户，你扣吧。"队上说："那不是一回事——豇豆一行，茄子一行。"顺和哥说："那你就先把豇豆一行给我，我再把茄子一行给你。"又有一回，在路上遇见一个女娃，伤心流泪，顺和哥问她，她说想上学，学校不收，说"十好几了，超龄"！顺和哥说："把他的，几十岁的老婆子赶着去上扫盲班，十几岁说人家娃超龄了？"

顺和哥两口子一共生下七个娃，越穷越生，越生越穷，在挣工分的年月里，一家九口只好饿肚子。过度的劳累，顺和嫂病倒了，问：啥病？没钱没粮上医院，哪知道啥病！眼见着顺和嫂的脸和脚一天天肿起来。

1965 年，好容易盼来个丰收年，队上正好来了个"四清"工作队的娄队长，和社员同吃同住同甘苦，顺和哥编了一句顺口溜："分粮分油，多亏老娄。"正月过年，阎家什字久违了的锣鼓又敲响了。顺和哥是街上有名的鼓手。

1966 年的正月十五一大早，顺和哥手执胳膊一样粗的鼓槌响将起来，大鼓咚咚，惊天动地。顺和哥周围几十副大铙，发出令人震撼的巨响。只见大伙两手重合轻分，举过头顶的大铙在空中翻滚、飞舞，发出"嚓嚓嚓嚓"迅雷般的阵阵声响。击者小肚往前一拱一拱，腰杆屁股左拧右转，时而两臂伸直，时而两臂弯曲；有人实打实敲，有人虚张声势，像要杂技似的，逗得众人大笑不止。

只见顺和哥忽而槌敲鼓心，忽而槌敲鼓边，脸色由白变红，太阳穴上暴起的青筋同鼓皮一起震动，双颊皱起的松皮也随之大幅度地一收一坠。那强烈的节奏，那令人心魄震荡的音响韵味，带着家乡人久违了多年的欢乐，跳过城池的泥河沟，在“唐王”李世民“昭陵”的九嵕山上盘旋。顺和的几个娃高兴得不得了，急忙跑回家去，告诉蜷缩在土炕上的他妈。顺和嫂说：“娃们啊，你大(父亲)要是敲鼓，就是日子好过了。妈我看不见，在炕上伸长耳朵听着呢！”正是这一天，等到下午顺和哥玩毕社火回到家里后，顺和嫂子的手脚已经冰凉，就是说在两口子都为多年不遇的丰收高兴的一刹那，嫂子死了。族里的人忙着给三嫂穿上老衣，从始到终顺和哥没说一句话。七个娃哭成个泪人人。顺和哥走近顺和嫂子的遗体，弯下腰，流着泪，把他劳累而死的妻子深深地吻了一下，这个动作让众人惊诧，打了个机灵，突然爆出了震天的哭声。

无论大人小孩，提起地弟，就像提起顺和哥一样地感到亲切，好像阎姓族群里有了他和他父亲，生活就有了欢乐、有了生气。

地弟是顺和哥的二儿子，把我叫叔，提起此人，大大的有名，醴泉县城无人不知。

地弟最早以放炮出名。本地乡俗，迎亲嫁女，必须放炮，但地弟只替娶家放炮。迎亲车到门，一串鞭炮，三响大炮。大炮要放得巧、放得脆响，出其不意。出其不意是指能把新媳妇吓一大跳。这自然有点技术。比如新媳妇一下车，刚刚迈步，一脚踩响，尘土飞扬，引得人们哈哈大笑。这一响巧妙而且出其不意，才算放得好。地弟放炮，多是自动找上门的。人们见他来了，忙说：“来了，来了，先抽支烟。”他将烟夹在耳轮上，并不急于点着，等迎新车到门，他才点烟，狠吸一口，作为引火，然后寻觅时机，出其不意，骤然放响。炮放完了，地弟在众人的嬉笑声中扬长而去。

后来，地弟又学会了响麻鞭。那麻鞭五尺长，整日缠在腰里。高兴了，左右开弓，毕剥爆响。有时趁人们不留意，噼啪一声，吓人一大跳。他黑天睡得晚，半夜从外边回来，一路上甩得麻鞭叭叭响。人们听到鞭声，知道地弟还没睡。睡得晚，起得早，天刚麻亮，他走出大门，将麻鞭甩几声，然后满街走动，满街爆响。这鞭声像雄鸡报晓，催人起身，开始了一天的生活。

学会了响麻鞭，地弟又学着甩长鞭，赶大车。他的长鞭很讲究，鞭竿用塑料绳扎得一节红、一节绿、一节蓝。鞭梢是红的。他说那鞭梢要用猪血浸过，这样抽打起来才清脆响亮，不开花，不断裂。学会了甩长鞭，很自然过渡到赶大车。地弟赶车，一不搞运输，二不拉粪土，专门为迎娶新娘服务。娶媳妇赶车，并不是一种职业；但由于地弟从小会放炮，人们很乐于请他，时间长了，好像成了他的一种职业。媳妇娶回来，主家便请赶车的把式入席，地弟吃得油嘴滑舌，乘兴闹了洞房，然后噼叭噼叭甩起长鞭，回到家里，往往是深夜。

再后来，地弟终于有了一种职业：看守尸体。那些年，县上常常枪毙人，贪污犯、盗窃犯、抢劫犯、杀人犯，毙后一时无人收尸，公安机关便让地弟看守，一天一夜十元钱。地弟凭着一副壮胆，晚上和尸体睡在一起。遇到无人认领的尸体，公安局让他掩埋。有主儿的尸体，主家认领，带几件新衣来。谁敢给死人穿衣服呀？谁又会给枪毙的死人穿衣服？地弟敢，他也会。给死人穿衣，按衣领论价，一条领早先三元钱，后来五元。这样算来，地弟有时一月可以赚到百元。

这种差事干的时间长了，慢慢地，地弟便和公安人员有了交情。人们知道了这层关系，遇有枪毙罪犯，主家也托他转告公安方面求其枪下留情，不放“开花枪”把脑袋打炸，一枪毙命，让死者少受罪。说情是有潜规则的，家属既要给公安方面一些好处，也要给地弟几个跑路钱。地弟手头儿更活了。

地弟特别爱护我们的家族，以家族的人口众多、相亲相爱、颇有几位出人头地的人物为荣。他年龄虽不很大，却对这个家族的历史十分明了，尤其对各个支系的子嗣，某一辈分的人数、名号、性格、轶事了如指掌，一有空就津津乐道：“我老老爷那一辈，兄弟五人；二老老爷，在外做官，有四个少爷，个个聪明过人。老爷辈，为‘守’字辈，几乎把‘言’部的字用光了！我爷这一辈，兄弟十八人，‘景’字辈……”他并不识字，这些考证不知出于何典、哪儿来的。这十八人，谁夭亡，谁早逝，谁有后代，谁无子嗣，他都清楚。越到下一辈——也就是他父亲一辈，人数更多，不少随父母在外地落户，有的是在外地出生，要搞清楚，颇费工夫，但他终于搞清楚了，以至于连那些他不曾见面而同年出生只是月份不同的几位，也能准确地列出排行，像水泊梁山给一百单八将准确地排出座次一样，所以，在西北街阎家什字，大家都很喜欢他，信他，庆幸有他这样一个掌管着家族档案的后生，生活里可不能没有他啊！

农村经济体制改革以后，生产队不存在了，百姓遇有打墙、盖房或其他红白之事，一时无人派工相互协助，生活中遇到困难。阎家本族为了解决这一难题，发起成立“家族自治委员会”，无论哪家有事，均由自治会负责组织人力。这个想法得到全族人的支持。自治会成立的时候，选了委员和主任，地弟荣任通讯联络干事，这是他一生中最得意的一天。任职后工作认真负责，现已提升为自治会的委员，将来也大有荣任主任的可能。

地弟现在已经是五十多岁的小老头了，由于青壮年时代当过医院太平间的看门人，后来又干过替死人（多半是被枪决了的死囚）穿衣服的营生，所以一直与医务界和公安局保持着联系，现在竟然坐在县医院的大门口当起医院的传达了。他不知从哪里弄来一身黄军装、一件黄大衣，黄色不离身，守护在传达室的窗下。地弟对工作极其认真，当传达，同时兼着门卫。这年月，门卫工作越来越重要，因此，医院的上上下下，都视他为安全卫士，对他十分器重。

地弟对乡下赶来急诊的病人怀有极大的同情心，无论春夏秋冬还是深更半夜，只要有人敲打医院的铁皮大门，他即刻起身下床，打开大门，领着危急病人就诊，帮他们挂号，找医生，抬氧气。他还按照病情，去门诊上察看哪几位大夫正在上班，然后指点病人挂谁的号。他以为某种病必须由某个大夫治疗时，还专门去说情。大夫也都听他的，因为他常在大门口夸赞他们："我们的×××大夫，那真是华佗再世！"他的这一夸赞虽不是技术鉴定，不能凭它涨工资、评职称，但是哪位大夫不被他夸赞，心里还觉着不是个滋味呢！

这年头，没钱没势的，办事得托人，乡下人在医院既没有外甥，也没有干儿，便乐于和地弟交朋友、拉关系，以防家人有个大病小灾的生生给耽误了。他们说那小老头人好，办事热心，有时还不免送他点小礼品。遇到这种事，地弟便拒绝说："在咱这儿，不兴这一套！"俨然一个清正廉洁的大干部。

一天，芳妹着急了，说她的"唐老鸭饭店"常常被一伙年轻人骚扰、施暴，白吃、白拿，还摔摔打打，怎么办呀？大哥听见了，说："寻咱地弟去，你是他姑！"地弟既不是黑社会，又不靠武力征服，就凭他那点小小的威望，几句不软不硬的话把一伙人给喝退了。地弟一次遇见芳妹，说："姑！那一伙东西不学好，要好好训斥训斥，我指着他们的鼻子说：'你们听着，这是我姑开的店，谁闹，小心谁的狗腿！我整天抱着死人打交道，鬼都不怕，怕你们？'"从此以后，芳妹的饭店除了税务局白吃白拿外，总算是平安无事。

地弟越来越感到自己是个人物了，起码觉得自己没有辱没先人。

2005 年

大家书系

爱到深处是不忍

第二辑

忍看朋辈成新鬼

我的摇篮　我的恩师

——《文艺报》和侯金镜

制造《红楼梦》事件，质问《文艺报》，批胡适，抓胡风，几番风雨之后，张光年、侯金镜到《文艺报》赴任。

1956年底，我走进鼓楼东北角下的一座小院，受命于《文艺报》，受业于侯金镜。

我们新来的一批大学生，对党中央毛主席直接领导下时常在文坛发难的《文艺报》敬畏备至，情愿为《文艺报》献身。和我一起到《文艺报》的谢永旺同学在会上说的一句话，赢得热烈的掌声。他说：当我离开人世的时候，我要像别林斯基一样，将我的《现代人》和《祖国纪事》——《文艺报》枕卧在棺材里。

1957年《文艺报》的一次联欢会上，节目正在进行中，我临时动议主编张光年朗诵他的《黄河大合唱》，全场好激动啊！20年后的1977年——《黄河大合唱》诞生38周年之际，在他的热情鼓励下，我应《音乐论丛》之约撰写了两万多字的长文《论〈黄河大合唱〉词作的艺术成就》。1938年秋天，25岁的光年来到黄河壶口，他惊呆了。黄河之水龙腾虎跃，从天上倒下来，撼动着大地，叫嚣之声十里可闻，恍惚千军万马呼啸着压将过来，“黄河啊，多么伟大、坚强！”衣服被浪花打湿的诗人同黄河融为一体。他暗自定决心：“一定要写一首讴歌黄河的诗！”

为了呼唤诗神，1961年，张光年给《文艺报》和作协同仁以及人大文学系的青年朋友讲解《文心雕龙》。48岁的光年英姿勃发，他的朗读，立刻在我的眼前浮现出诗人当年朗诵《黄河大合唱》的情景。特别是《神思》篇，听：“寂然凝虑，思接千载；悄焉动容，视通万里；吟咏之间，吐纳金玉之声；眉睫之前，卷舒风云之色。”“登山则情满于山，观海则意溢于海，我才之多少，将与风云而并驱矣。”诗人激动起来，神采飞扬，那迷醉，那潇洒，那错落有致的铿锵和不加掩饰的得意与满足！

更难忘，张光年1958年1月26日出版的《文艺报》第二期上，刊出《再批判》特辑，《再批判》的按语是毛泽东改写的，信中点名批评张光年等三位正副主编“你们政治不足”，同时，引起《文艺报》领导对于文风问题的高度重视，因为毛泽东接着批评他们“你们是文学家，文也不足”。张光年在编辑部大会上极度兴奋，继而紧张、沉重，说：我们《文艺报》说空话、发空论的文章不少，洋八股、党八股积重难返，问题相当普遍。他对自己的文风也很不满意，说：肚子里的货色少，写出来的文章空，一片衷忱，满纸呆相，相当苦闷。又说：现在毛泽东批评我们了，我再也坐不住了。此后，他写了《论说托尔斯泰没得用?》《端方的下梢头》不少生动活泼的文章，对我此后文风的自觉影响很大。

张光年温文尔雅的诗人气质，谆谆教诲的学者风度，热情洋溢的演说才能以及刚劲秀美的书法艺术，都是那么清晰和美好，一直保留在我的记忆之中。

黄秋耘的人道主义文学批评和艺术情调的批评，使他在当代文学批评中别具一格。黄秋耘喜欢“精致而优美的艺术形式”，“宁愿淋浴在小小的浪花中洗净自己的心灵”，不愿“时时刻刻都在装腔作势地咆哮”。他在《孙犁作品的艺术特色》一文中称道其“既有小品文的纤丽韵致，又有诗歌的抒情色彩”。在《〈山乡巨变〉琐谈》一文中称道其“对人物心灵的细致剖析和对事物的诗意描绘”。黄秋耘的文学创作如《杜子美还家》《丁香花下》《雾失楼台》等等，如泣如诉，忧愤有加，成为他人道主义理念的文学范本。黄秋耘的悲悯情怀激起人们对于非人道的仇恨，但是，人道主义随着连续二三十年来“灭资兴无”地被蹂躏，黄秋耘始终不为“马列主义批评家”的主流社会所器重，他的幽灵却一直在作家群中自由地飘荡。

冯牧一直到粉碎“四人帮”，都是我《文艺报》的领导。冯牧热情奔放，敏感有才，是当代文学史上人缘最好、来客最多、团结作家最多，是阅读作品最多、推荐作品最勤、最热情的文学批评家，一直到老，手不释卷。冯牧精通中外，文艺思想并不保守，可是，当一批新锐作家冒出来挑战冯牧的“革命现实主义”时，他茫然，尽管他对《班主任》《红高粱》以来的创作推崇备至，他们仍然声称要“跟我的老师分道扬镳”。冯牧代表70年代末到世纪末文学的新时期。冯牧的逝世意味着新时期文学评论的终结。

包括“文革”在内，我跻身《文艺报》总共27年，是张光年、侯金镜、冯牧、黄秋耘他们把我们一伙年轻编辑带大的。

张光年文质彬彬，侯金镜凝重严谨，冯牧敏锐热情，黄秋耘简约精当，我们应该恭恭敬敬称他们为老师。

“《文艺报》啊，摇篮！”1984年，我在《答〈编辑生涯〉问》一中这样写道：“它拥有多少和培养了多少名编辑、作家和评论家！他们的名字是：丁玲、冯雪峰、陈企霞、秦兆阳、康濯、萧殷、张光年、侯金镜、陈笑雨、冯牧、萧乾、钟惦棐、邹荻帆、黄秋耘、唐因、唐达成、陈默、刘剑青、杨志一、闻山、黄沫、侯敏泽、蒋和森、冯宗璞、谢永旺、李基凯、吴泰昌、杨匡满、刘锡诚、陈丹晨、钟艺兵、雷达、孙武臣、何孔周、高洪波、李炳银等等，哪一个文艺期刊编辑部出现过这么多的人才？”“发现人才、爱惜人才、培养人才、重用人才是《文艺报》的优良传统。”

在从事文学编辑和学写文学评论方面，《文艺报》是我的摇篮，侯金镜是我的恩师。

一踏进《文艺报》的门槛儿，侯金镜就嘱咐我说：“你自己有了写作实践，方知评论的甘苦，约稿时就有了共同语言。”“我要让你的专业相对地固定下来，长期不变，争取自己在这一领域有自己的发言权。”

侯金镜手把手教一个出身不好的人熟悉业务。他教我一丝不苟，更要我“有胆有识”。为了一篇评论刘树德小说的文章，他连夜修改，仍不能起死回生，第二天一大早，满眼网着血丝，竟然向我表示歉意。他奖掖后进的不遗余力，凝重严谨的学风文风，时不时拿左手捏着眉心以减轻头痛的神态，以及那双高血压患者布满血丝的高度近视但异常明亮的眼睛，教我终生难忘。

当代文学史上“三红一创”的流行，与《文艺报》——特别是侯金镜指导下的规模性的评介有着直接的联系。在他的筹划下，我们多次拜访梁斌，对《红旗谱》进行全方位的、包括它的人情人性描写的研究和评论。我们约请冯牧及时撰写《初读〈创业史〉》，并以《创业史》为例，多次举办关于革命现实主义和革命浪漫主义的大型学术讨论。深入部队座谈《红日》，由他编发闻山和我合写的评论《红日》的文章。《红岩》座谈，声势浩大，影响极其广泛。其实，《文艺报》推出的重头作品岂止“三红一创”，此外还有杨沫的《青春之歌》(《文艺报》上连篇累牍的讨论，知识男女几乎尽人皆知)，曲波的《林海雪原》(侯金镜亲自执笔撰写富有艺术说服力的评论)，孙犁的《风云初记》(黄秋耘散文诗般的评论充分发掘其阴柔之美)，以及特约冯牧重点撰写的《一部具有革命风格的作品——读〈在和平的日子里〉》《坚实的道路，淳朴的诗篇——试谈李季的叙事诗新作》等。冯牧的《〈达吉和她的父亲〉——从小说到电影》和《略谈文学上的“反面教员”》具有反潮流的勇气。《文艺报》对于《达吉和她的父亲》历时不短的讨论,欧阳文彬和侯金镜关于茹志鹃小说的争论,侯金镜评论王愿坚小说的文章《结结实实的人物形象》和评论赵树理作品的文章《实干家〈潘永福〉》等等,对抗公式化、概念化的倾向十分明显。一时间,评论的身价提高,审美的意识增强,一种艺术多样性的、个性化的批评之风逐渐在《文艺报》上露头。

早在1956年,侯金镜就尖锐地指出:教条主义倾向在过去几年已经成为"有很大影响、发生了很大危害性的一种思想潮流",其表现之一,"就是向简单化、庸俗化的极端上去发展,和武断、粗暴的批评方法相融合,形成一种专横的批评风气,在文坛上高视阔步,四处冲击"。他批评说,"有的文章干脆抛开对作品的分析,直截了当地对作者的立场宣布可怕的判决。"这种风气在全国泛滥成灾,致使作家"无所措手足","战战兢兢","如履薄冰"。(《也谈〈腹地〉的主要缺点以及企霞对它的批评》)在这文学史上不寻常的岁月里,他敢于顶风,为收有萧平的《三月雪》、王愿坚的《粮食的故事》、李准的《信》、杜鹏程的《年轻的朋友》、陆文夫的《小巷深处》、王蒙的《组织部来了个年轻人》的《1956年短篇小说选集》撰写序言,序言的题目竟然是"激情和艺术特色"! 大声疾呼:"不能充分保证他们的个性和想象力在宽阔而自由地发展,公式化、概念化的堡垒也不能最后地、彻底地被冲垮。"所以,到了三年困难时期,文坛依旧反右倾、一步步走进死胡同的时刻,侯金镜写成《创作个性和艺术特色——读茹志鹃小说有感》,作家们看到了希望。文章写道:"高亢激昂、豪迈奔放的革命英雄主义是我们这时代的主调",但是"茹志鹃作品的优美柔和的抒情调子,唤起了读者对于时代的温暖、幸福、喜悦的感情,这种感情既是健康的,也反映了人们多样化的感情生活的一方面"。在当时那样狂热的政治气氛中敢于这样开明地衡文论道,实则空谷足音。

1961年底,侯金镜带我到颐和园云松巢阅读全年的中篇、长篇小说。

走进云松巢,迎接我们的是《诗刊》的丁力和闻山。丁力整理《清史稿》,案头一大堆资料,瓦片里一大摊烟头,我和侯金镜都吸烟,但是呛得不敢进他的屋。闻山,诗人兼书法家,他收集的古碑拓片十分珍贵,宝贝似的。是这些字帖拓片陪伴着闻山澡雪精神、将养身体,侯金镜和我捧之不忍释手,盛赞其富有。侯金镜对于丁力的《清史稿》工程赞不绝口,对丁力发现的绝妙诗词把玩不肯放手。闻山偏头痛,加之困难时期缺蛋白、少脂肪,身体尤其虚弱,不意遇见知心的大烟鬼。闻山极力反对吸烟,但反对无效,天寒地冻,只好整天关在屋子里叫丁力熏着。丁力对此深表遗憾,但没有办法,对他来说,不腾云驾雾,就没有灵感。

侯金镜给我们带来部队的好作风，像指挥战斗沉着冷静，像找士兵拉呱儿掏心窝子；工作时专心致志，一头埋在书本稿纸里，聊天时笑语欢声，一点架子也没有；站如松，坐如钟，行如风，名副其实的“团结，紧张，严肃，活泼”。

在阅读全年长、中篇小说的过程中，侯金镜一有发现，便到我的房间向我推荐，要么上厕所路过，在我的窗外喊上一声，《红岩》就是他首先喊出来的。他给我分析作品的思想和艺术，而且引经据典。只要论及鲁迅和苏俄文学，他的话匣子就打开了，对托尔斯泰、果戈理、别林斯基如数家珍。我发现在他的文艺思想里，有一条十分明晰的红线，就是现实主义，是直面现实的现实主义和干预生活的批判现实主义！

侯金镜喜欢散步，白天阅读，饭后散步，散步途中，变成流动的文艺沙龙。

侯金镜喜欢倚长堤而卧的各色桥涵，人迹罕至却别有风味。我们沿长堤跨桥梁，一直绕到十七孔桥。一时兴起，便鼓起勇气寻找寂然独立的玉带桥，那是宗璞在《红豆》里情人约会的地方，宗璞是我们《文艺报》的同事。但侯金镜常带我们去的地方是颐和园的后山，说后山有味，常常被人忽略，而雪后的后山更有韵味。他走路比谁都快，小跑一样，哪像散步！我腿长，也爱快走，紧跟不舍，可是苦了闻山，他，多才多病身，遇事不慌，悠然优哉，一件军大衣紧紧裹住身子，迈方步，落在后头。距离拉大了，他就急，喊：“金镜同志，你当是急行军吗！”我们停下步子，他补充地说：“困难时期，保存热量！”众大笑。

散步的时候，往往是侯金镜说话最多的时候，他反复强调“有胆有识”四个字，再三提醒当前的创作和评论一定要避免“胶柱鼓瑟”。又强调说，“文似看山不喜平”，写文章和发言，要有曲直和张弛，不能“一道汤”（戏曲名词，意指平铺直叙单调乏味）。（1963 年，他和《文艺报》的编辑观看豫剧《朝阳沟》，赞不绝口，转过身子对我们说：你看人家一波三折，“辫子上都有戏！”）他的针对性非常明显，就是要打破流行一时的舆论一律和风格单调。

今生最忆云松巢！

我清楚地记得，当侯金镜发现罗广斌、杨益言合作的《红岩》以后连连称道、欣喜若狂的情景。他叮嘱我说：“现在是困难时期，人民物质生活匮乏，我们要把好作品献给人民，使人民的精神生活丰富起来。”又强调说，我们需要革命的浪漫主义，更需要革命的现实主义，要拿生活的真实做基础，绝不能拔高人物。他极其肯定地说：“当前环境下，宁肯牺牲浪漫主义，也不能牺牲现实主义！”在侯金镜的鼓励下，我写出了《1961 年中、长篇小说印象记》，重点推出罗广斌、杨益言合作的《红岩》。

一天,《人民日报》李希凡来,当他得知《红岩》如何激动人心之后,立即向我们约稿,侯金镜指派我执笔撰写。侯金镜再次叮嘱我说:“现在是困难时期,人民群众的物质生活匮乏,我们要把好的精神食粮送给他们,继承传统,艰苦奋斗,度过难关。”我当夜写出《共产党人的正气歌——〈红岩〉的思想力量和艺术特色》,认为作品将敌我冲突推向生死关头,烈士们的牺牲精神,给人的心灵以相当剧烈的撼动。文章在《人民日报》上发表后,引起反响,《红岩》大量出版。事隔一月,在中宣部一次文艺理论家纪念《讲话》发表20周年的筹备会上,侯金镜深入分析了《红岩》的思想和艺术。他观点鲜明,并不正言厉色,讲话微有口吃,反而加重了每一句话的分量。会议期间,他亲自组织了一次讨论会,共5人:王朝闻、罗荪、王子野、李希凡、侯金镜。由我记录整理,《文艺报》发表,题为《〈红岩〉五人谈》,一时间,全国掀起“《红岩》热”,当年全国的报纸副刊被称为“《红岩》年”。

侯金镜提醒我们在分析一部作品时,一定要抓住人物的个性特征,不能概念化,正如毛主席说的,要注意矛盾的普遍性,更为重要的是注意矛盾的特殊性;也不能把个性绝对化,恩格斯曾批评过拙劣的个性描写。他说,你精细地分析一个鼻子,但要看准它长在什么人的脸上,而人,又是历史的,是社会关系的总和。侯金镜的“鼻子”说,让我久记不忘。

1962年,鉴于老作家李劼人的《死水微澜》重印以来,一发而不可止,仅仅6年时间,卷帙浩繁的连续性历史小说继《暴风雨前》后的第五部《大波》已经在读者中流传开来。这是一部历史的大书,一座宏伟的建筑,急需评论却难以下手。张光年和侯金镜放手让我完成一篇不大不小的文章。一个年轻的老人在我眼前活跃起来,仅用了一个通宵,我将文章草草写出,题为《绘声绘色的〈大波〉》。文章说:“我身入大伽蓝中了,它那样的宏丽,观之心神飞越。然而,它太大了,全面而切实地估价5部作品,对于我们不可想象。”“历史上的重大活动,距今50年矣,竟然这样有声有色,连他们的陈设、礼法、一举手、一投足也无不栩栩如生且切合当时时尚。”“对重大事件和对人物的侧面烘托,在紧锣密鼓中尚腾出手来描摹几幅可人的风俗画,语言准确生动富有浓烈的时代色彩,都是作品出色之处。”“历史长篇小说到底怎样处理写人与写事的关系,怎样艺术地塑造真人的形象,可以在李老的大书中寻求答案。”

过不几天,张光年告诉侯金镜说,他见到周扬,周扬说评李劼人的这篇文章难写,阎纲这样写很好嘛。

在侯金镜的指导下,我遍览全年的中、长篇小说,继《1961年中、长篇小说印象记》之后,连续3年,对当年的中、长篇小说进行综述。

1999 年 5 月 2 日，读《北京青年报》发表的本报记者鲍云帆采访姚雪垠的幼子姚海天写的《〈李自成〉42 年后人去卷终》一文，文中写道："……之后姚老又被送到武汉东西湖农场去改造，直到 1962 年第一卷才完稿。1963 年中国青年出版社冒着一定风险将该书出版，因为当时姚老还是个摘帽右派。此书出版后不仅报刊上未见到一个字提及，姚老也只能领到最低级别的稿酬。"

《李自成》第一卷 1963 年由中国青年出版社出版，出版后颇受欢迎。侯金镜和冯牧两位副主编胆识兼备，一致称赞《李自成》一卷的创作成就，认为它在当年出版的长篇小说中无疑是鹤立鸡群，经过商议，同意在我起草的以本刊记者名义发表的《1963 年的中篇、长篇小说》一文中加以介绍和推荐，同时嘱我，现在大讲阶级斗争，眼睁睁地盯着右派翻案的活动，下笔要注意分寸，不可过分突出。这样，我便公开地肯定《李自成》第一卷的成功，并在文中提出："当代题材的创作还在摸索之中，《李自成》却流传开来。《李自成》的成功，原因又在哪里呢？"粉碎"四人帮"之后，姚雪垠几次见到我都要提及此事，说当时一片沉寂，唯有你们一家公开表了态，我个人非常感动。可见，《李自成》第一卷出版后"报刊上未见到一个字提及"之说不是事实。

侯金镜教我重视原作，适时对创作做出评述的那份认真，我一直继承下来。1977 年底，复刊《人民文学》，我写了《粉碎"四人帮"一年来的长篇小说》，1978 复刊《文艺报》，写了《谈长篇小说的创作》《长篇小说印象》《日趋繁荣的短篇小说》和《中篇小说的兴起》。

不论是非功过，《文艺报》认真阅读作品和及时推荐新人新作的评论作风源远流长，我终生受用。80 年代参加作品讨论会，亲见冯牧戴着老花镜一字一句地引用原著时，我联想起《文艺报》的日子，几乎掉下泪水；90 年代以后参加研讨会，亲见一些发言离开文本分析，又想起《文艺报》，不觉悲从中来。

朱寨在《中国新文艺大系·理论二集》导言里论及"历史转折中的文学批评"时写道："建国以后出现的一些著名批评家，如王朝闻、秦牧、侯金镜、冯牧、黄秋耘等，深受读者欢迎，他们对作品都是从思想与艺术的统一或结合上进行分析评价，特别是艺术的分析细密精当。批评文章有理论、有知识、各有文采。"所以，新中国成立以后的文学批评，特别是文艺政治化，文艺批评变成阶级专政的手段(进而为即将到来的"文化大革命"进行路线上的准备)的历史转折中，真正坚持文学批评的美学原则的，舍侯金镜们其谁！

侯金镜为人处世的实事求是作风(其一)，为文衡文的现实主义精神(其二)，严谨周密的卓识锐见(其三)，颇得其终生为之追慕的鲁迅遗风之神韵。因此，在不到一年的大连会议上，他犯了天条，被打趴在“以阶级斗争为纲”的脚下。

“大连会议”遭受批判，侯金镜不胜感叹，说：“从年轻时起，邵荃麟就献身革命，一生执著地忠于党的事业，仅仅说了几句关于写作方面的话，受尽折磨和迫害。”“像邵荃麟这样一个宽厚善良的人，他得罪了谁？”后来又说：“我把家庭、孩子什么都不顾，忘我地工作、工作，可是你怎么去做都是错，我到底应该怎么做？《文艺报》我干不了了，喂喂鸡总该可以吧？到农场喂鸡，自食其力！”

三年困难快要过去，阶级斗争又来了，他喟然长叹：“吃饱了，又瞎折腾了！”

“文革”开始，红色恐怖，侯金镜和冯牧在文联大楼地下室打扫卫生，墙上挂着林彪的像，他指着林彪的像大骂“政治小丑！”后来被红卫兵告发，五雷轰顶，差点没被红卫兵打死，当晚回家，喝了敌敌畏，幸被抢救。

1969年9月，中国作协下放干校，侯金镜一家连窝端。侯金镜的最爱是书，家有书橱十多架，被认作“封资修”，多次被搜查。要下干校，这些书只好送的送、卖的卖，唯有鲁迅的著作以及研究鲁迅的书籍一本没动、一页不丢，同他认为最经典的马列著作一起，全部打包装箱，运往干校。

在干校，侯金镜属罪大恶极的重犯，风里爬、雨里滚，白天当苦力，夜晚啃“马列”，苦不堪言。

他买了一只马灯和一个小马扎，出工之前或收工之后，坐在马扎上，深度的眼镜对着马灯，一根接一根地抽着烟。冬夜，屋外北风怒吼，床头的豆光闪动。大家疲劳不堪，已经休息，他照例把小马灯拨亮，坐在小马扎上，俯身床边细读《列宁全集》，直到深夜。

1971年夏天，侯金镜调到蔬菜班，当年天旱，一天不浇，菜就蔫了。湖区的气温高达四十几度，侯金镜的血压居高不下，连续二十天挑水，又黑又瘦的身子快被烤成焦炭。

侯金镜挑着两个大桶，一晃一晃地，临到大坝，放下担子，大口大口地直喘气，我们同情他，说：“你怎么能干这活儿！粪在桶里晃动最难挑了。”他说：“锻炼锻炼嘛！平路担着还凑合，只是过大坝比较困难，有时得一桶一桶提过去。”

傍晚收工了，他坐在宿舍门口的小凳上，地上放一碗粥，放了很久，他连喝粥的力气也没了。

出事的这天，烧烤一般，其热难当，他去大田干了一天活，晚上又派往菜地挑水挖地，收工后，累到了极点，不及洗漱，便放倒干柴般已经佝偻的身躯，全身僵直。大约夜里11点多钟，他的头从枕上滑落下来，发出急促的鼾声……侯金镜的夫人胡海珠和岳母胡姥姥，坐在对面的床上，低头不语。连长李季叫醒食堂的老宋，老宋捅开火，煮好挂面，端给胡海珠，端给胡姥姥，端给医生，面凉了，谁也没动筷子。军宣队一直没有露面，大家静静地围守在小屋的周围。

“罪大恶极的现行反革命分子”侯金镜走了，在干校一座命名“向阳山”顶阴气浓重的夜。

第二天天不亮起床出工，全连大小人等，才知道夜里发生了什么，宋师傅说：“侯金镜去武汉火葬场了。”

艳阳高照，侯金镜的小屋静悄悄、阴森森，蚊帐撩起来了，洗过的背心和短裤整整齐齐地置放在枕边，草帽挂在墙上。

1971 年 8 月 8 日，卒年 50。

侯金镜要是多活 35 天，就能看见他指认的“政治小丑”如何被历史所粉碎。奇怪的是，侯金镜去世两个多月后，1971 年 10 月 14 日，全连大会这样宣布侯金镜的结论：在“文革”中犯了“严重政治错误”。

侯金镜的遗孀胡海珠说：永远不能忘怀 1971 年 8 月 7 日夜晚到 8 月 8 日凌晨所发生的一切，一张苇席卷起他的躯体，再用三根草绳分段捆着三道箍，像扔一根木头一样，往卡车上一扔，汽车就开走了。那是我的亲人啊！

侯金镜的骨灰到京，安放仪式办得匆忙，简陋得连一张遗像也没有。1979 年，邓小平主持中央工作，在京为侯金镜补开了追悼会（与韩北屏一起），周扬、林默涵、夏衍、刘白羽、张光年、严文井、丁玲、谢冰心、阳翰生、冯牧、周巍峙、胡可、杜烽、方杰、贺敬之都来了，隆重，然而悲凉。

在个人文艺崇拜、偶语弃市的年代，在作为“文艺红旗”的《文艺报》上出现像侯金镜这样有胆有识、刚直不阿的批评家，是艺术良心的胜利。在《文艺报》的报史上，他将永存，在中国当代文学评论史上，他将永存。

1984 年—2005 年

【五年后补记】 侯金镜逝世 37 年后的 2008 年元旦，胡海珠在病中打来电话：“阎纲，你和永旺编的《中国作家协会在干校》我收到了，非常动人，勾起我对那段生活的回忆，阎纲啊，你给金镜编个集子吧！我不行了，八十多了，眼睛不能看东西，肿瘤要确诊，你给金镜编一本书留个纪念吧，不然我难以瞑目。你再写篇序言。不知道你有没有时间……”

我说：“海珠同志，你放心，我再忙也得帮你做这件事。你再给谢永旺说一声，我们两个一块商量着编，整个包下来，你最后通读一遍就行。”她说：“我的眼睛看不了了……”我说：“我们二校，我们通读，后记我写，序言最好请胡可，他们是老战友了。”她很满意，说：“我这就给永旺和胡可打电话。”

侯金镜的死，文艺的损失，国家的耻辱。我们一定要纪念他。

当书稿递到我和永旺手里的那刻，我们的双眼一片模糊。

收入本书文章的作者，有侯金镜当年的老战友，有新中国成立后特别是《文艺报》时期的同事和朋友，有诗人、作家、评论家，有他患难与共的、亲爱的夫人胡海珠等。

老战友秦兆阳写道：“可惜啊，已当盛年！如果他还活着，我们必定不再是‘无言的醺醺然’，必定有很多过去应该说而未说的话、后来有很多应该说而可以说的话要说啊！历史，从来是无字之处的文字比有字之处的文字要多得多。多少事，多少话，被活着的人忽略了，被复杂的矛盾抵消了，被死去的人带走了。”

亲密的同事张光年说，在教条主义的、简单化的粗暴批评严重地束缚着创作的艰难情况下，侯金镜以“热情而细致的园丁”为己任，喜形于色地推荐新人，疾恶如仇地迎击粗暴。

侯金镜是 1954 年底调作协、1971 年 8 月 8 日凌晨逝世的，书中有的文章时间有误。孙犁说听到林彪死后侯金镜如何如何，其实，侯金镜是林彪摔死后 35 天前去世的。有文章说，侯金镜指着林彪挂像说：“你看他像不像个小丑？”有人说，是隔壁一个小孩听见后告密的，有的则说是红卫兵报告的，有的说是棍棒之下侯金镜一个人承担的。

专就此事，我向当时专案组的召明进行询问，召明说：“这事我清楚。”她介绍了事件的来龙去脉：侯金镜在牛棚和冯牧一起打扫卫生，室内挂着林彪的挂像，冯牧一边扫地一边愤愤地说：“排除异己，小人得志，斯文扫地！”正在一旁擦桌的侯金镜便直指林彪的挂像鄙夷地骂道：“政治小丑！”我问：事情到底是怎么暴露出去的呢？召明说，后来，对“黑帮”的管理有些松动，冯牧被王昆、周巍峙夫妇邀去聊天，他们的孩子用自行车把冯牧驮到南城中国歌舞团家里，冯牧不谨慎，把那天如何大骂林彪的事和盘托出，抒发郁结的怒气，孩子听见了，回到学校传播开来，被学校的红卫兵告发，然后兵临作协，提审冯牧，狠狠地打他和侯金镜，差点没被打死，当晚回家，侯金镜喝了敌敌畏，后被抢救。

对于这件事，胡海珠是这样说的：“金镜咒骂林彪为‘小丑’那件事，原发生在‘文革’初期，是对着冯牧同志说的，冯牧不小心竟说出去了。被揭发出来时已经过了一年多，这时已到了 1968 年春天，为此，他在单位挨了斗挨了打，回来却对我说:‘冯牧不是故意说出来的。’‘绝不是故意说出来的。’因为在他看来,这件事说出去与不说出去,反正反映的都是自己的真实思想,怨不得别人。而且,他那样疾恶如仇的性格,迟早有一天也会爆发。”“他和冯牧原是很好的朋友,后来并没有因为这件事两人之间有什么隔阂,他也没有因为这件事在我面前说过一句怨言。相反,他总是对我说:‘人家不是故意说的。’两人关系一如既往。他这种博大胸怀,对朋友之间的友情看得如此深重,也深深地触动了我,我感到我的心灵也进一步净化了,升华了。”

血泪至情!人道精神!震撼着人们的心灵。

胡海珠委托我们编结侯金镜的纪念集时,还要我同时办理出版事宜。我说,现在出书难,不少老作家自费出书,你出不起。她说,出版社要价不低,我根本不考虑,我想托人找一家印刷厂,少花些钱,印百把本赠送亲友就可以了。

我心里很不是个滋味。受“四人帮”的迫害,戴上“现行反革命分子”的帽子,国将不国、家徒四壁的艰难时刻,竟把扣发的1200元工资一个子儿不留地上交党费,胡海珠也上缴了补发的克扣工资800元,而《纪念侯金镜》一本小书,还得自己掏腰包!找谁去?中国作协的作家出版社吗?我很想打个报告上去,但一想到《中国作家协会在干校》出版前后的艰难困苦,最后还是忍了。

两个月后,《纪念侯金镜》自费出版,印200本,胡可的《序》也很快在《文艺报》上发表,胡海珠电话里唏嘘着说:“我已经知足了!我现在可以住院了!”

胡海珠,时为《人民文学》编辑部主任,革命老干部,“文革”中备受折磨,年老多病,双目无异于失明,拖着一只“文革”中致残的双腿艰苦度日,至今。

2008年2月20日

丁玲与多福巷16号

多福巷16号是我的家，原本是丁玲的家。

1951年，丁玲从东总布胡同22号中国作家协会迁入多福巷。1951年夏，丁玲和陈明在颐和园云松巢居住，一个星期天的下午，罗瑞卿陪毛主席看她来了，毛主席拾级而上，丁玲迎上前去拉住他的手在廊前坐下，大家边吃西瓜边聊天，轻松愉快，像家人团聚似的。

1952年3月，《太阳照在桑干河上》获斯大林文学奖二等奖，丁玲享誉中外，多福巷投来大小作家钦慕的目光。忙里偷闲，闲庭信步，一家人在葡萄架下摆盘围棋优哉游哉。

7年之后，丁玲下了北大荒。丁玲搬出，我们迁入。我当时高兴啊，因为我非常向往北京老胡同里京味十足的平民生活。

从呱呱落地到长大成人，我历居名城，街巷概念一点不含糊。从醴泉县城到古城西安，又从西安回到醴泉，数次往返，直到20岁上兰州，24岁进北京。

当年唐代长安，比现在的西安城约大7倍。北京城，用大街和胡同切成无数个豆腐块，古城长安，用坊和巷切成无数个更方正的豆腐块。坊，是最规范的豆腐块。家居西安时，我常到北大街的"通济坊"玩，跟大人一起寻古。

我的醴泉老家，扎根阎家什字。"什"者，十也，十户为什，比唐代建制还要古老。醴泉阎姓，聚族而居。"阎"者，里巷也，《荀子·儒效》有言："虽隐于穷阎漏屋，人莫不贵之。"按我瞎猜，阎族由此而得姓。另有"闾阎"，亦里巷也。班固《西都赋》载："内则街衢洞达，闾阎且千。"东汉西都者，今之长安也。西安的街巷，比北京的胡同古老。

北京这地方，一当成城，街巷分割即沿用汉唐之制。巷是街的屋间道，街大，巷小，故称"大街小巷"。辽代的北京，出现街、巷、坊、市，依然汉城、唐城的老格局。

到了元大都，城建面貌大变，南北走向的主干道称“经”，东西走向的主干道称“纬”，经纬交错，将城区切割为 50 个豆腐块——50 块地段、50 个坊。但是元大都的坊大小不等，与周初镐京、汉唐西京的“坊”不大相同。坊内有街，开通街与街的小巷，宽不过六七米者，就是胡同。发展到清代，胡同之盛，犹如满天星斗，多如毛细血管，如棋盘，如渔网，斐然风情，蔚然大观。

久居汉唐京都的我，之所以向往北京胡同，非常想在北京老旧胡同的老旧四合院里好好住上一住，体味体味老北京的人情世故，道理很简单，因为这些胡同一仍故貌，胡同里的老北京大都健在，那是古代遗留给现代无价的自然景观、人文景观，活化石。

然而，家居北京半个多世纪，仅在胡同里住家几个月，而且是革命意志高涨心无旁骛一心扑在“超英赶美”日夜兼程无暇左顾右盼的 1958 年“大跃进”高潮时期的几个月，何况，儿子生下不满半周，接母亲来京，老家告急，国事家事，焦头烂额。

这胡同就叫多福巷。多福巷位于王府大街北头路东，人民艺术剧院以北，东西走向，东接南北走向的大豆腐巷，所谓大豆腐巷，其实是狭窄短小的走道。大豆腐巷以北的出口即东四西大街，东行几步，就是东四；大豆腐巷南出口是报房胡同，往东出口，便是东四南大街，北行几步，也到东四。我家住多福巷最西头路北，西行几步就是王府大街，朝南，过报房胡同口、大小鹁鸽胡同口，再过人民艺术剧院，就是我的工作地——《文艺报》编辑部——王府大街 64 号——声名远播的中国文联大楼。文联大楼的南侧，就是当年过灯节时热闹非凡的灯市口大街，灯市口西街的丰富胡同，是人民艺术家老舍的宅院。

院里住了三家，诗人邹荻帆住正房，外委会的杨子敏住厢房，翻译家李文俊、张佩芬住西耳房，我跟母亲、刘茵带孩子住南房（“倒座”），院门开在东南角，是典型的中国四合院。东城胡同，多富商巨贾，这个宅子的原主人怕也是殷实的人家。

庭前有两株海棠、一架葡萄，还是 1951 年刚搬来时公务员夏更起栽的，7 年了。夏更起系作协所派，但丁玲不要作协开工资，她自己也放弃领工资。

海棠花由粉红而粉色而白色，花期绵长，灿若织锦，风来摇曳，婀娜多姿。开花时节，文友咸集，笑语欢声，主人忙待客，滔滔不绝，满院子春的气息。……而此刻，冷冷清清，地上布满了主人沉重的足迹。

不由自主地，我想起 1956 年刚到作协《文艺报》的时候，丁玲正为审干一案上告中央，中国作协负责甄审。年底，评论组组长杨志一带我到颐和园云松巢探望丁玲（副主编侯金镜后来对我说，杨志一和我是《文艺报》党支部临时委派的，作协党组让每个支部都要派人看望丁玲。更何况丁玲做过《文艺报》的主编，文艺整风以后主编换成冯雪峰，批判俞平伯以后，又换成张光年）。

丁玲平卧在躺椅上养神，听说《文艺报》来人了，不屑一顾，扭过头去，一言不发，问她什么，她不吭声，傲气十足，我大为惊诧，戳在一边发愣。过后不久，作家协会召开肃反审干总结大会，刘白羽刚刚讲完，陈企霞跟着跳上讲台，疾言厉色地大吼："一定要说有多少收获的话，那么，一座宫殿烧毁之后，还能收获一堆木炭吧！"有人跳上讲台驳斥陈企霞，陈企霞又吼了一嗓子："补充一句：还是一小堆木炭！"

多福巷又是一番热闹，院子里熙熙攘攘。谁承想，局势突然恶化。

中国作协党组从1957年6月6日开始，连续召开24次扩大会议对"丁陈反党集团"进行揭发和批判。

多福巷离大会会场三五百米之遥，过三两个胡同口再过首都剧场即到。丁玲步行，陈明陪伴。大厦将倾，丁玲、陈明比肩相扶，至死不渝，24次踏进王府大街64号文联大楼，接受审判，不管人们投来多么鄙夷的目光。

场面非常激烈，一片打倒声，百多人齐声发出怒吼："丁玲站起来！"我们一些团员也被扩大到会场，觉得文人斗起来也很残酷，像是要吃掉丁玲似的。开除丁玲时，党员都举手，丁玲自己也把手举了起来。她哭了，哭得非常伤心，有身边陈明的镇定，她艰难地挺着，没有瘫软。

我住进多福巷后，听邻居说多福巷多么多么有福，胡同口上住进个大名鼎鼎的女作家，宾客如云，门庭若市，连外国人都找上门来，可到后来，再也没有看见有人敲她家的大门，再也没有见门口有小轿车停放，一大早的，就看见他们两口子出门，形影不离，脑袋耷拉着，一脸的晦气。

邓颖超和康克清怎么说情也没用，丁玲终于被开除党籍，而且戴上右派的帽子。丁玲回到多福巷，对儿子说："祖林！我的问题又有了大的反复。这些天，天天开会斗争我。你是共产党员，应该相信党，同党站在一起，应该认识到妈妈是在反党。"

中国作协党组扩大会议从6月6日开始，历时三个半月，开会27次，发言者138人。（不知道多达百多人的发言稿何时能够解密。假若出版一部专集重温这段历史，我想，作家不会反对。）

人生如梦，转瞬就是1958年，《文艺报》刊出《再批判》特辑，平地一声雷："丁玲在南京写过自首书，向蒋介石出卖了无产阶级和共产党。她隐瞒起来，骗得了党的信任。”“1957 年，《人民日报》重新发表了丁玲的《三八节有感》。其他文章没有重载。‘奇文共欣赏，疑义相与析’，许多人想读这一批‘奇文’。我们把这些东西搜集起来全部重读一遍，果然有些奇处。奇就奇在以革命者的姿态写反革命的文章。”丁玲猜得出这是谁的手笔，不然，谁会有当年那样的慈悲和当今这样的威严？他赐予她恩惠，又扼住她咽喉，他永远代表真理，她只有顺从。

春天到了，东西运走了，整个院子空了，庭前的海棠开了，繁花依旧，丁玲坐在葡萄架下陷入沉思。

刚刚越冬的葡萄藤，没有一星半点的嫩枝绿叶，形容枯槁。

丁玲前脚搬出，我们后脚迁入，屋里院内，依稀可见丁玲的身影。葡萄的枝叶依然枯萎，葡萄架下保存着痛苦的记忆，记忆折磨着气盛一时的“文小姐”“武将军”。1936 年，她 32 岁，保安的大窑洞里众星捧月，看稀罕儿，感喟有加，热情过分，又是宴请又赠诗；43 岁时，1951 年夏，也是在颐和园的云松巢，大驾屈尊，喜相逢，受宠若惊，手挽着手，热泪欲零还住……从打天下到坐天下，以至于落笔惊风雨，“以革命的姿态写反革命的文章”，香花变毒草。

丁玲再忆当年“招待出牢人”：“延安枣园里的黄昏，一钩新月，夏夜的风送来枣花的余香，那样的散步，那样的笑语，那样雍容大方，那样温和典雅的仪态，给我留下了最美好的记忆。”20 年后，“出牢人”又下牢入狱。

6 月，54 岁的丁玲举家放逐，戴罪边陲。多福巷是命运的拐点。挥手自兹去，再不回头。

文联大楼对面的黄图岗，有作协的几户人家，此外，上班最近的就数我了，遛个弯儿就到，但是，我上班必须骑自行车，而且得早早出发。

大炼钢铁！基干民兵操练！东城、西城满天飞，柴、米、油、盐、酱、醋、茶，老的、小的……国家国家，保国还得顾家，“公而忘私”，又像没有这个家。

我们作协，土法炼钢，“小土群”的炉子设在贡院西街 1 号原《文艺学习》院内。炉火熊熊，照亮漆黑漆黑的夜。人们疲劳又兴奋，将捐献和搜罗的“废”铁投入革命的熔炉，顿感劳动之豪迈。直立两旁的张天翼、郭小川、李季大睁两眼，神情异常激动。我负责产品送样检验，半个北京城来回奔跑，可想而知，含碳量多么超标！不过，心里装着 1958 年钢产量 1070 万吨和 15 年左右“超英赶美”的大目标，革命加拼命，日复一日，早出晚归，心甘情愿。

早出晚归，一天累个贼死，一门心思为炼钢，看胡同的一切都那么平常一般。其实，哪有工夫仔细端详胡同里的一切！

时过不久，新修华侨大厦，巷口上16号院连根铲除，我们几家又都搬了出去。

明清以降，世事多变，街名、胡同随之更名者应是常事。且不说王寡妇斜街改名王广福斜街，哑巴胡同改名雅宝胡同，猴尾巴胡同改名侯位胡同，粪杖胡同改名奋章胡同，人们不觉得可笑，就是“文革”时期豆角胡同改名“红到底胡同”，南下洼子胡同改名“学毛著胡同”，大家也见怪不怪，像是应时小菜，尝个新鲜。多福巷毗邻大豆腐巷，“多福”者，豆腐也，心想，应是“小豆腐巷”更名无疑。可是错了。今年3月，我特意走访胡同的街坊，从西走到东，从多福巷走到大豆腐巷，都说没听说过多福巷改过名。有位老年妇女，好记性，口齿伶俐，从她记事起，这条胡同就叫多福巷，打日本鬼子那阵儿也叫这个名字。她说，多福巷靠北这一排住的全是日本人，并指认说，你们住过的这座四合院，当年住的也是日本人，日本投降以后，他们腾出房子，离开北京，我家老祖宗才搬了进来，我家门牌13号，丁玲那会儿是16号。丁玲在的时候，热闹着了，洋人出出进进，一反右，两口子的脸耷拉了下来，一身的晦气，“大跃进”，俩人不见了，“然后你们搬进来了吧？面生啊！噢对了，盖大楼又把你们轰走了？”

丁玲沦落北大荒，12个严寒酷暑，自食其力，依然不领国家的工资。我的一对儿女（阎力和阎荷），却进了北小街中国作协幼儿园，在丁玲用她所得的全部斯大林文学奖金捐赠的这所幼儿园里度过幸福的童年。

丁玲把一切献给党，坏事都是撒旦们干的，自己忍辱负重，甘当苦行僧。

1982年，《在延安文艺座谈会上的讲话》发表40周年，丁玲回延安，陈明照例和她肩并着肩，诗人曹谷溪陪同参观杨家岭。快到中央大礼堂时，展现在眼前的是座谈会结束时的合影。丁玲指了指相隔毛主席只有三个人的她自己，眼前一亮（丰润的两颊，大大的眼睛，很年轻）；然后，指了指照片上中心地位的毛主席，停顿了一下。丁玲离开延安的第二天，我和周明不期而遇地，也站在这帧大照片的面前，曹诗人介绍说，丁玲指了指毛主席，稍许停顿，然后轻声沉吟着：“后来——变了！”“后来——变了！”又介绍说，参观纪念馆时，丁玲凝望昔日领袖们亲密无间的照片，长叹一声说：“当年是兄弟，后来成君臣了。”

告别欲说还休的人世时，丁玲要了陈明一个长长的吻。

华侨大厦东南角的旁边，现代文明的底下，永镇着的，就是丁玲和我们两代人的故旧老家。

时代变了，旧梦难园。老舍先生说：“那里的人、事、风景、味道，和卖酸梅汤、杏仁茶的吆喝的声音，我全熟悉。”于我，全不熟悉。院内几家什么摆设？小巷深处卖豆腐？一概不知，只记得疼爱男孩的张佩芬紧抱住半岁的阎力不放在海棠树下照了张相；只记得胡同口上冰糖葫芦五分钱一小串但是没有听见“哎嗨，冰糖葫芦嘞，哎嗨！”的叫卖声；只记得大柿子最贵一毛一斤；只记得鲜花掩映的四合院里刻录下丁玲一生的荣辱：傲然的笑声和绝路的哭泣。

迄今50年矣！路过多福巷，耳边总响起《茶馆》里王利发掌柜指天捶胸的呼喊声：“我得罪了谁？谁？皇上、娘娘那些狗男女都活得有滋有味的，单不许我吃窝窝头，谁出的主意？”

呜呼，拆的拆了，死的死了，历史翻过沉重的一页。殷鉴不远，悲剧难再，别了，多福巷16号！

2007年

“小草”为英魂而唱

1979年6月，雷抒雁的《小草在歌唱》急就于8日的曙光中，“小草”打开冰封的心窗，问天理、问良心：“法律呵，/怎么变得这样苍白，/苍白得像废纸一方；/正义呵，/怎么变得这样软弱，/软弱得无处伸张！”“小草”在诗歌朗诵会上“歌唱”，掌声如潮，翟弦和连续谢幕6次，破了纪录，成为新诗历史上最为辉煌的一瞬！媒体破例报道了空前的盛况，《光明日报》破例用了几乎一个整版的篇幅全文发表，诗人声名鹊起。

我前往太平庄解放军文艺社的宿舍向雷抒雁表示祝贺。抒雁，陕西泾阳县人，和我家醴泉县隔泾河而相望。我盛赞抒雁发现“小草”这一意象符号的义愤和才情，称道一个共产党员难得的忏悔和发问，抒雁立正，向我敬致军礼。

此后，我们交流观点，臧否文坛，月旦时贤，过从甚密，直到30年后的今天。

长诗《小草》几乎进入所有高校的选本，学子们掌声雷动，教授们老泪纵横。抒雁打电话来，情绪十分激动，说7月22日，被判刑二十多年、刚从四川监狱服刑出来的胡风，署名“宴敖”，写信给《诗刊》社和他本人：“先是从广播里听到朗诵，后来才从报上看到的。读了几遍，这里或那里引起了我的感动。”说：“发现一首好诗，常常是很不容易的”，而有些纪念张志新的诗“从理念出发，企图在形式上补救”，“看了一遍就没有兴趣了”。又说：“张志新并不是常见的，但如果你写诗的时候用你写张志新的感情动力来体验感情的真实度，那么久而久之，对常见的平凡事物也会写成真情实感的诗歌来吧。”

胡风的信《诗刊》未予刊用，但它深深地触动了雷抒雁。

胡风被判刑二十多年，铁窗沉沉。

胡风也是值得“小草”“歌唱”的血肉之躯。

《小草》感动中国不久，收到雷抒雁一封信，像是一束“诗话”，重要而及时，30年过去了，仍然具有生命力。时在1979年7月3日——唱罢《小草》后的二十多天。

阎纲同志：您好！

您在关于长篇小说创作的文章中，谈到了那些没有创见、没有个性的作品，“就是严格意义上的非艺术品”！这说得很对。其实，岂止是长篇小说，一切艺术品都是如此。

关于诗，我以为解放的步子太小了。我想了想，问题恐怕不仅仅在于敢不敢说真话。现在不是有许多诗在说真话吗，为什么反响仍不强烈呢？原因是多方面的，但是缺乏表现力，写的造作、拉杂、肤浅，是一个重要的原因。许多诗不是大白话，就是顺口溜。我想，要打破这种局面，诗人必须放开眼界，来点“引进”。外国诗，特别是欧美的诗，随着现代化的发展出现了象征主义、意象派，一如小说的意识流。但是，不少年轻读者一提起这几个词来，就把它们和颓废的、黄色的东西连在一起，盲目地排斥。其实这是误解。在欧美的诗歌发展史上，现代派是起过进步作用的。它打破了虚浮的浪漫主义和苍白的古典主义，丰富了诗歌的创作手段。这样的诗比较注重诗的内在力量，使诗从诗人的心灵深处渗出来，流进读者的心灵里。至于一些人把消极的情绪塞进去，或者写得晦涩，那是有作者自己个人原因的。我们的民歌，古典诗词，不同样有人可以写成黄色作品吗？颇有盛名的苏联革命诗人勃洛克、马雅可夫斯基，就曾经属于现代派的行列，不是也写出了很好的革命作品吗？

关于古典诗歌。今天，一部分人仍在沿用。但是，为四化服务，它是有一定的局限性的，即使借鉴，也只能提供炼意、炼字、炼句等一些作用，对于新诗的构思和结构都很难提供镜子。

关于民歌。对艺术长河来说，它是源，是上游。而正因为是上游，才显得细弱。一些大的、深沉的东西，用民歌显然是不大好表现的。近十多年来，“四人帮”对文艺创作的破坏，不仅仅是在专业创作的范围，民间文学也大大萎缩了，供我们借鉴的东西，已少得可怜。

关于比、兴。把此二法就说成是“形象思维”，我不同意，这二者仅是修辞上的一些手法。把形象表现得具体、细致，光、声、色、味，都要齐全，而且用作者特有的感情使之活跃起来，远非比、兴二字所能解决。现代诗歌的发展，要求丰富。

关于读者。有些人总是把读者看做保守的,把作品看做被动的,只知作品要反映生活,不知作品还会丰富生活。我们的读者真的接受不了外国的表现手法吗?不见得。为什么外国电影那样大胆地运用蒙太奇,我们的观念依然欣赏呢?这些年来,人民的文化水平提高了,要求也高了。你在文章中说到一些长篇作者抱怨读者"眼头高",这是必然的。近来发表的一些诗作,包括艾青和一些青年作者的作品,已看出了对意象派表现手法的运用,同样得到了读者的好评。看来,为创新而"引进",将是一种趋势。

……

撰安

雷抒雁　1979年7月3日

这封信可贵之处,在于结合《小草》的创作经验,联系胡风的信,对新潮诗人出现后如何看待新诗的义愤与质量等问题提出"大胆引进西方"的重要课题。

这一呐喊是需要胆识和勇气的。

"关于比、兴",雷抒雁特别强调地指出:"把此二法就说成是'形象思维',我不同意。"这样一来,形象思维的空间扩大了,而不仅限于"修辞上的一些手法",有利于他信中急切切倡导的"引进"和"创新"。

要是说《小草》是雷诗的符号的话,这封长信就是雷诗代新诗立言。

1980年,惊闻史云峰惨遭杀害的消息,抒雁的"小草"又在我的心头"歌唱","小草"化为我此刻的象征符号,我便以"'救救我的孩子'"为题,又为斯民哭健儿:

张志新式的烈士史云峰被处死时,没有割断喉管,只在颈部皮下注射普鲁卡因,嘴里塞满纱布团,然后以医用的缝合线,把嘴紧紧勒上。他倒下了,同张志新一样壮烈,可是,他竟然在粉碎"四人帮"两个多月之后倒在了上升的太阳之下。

史云峰比张志新死得更冤!

临刑之前,白发老母手捧上诉书,在省委门前高呼:"救救我的孩子!"隆冬12月,风雨交加,她遇到的是一张张冰冷的脸。

宣判死刑时,"四人帮"已经粉碎,但侦、破、诉、审、判、驳手续完备,大会公审,公事公办,他死得不明不白;鬼蜮攒聚,大夜弥天,行刑偷偷摸摸，只有小草凄凄，他死得又是多么的清醒啊！

卢那察尔斯基说得好："高度悲剧的形象，能使局部的失败成为其后胜利的最大保证。"

他死了，一个5岁的孩子天天等候着爸爸回家。

到了90年代，抒雁告我，他写了长文《论杀戮》，我说已经拜读过了，感慨万端。我告诉他，我也写过一篇，题目叫《流血与牺牲》，写道：从冤死的"AB团"直到狱死的刘少奇，最后发现一堆枯燥的数目字，历史的最高抽象往往只剩下干巴巴枯燥无味的但非常理性的阿拉伯数字。"但是，抒雁，我没有你幸运，文章投送后泥牛入海，尸骨无存，连底稿也忘记留下……"

从1979年开始，一个穿军装的年轻诗人觉醒了，不间断地歌唱：为操守、为气节，一直唱到30年后的《激情编年》。

2009年，我亲莅西安等地举办的"人民诗人雷抒雁诗歌朗诵会"，会上，借花献佛，赠他一幅油画，上写：

吴冠中的得意之作

野草 于《小草》30年祭借赠抒雁以贺

阎纲2009·3·西安·雷诗朗诵会

纪念柳青

柳青广场建成，柳青塑像矗起，“陕西省柳青文学研究会”成立，《秦岭》创刊，也圆了我多年的一桩祈愿，感谢诸位仁人志士。翻出25年前的一篇小稿，增补成文，呈正邢小利主编，达我悃诚。

5年过去了，这个人的形象还是那样动人。他的一生教人敬慕又让人困惑，他的死，我们不管什么时候想起来都十分难过。

5年过去了，更感到他的魅力。

6年前，冬，西安陆军医院，他边咳边喘地对我说：“不要给《创业史》估价，它还要经受考验；就是合作化运动，也要历史的考验。一部作品，评价很高，你不在群众中经受考验，再过50年就没人点头。”

柳青一生热爱农民，最后变成农民。他取得农民的资格以后，便以中国农民代表的身份表现中国革命。他所意识到的历史内容，以美不胜收的生活细节建造而成一座庞大的宫殿，一砖一瓦都是清晰的。作为中国农民的翻身运动行将到来和已经到来时，各阶层农民的面貌和心理的目击者、表现者，柳青感动了中国，柳青是伟大的。

一个年轻庄稼人，头上顶着一条麻袋，身上披着一条麻袋，一只胳膊抱着麻袋包着的铺盖卷，出现在渭河上游的黄土高岸上了。在雨里带雪的春寒中，他走得满身是汗。因为道路泥滑，他得全身使劲，保持平衡，才不至于跌跤……春雨又下起来了，淅淅沥沥地……

只要不把《创业史》仅仅看做“社会主义高潮”语境下的文学、一部社会史，而是把它看做受苦的庄稼汉在一种类似宗教的鼓动下的理想国、心灵史；只要不把《创业史》仅仅看做阶级斗争的图解，而将其个性特色、思想特征和审美价值联系起来进行系统化的研究，那么，梁生宝、梁三老汉不会过时，《创业史》不会速朽。

这位堪称伟大的作家，出生在陕北黄土高原。他曾经穿的是西服、干部服，如今穿上对门襟的老农衣。他爱吃羊肉泡，也借进城之便过过西餐瘾。他通英语，学俄语，做翻译，读原版。他从托尔斯泰、高尔基、肖洛霍夫那里偷火炼自己的诗。他对农民的爱以及对于陕西农民的孝、厚、勤、犟、朴等刻骨的称颂，他在艺术构思、叙事策略、心理描写诸方面打破老一套的技法，以至将三秦的地域文化、关中方言口语提升到审美的层面，新颖而有意蕴。

在完善中国当代长篇小说的艺术形式方面，《创业史》功莫大焉。

作为陕西人，我们怎样继承这份宝贵的遗产呢？遗产中包括柳青的人品在内，当然也不能不面对《创业史》里忠诚的紧跟。

柳青不是苦行僧，但他生活得太苦。他远城镇、近穷壤，摩顶放踵以"悟道"。他引用过佛经上的话："不受磨，不成佛。"怕苦，学不了柳青。

塑造艺术典型是作家最苦的事。艺术典型是人际关系、社会矛盾的感性显现、个性显现，细节支撑一切。回避生活矛盾（以至非常尖锐的社会矛盾）无以成典型；失却心灵世界的冲突（甚至异常激烈的内心冲突）无以成典型。《创业史》写的就是草棚院的"对立统一"，党内人物的对立统一，各色人等五光十色的心理活动。他思想上执著的激进失败了，厚重的艺术刻画胜利了，微妙的心理描写成功了。

"文化大革命"打倒了柳青又拯救了柳青，消解了柳青又成全了柳青。他来自生活的真实和艺术的真诚，既刻意迁就（自己设置的）"典型环境"，又神使鬼差地同（自己设置的）"典型环境"相龃龉，形成中外经典作家通常出现的世界观和创作方法之间的矛盾。他所忠诚的"党内斗争"，恰好与蹂躏他的"专政下的继续革命"同出一辙。

次年 6 月回西安，我提议到柳青墓上献花圈，十多名作家艺术家踊跃参加，依稀塞外访古，虽不是"白骨露于野"，却不胜"独留青冢向黄昏"，未尝不教人怆然而涕流。沿神禾塬南下，柳青的故居，屋舍墙院荡然无存，宅基也已塌陷，我站在西南角一丛荒草之上想象着《创业史》怎样在脚下这一小块土地上出世，想象着"文革"期间满身疮痍的柳青站在这里慨然长叹，久久，久久地。呜呼，什么都没有了，只有《创业史》留在国家图书馆的架子上，但是此地什么也没有，荒芜、空寂，空寂、荒芜，半生顿踣、死后寂寞，噫吁兮，这废墟上的冷寂！

告别皇甫村，我和土生土长的两个高中毕业的女子一块儿等车。我问她俩：“知道柳青不？”说：“知道。”“读过《创业史》吗？”她们摇了摇头，有些不好意思。

我们对柳青的理解还不深刻，他的事迹收集的不够齐全。我呼吁，尽快组织人力，编写一部提供翔实生平的《柳青传》，为科学地扬弃柳青的文学遗产做准备。熟人尚在，热情不减，此事并不难做。

柳青去世5年了，他的遭遇太惨，贡献却大。他穿布衣，吃粗粮，哮喘着，挣扎着，把精品捧给他的人民。“三年困难时期”，他把《创业史》的稿酬全部捐给王曲公社，自己拉扯一大家子艰苦度日，继续吃他的草。他铁骨铮铮的艺术生涯，绘声绘色的现实主义才情，岂以一眚掩大德，他的创作经验耐人寻味。

5年过去了，一个干瘪的陕北老汉常常浮现在我在脑海。临终时体重不到50公斤，只有一对眼睛荡漾着生意。

哲人逝矣，私所仰慕，高山景行，三鞠躬！

1983年5月5日作于西安
2008年2月26日增补于北京

悼犯人李铜钟

张一弓的中篇小说《犯人李铜钟的故事》在1980年第一期《收获》发表之后，读过的人没有不说受到震动的，但是对它的评价却大相径庭。

读这部作品，三年困难时期因绝对权威的人治而酿成的巨大灾难如在目前。反映前“文革”时期“左”祸祸国的作品还有茹志鹃的《剪辑错了的故事》、刘真的《黑旗》和高晓声的《李顺大造屋》等短篇小说，但被我视作“反思文学”代表作的中篇小说《犯人李铜钟的故事》更接近实情，更惨烈，更具爆炸性。

那是一幅多么可怕的图画呵！李家寨上交粮食数百万斤，“反瞒产”反走十万斤，再反“伸手派”，百姓们吃树皮，还要反，“反右倾可以反出粮食，反出吃的”，以致全村断粮、宰杀耕牛，全村四百九十多口人浮肿，百十多口人挺在床上动弹不得，而形势却一片大好，公然宣称“两年进入共产主义”。救人要紧！李家寨的村民们到死相信共产党，热爱毛主席，相信毛主席会原谅他们“借”一口粮食活命。情急之下，残疾军人李铜钟开仓放粮，然后以重大抢劫犯的罪名戴上手铐，倒在法庭上。

!!!!!!!!

《犯人李铜钟的故事》的发表传递给我一个信号，即粉碎“四人帮”之后的文学在控诉“文革”极“左”下尸横遍野的同时，已经将笔触探向17年“左”祸下的啼饥号寒，不无理由地使人相信：“文革”极“左”，事出有因。

我当时在《文艺报》供职，特别注意发现新作新人，常常有报刊的同行向我打听有什么好作品值得向他们的读者介绍，我极力推荐《犯人李铜钟的故事》。几周过去，没有反应，后来问及，才直言说“动公仓”、“抢皇粮”，“讴歌抢劫犯”，“不利于安定团结”云云。其他几个报刊的回绝也大致相同。我刊主编冯牧在发表于《上海文学》第六期的题为“关于近年来文学的主流及其他”一文中旗帜鲜明地肯定该作，《文艺报》第六期在“新作短评”栏里石泉的一篇千字文里单独推荐了它。7月，我通宵完成一篇《“高尚的圣者和殉道者”》的长文，反诘“不利安定团结”论，发表在不大为人注意然而被不少人注意到的《新文学论丛》创刊号上。

1984年出版《中国新文艺大系·理论二集》，朱寨在《导言》的“历史转折中的文学批评”一章中写道：

……特别是《犯人李铜钟的故事》，作者的题材已进入长期讳莫如深的禁区和令人却步的危险地带。在疑虑和冷落中，我们的文学评论工作者拍案而起，仗义执言，首先从法律与道义、组织服从与临时应变、动公仓与救民于悬命、英雄与罪犯等一切可以受攻击的矛盾之点上布阵迎战。论证严密，步步深入，以雄辩的逻辑论证了李铜钟不是“犯人”而是“英雄”。评论援引马克思关于普罗米修斯的评论运用于李铜钟，证明李铜钟是属于马克思称颂的“高尚的圣者和殉道者”，赋予李铜钟这一崇高形象以马克思主义的盔甲。在这样的英雄光照面前，“不但胆小怕事、明哲保身、谨言慎行显得卑微渺小，就连那些看起来循规蹈矩、奉公守法、安分守己其实唯唯诺诺，也变得黯然失色。”

评论在这里也提出了暴露与歌颂的问题，指出“深刻的‘暴露’使作品的歌颂显得动人之极；真切的歌颂，使作品的暴露警钟沉沉”。说明歌颂与暴露是矛盾的统一，本来就应该是文艺创作相辅相成的双翼，不应分割，更不应对立。

社会主义文学容许写社会主义制度下的悲剧吗？在这篇文章中也作了坚定的回答：“不但容许而且需要，不论是命运悲剧还是性格悲剧。悲壮的悲剧有时胜过愉悦的喜剧，对斗争的惋惜和追求，有时高于对胜利的祝贺和自得。”

李铜钟为了救民于死，在无可奈何的情况下违法开仓，然后又自己报案伏法。如何评价这个悲剧的形象，与窃火给人间而被宙斯虐杀的普罗米修斯相比，问题就复杂困难得多，需要独立的思考。不经过独立的周密的理论分析，就不能得出“高尚的圣者和殉道者”的结论。

1981年全国第一届中篇小说评奖开始，主办单位是《文艺报》。初评小组一致推举《犯人李铜钟的故事》，但是当时的气氛太不正常。中宣部部长王任重批评《文艺报》是“右派骨干掌权”，应该进行人员调整。紧接着，中宣部召开“文艺部门党员领导骨干会议”，会上，林默涵就《文艺报》发表沙叶新的旨在针对“剧本创作座谈会”的《扯‘淡’》等错误倾向，亮明了他与周扬、陈荒煤和冯牧的四点分歧。所以，《文艺报》的领导以及他们的支持者对于“人性”“人道主义”“揭露阴暗面”的作品十分敏感，生怕被人抓住上纲上线，所以，对于《犯人李铜钟的故事》评奖一事举棋不定。正是这个时候,作者张一弓所在的河南省纷纷提出反对意见,有的意见以加盖公章的单位证明信的方式转送到上级有关单位。反对这部中篇入选的意见主要是“暴露黑暗面”,其次是有着30年新闻记者生涯的作者本人在“文革”中曾经进入《河南日报》革委会,是“三种人”。但是初评小组全体中青年评论家坚持给奖不动摇。《文艺报》为此专门派人前往郑州、登封等地进行调查,结果证明:一、作品暗指的“信阳事件”确有其事,事实比作品所写更为严重;二、张一弓“文革”中进入河南日报社领导班子是事实,但属人民内部矛盾,更不是“三种人”,可以发表作品,至于能不能给奖,其说不一。事已至此,评选委员会不得不向评委会主任巴金实情禀报并请示下。巴老不但同意该作得奖,而且力主列为一等奖中打头的一个(一等奖共设5名)。后来由于各种考虑,将谌容的《人到中年》排在一等奖的第一位,《犯人李铜钟的故事》排列第四。

十多年过去,事实证明,《犯人李铜钟的故事》并没有因得奖而妨碍国家的安定团结,张一弓并不是反党反社会主义分子;张一弓此后不断写出好作品,《犯人李铜钟的故事》将此后的“反思文学”推向深入而作为“反思文学”的代表作进入中国当代文学史册。后来,我当着张一弓的面向他表达我近年益渐强烈的心愿:“驱动改革开放的仍然是李铜钟式的人物,文学仍然需要李铜钟式的硬汉子,今天文学的历史价值、悲壮意味和阳刚之气不能无视李铜钟式的忠烈之士。”后来,我又应邀为他主办的《热风》一周年题词:“张天翼说现代文学在续写阿Q,事实证明新时期文学又在续写阿Q,可能还要写——李铜钟。”

事实又证明,张一弓够“安定团结”的,他笔下留情,口将言而嗫嚅,将责任仅仅追到乡一级,而老实巴交的众社员们,都相信毛主席会来救他们,只不过“电话线刮断了”,电话打不通,毛主席在北京不知道。事实还证明,“信阳事件”的真相比张一弓书里所写的严重得多。

据原中共信阳地委副书记、行政公署专员张树藩1993年写于病中的遗作《信阳事件:一个沉痛的历史教训》和肖冬连等所著的《求索中国——“文革”前十年史》披露,河南省50年代末的浮夸风造成了大量人口的非正常死亡。1958年全省粮食产量281亿斤,河南省委虚报数为702亿斤,导致全省性的高征购,基层干部完不成任务就一味地“反瞒产”,因向农民逼粮而捆、绑、吊、打、捕等现象屡见不鲜。1958年11月底,密县已经饿死人,1959年春,豫东黄泛区内浮肿病的泛滥和死人的事态蔓延开来,省委书记吴芝圃在庐山会议上依然起劲地“反右倾”,“共产风”再度刮起来,夹带着疯狂地“反瞒产”,哪个基层干部完不成任务就是“小彭德怀”,就得像土改时斗地主那样挨批斗;哪个农民交不够粮食,就吊打追逼，关压拘留，拆毁房屋，全省笼罩在恐怖之中。光山县委书记一天竟拷打 40 多个农民，一个被他活活踢死。1959 年信阳地区领导班子 9 个常委中就有 8 个同意把全地区粮食总产 20 多亿斤夸大成 70 多亿斤，强行征购，农民颗粒无存。1960 年，一边是大小官仓堆满粮，一边是抓人、关人，100 多万人成饿殍，尸横于野，有的地方死人没有活人掩埋。从 1959 年 11 月到 1960 年 7 月，信阳地区为了追逼粮食，正式由公安机关逮捕的人数就达 1774 人，其中 36 人死于狱中；短期拘留的人达 10720 人，死于拘留所的 667 人。饥民煮野菜、吃薯叶，干部还要砸农民的锅。农民外出讨饭，他们围追堵截。农民面对满仓粮食和暴虐的干部，没有采取半点过激行动。他们呼喊开仓赈济，免得一死，那不成了暴徒吗？农民不敢怀疑什么，他们纵然一死，也得“顾全大局”，“不能给咱政府抹黑”。

他们的口号是：“把无产阶级专政贯彻落实到每一个人的肚皮！”

大好形势下的历史功绩和地方官的伟大政绩，就是中共河南省委第一书记兼省长吴芝圃用高征购敛聚的资金在黄河岸边兴建了一座豪华的园林型的别墅群。七位领袖人物每人一幢，但对方没有谁人来此享用。

最新资料表明，就是这个吴芝圃，1961 年作了检讨，检讨书里写道：“估计从 1959 年 10 月到 1960 年 11 月，全省共死亡人口两百万以上，单是信阳地区就占一百多万。受灾最严重的地方，人民被摧残的家破人亡，几乎人人戴孝、户户哭声，有的整个村庄变为废墟，令人目击泪下。”

“信阳事件”案发，对毛泽东震动很大，他在 1961 年初召开的中央工作会议上说：“现在看来，社会主义建设也不要那么十分急，过急了办不成，越急越办不成，要搞它半个世纪，要波浪式地向前发展。要搞几年慢腾腾，要搞扎实一点，不要务虚名而招实祸。”

《犯人李铜钟的故事》解释说，毛主席当时真的不知道信阳死了那么多的人，其原因是“电话不通”，“李家庄的告急信石沉大海”。（可是据《墓碑》一书调查称：“中共信阳地委让邮局扣了一万两千多封向外求助的信。为了不让外出逃荒的饥民走漏消息，封锁村口，不准外逃。对已经外逃的饥民则以‘盲流’的罪名游街、拷打或其他惩罚。”）那么，毛主席后来知道了又怎么样呢？不过这样七个字：“不要那么十分急！”刘少奇 1962 年当面对毛泽东说：“饿死这么多人，历史上要写上你我的。人相食，要上书的！”毛泽东无语，但他记住了这句话，“文革”祸起，刘少奇活活被折磨一死。

历史作证，张一弓的《犯人李铜钟的故事》当初发表于“安定团结”无碍，后来获奖于“安定团结”亦无碍，殷鉴不远，于今则大有裨益。

1996 年底

黄秋耘相信眼泪

黄秋耘涅槃，享年 84 岁。

秋耘是我《文艺报》的老领导，分管理论组，陷入"中间人物"一桩公案。说是领导，可是谁也不把他当党的领导看，彼此很随便。仁者爱人，黄秋耘迷信德育和美育。

张光年文质彬彬，侯金镜扎实严谨，冯牧敏锐热情，黄秋耘简约精当，他们四人综合成《文艺报》的生动形象，我们恭恭敬敬称他们为老师。

秋耘下干校不久回到家乡广州，《文艺报》复刊，再没有回来。他全国奔波编纂《辞海》；奉调高级党校回忆"一二・九"；应邀参加一些民间团体的研讨，四处走动会会老友；远涉重洋出入国际文苑，但次数不多；再就是编选集、写文章，无非随笔、杂感之类的老辣手艺，什么也不想说又什么都敢说；晚年，过着半战士、半隐士的生活，平湖秋月，心淡如水。

他每到北京，总要见见熟人同事，海阔天空，意趣盎然，往事如烟，深深的惦念，淡淡的哀愁，表面上一副纯粹名士的雅兴。

自幼"优柔寡断、多愁善感，耽溺于沉思和幻想"。宣称："我自己是个'罗兰党'！"

"'一二・九'啊，我的起点。"

"传达（赫鲁晓夫的秘密报告）真赛似晴天霹雳，使我们失魂落魄，好像一下子给抽掉了精神支柱。"

以上三句话，是真正理解这个人的钥匙。

黄秋耘在清华念书时参加"一二・九"学生运动，19 岁被党派往香港同十九路军的爱国将领谈判，打入日本人设在香港的情报机关从事秘密工作，成为国民党军队中的中校军官，在国统区开过书店，编过期刊，蹲过监狱。解放战争他是东江纵队的情报参谋,1954 年弃武从文。调中国作家协会《文艺学习》后,秉笔直书《不要在人民的疾苦面前闭上眼睛》《刺在哪里》,滑向右派,开始他痛苦的文学之旅,然后,下放劳动,看似中庸实则狷介,又是随笔杂文,又是历史小说,旧病复发,招来 1964 年对他的人道主义的清算,五雷轰顶,险遭灭顶之灾。“文革”时期黄秋耘既是牛鬼蛇神,又是“漏网右派”,新账老账一起算,作为不可救药的人道主义者——资产阶级分子被强化了的无产阶级专政重拳击倒,下放干校。礼崩乐坏,天下大乱,他懵了,似乎又明白了点什么。

一阵雷击着实把黄秋耘打懵了,但是本性难移,永不泯灭的人道主义的无意识总要冒出来主宰他的意识。一天中午,在中国作家协会楼下食堂,军宣队组织专政对象吃“忆苦饭”,每人两个树叶糠窝窝。我领到一对大个儿的窝窝头后,轮到下一个也被称作“猪猫虫鼠”的诗人去领。当两只比刚才给我的还要大的窝窝头到了他的碗里时,这位比我瘦小体弱的岭南才子告饶了:“同志,我……能不能只吃一个? 我……”不等他说完,为“革命”掌勺的一位造反派愤怒了:“谁跟你是同志? 端走,端走! ……想挨批怎么的?”这时,站在他后面的黄秋耘悄悄将自己的饭碗伸向窗口,也用吃力的广东普通话慢腾腾地求告说:“那就多给我一个吧,我吃!”众大哗。我们被通知开会,会场就在食堂门外。大家围成一圈,端着忆苦饭边吃边批黄秋耘的人道主义:“你不下地狱谁下地狱? 吃忆苦饭是下地狱? 你到底同情谁怜悯谁? 伪善!”

不是人道主义伪善,而是人道主义软弱无力。在“牛棚”,黄秋耘向我讲述过这样一段故事,凄凄惨惨戚戚。他说:“四川泸州一位青年教师,恋人被错划右派遣送劳动教养(因为他在墙报上写了一首歌颂‘人的尊严’的短诗),便离家出走,流浪北京,投昆明湖,被民警救出,随即把我传到颐和园,因为在她的衣袋里发现我的住址。问她为什么打算找我,她说:‘读您的文章,觉得您有一副好心肠,也许您家需要一个保姆。’当时我正受批判,处境十分险恶,婉言拒绝了,掏出一把钱来。她无奈地说:‘啊,我真傻! 不,我不需要钱,您是个好人,这就够了。我不想再连累您了。我总会找到自己的归宿地的。’说完,眼泪一滴滴落在地上。我简直不敢正视那哀伤的眼神和泪光。后来她消息渺然,死生莫测。我辜负了一个把我当亲哥哥一样的女人的信赖,我伤害了一个孤立无援的女孩子的心,甚至可以说,我间接杀害了一个人。为了这件事,我良心受到严厉的谴责。我一次又一次地忏悔、流泪,不过已是徒然的了。”

黄秋耘的痛苦实践一再提醒他:即便“人民站起来了”,但是在人民的疾苦面前仍须睁大人道主义的眼睛。毛泽东不是早说过“救死扶伤,实行革命的人道主义”吗？为什么把人道主义全部纳入资产阶级范畴，把人道主义批得比封建主义还要臭呢？为什么封建主义大敌当前，却把资本主义（包括修正主义）看得比封建主义还要危险？

他仍是个死不改悔的“罗兰党”。

他陷入极度的痛苦之中。他的大勇主义变成一把冷冰冰的手术刀，对准自己的灵魂。

当文化燃起大火，文人也杀人，祖国在流血时，秋耘学会以牙还牙。我们“牛棚”有一位被指定的黑帮头儿（我们称他为“帮头”），参加过国民党，百般讨好专案组，对我们却摆出鸣鞭工头的架势，“帮愤”极大。一天，他又数落起我们来了，黄秋耘气愤不过，站起来狠狠地教训了他一通，我从来没有看见“伪善”、软弱的他如此之激烈。他手指着他说：“你算什么东西？国民党的一条狗！我是共产党！当时要是遭遇上你这个国民党，我会毫不犹豫一枪把你打死！一定把你打死！”说着，用“手”枪直指那人的鼻尖，火药味极浓，气氛顿时紧张起来。造反团听说是黑帮自己打起来，一笑了之，“坏人打坏人，活该！”

人道主义以“人”为本，以“人”的尊严对抗“兽”的世界和“神”的统治。“人是一切事物的权衡”，“我并不想变成上帝……属于人的那种光荣对我就够了。这是我所祈求的一切。我自己是凡人，我只要求凡人的幸福。”这是“第一个近代诗人”——意大利的彼特拉克的心声，是他的人道主义宣言。以人道主义震撼人心的雨果说：“因为法律和习俗，所以才有社会性的处罚，因此，在文明中产生人间地狱。本来应该由上帝创造的命运主宰，却与人类自己造成的命运相互纠缠。”雨果把基督的仁慈、博爱引进人道精神，认为舍此不能杜绝罪恶、拯救人类。他的长篇小说《悲惨世界》之所以感人至深，是因为主教米里哀的仁慈和博爱有着不可抗拒的魅力，以致恶魔般的警官良心发现投河自杀。有意思的是，正是这种以“人”为中心的仁爱精神成为人们对抗中世纪教会的黑暗统治和反对封建罪恶的锐利武器。但是，人道主义因冠以资产阶级之名而被“灭资兴无”的中国视为洪水猛兽。另外一个反对人道主义的口实是巴黎公社的失败以及《法兰西内战》的权威性的批判。白色恐怖的残暴，公社镇压反革命的软弱，对敌人的仁慈，结果成为对人民的残忍，从而对人道主义作出新的解释，因此，人道主义者雨果的另一部（宣扬“恐怖主义”的）长篇小说《九三年》的原型——无产阶级专政成为批判人道主义的重型武器，不管什么样的人道主义一概格杀勿论，“无产阶级专政”的学说成为对“文革”时期“红色恐怖”的经典性的支持，自然而然，时髦的逻辑只能得出这样的结论：“革命的恐怖就是人道主义！”黄秋耘的人道主义的遭遇，正好是人道主义在中国“文革”时的遭遇。既然人道主义是对敌人的仁慈，那么，黄秋耘的仁慈自然是对人民的残忍了。你既然是敌人的帮凶，你侈谈什么在人民的疾苦面前闭不闭上眼睛！谁是人民？你到底是哪家派来的兵？

“我一生拿枪的时候比拿笔的时候多，但是拿笔之后的迟疑和勇敢却比拿枪的时候多得无法比拟。”他被他自己所从事的神圣事业打得头破血流。不论拿枪还是拿笔，作为“罗兰党”的共产党员黄秋耘，一生都为“人”甘心情愿做出牺牲。他痛切陈词：“《约翰》所宣扬的人道主义大勇主义和个人奋斗，我不否认其消极影响，但主流是好的，人道主义总比兽性好一些，总比阿谀谄媚、卖身投靠、家破人亡好一些。”

黄秋耘从来就不是一个虔诚的、自觉的、中国式的马克思主义者，尽管他信奉马克思主义并且熟识马列理论。

秋耘先读书，后从军，再从文，军人更兼作家。秋耘半生执鞭，半生握管，半是武夫，半是文人，左挽强，右扫荡，铁肩担道义，妙手著文章，拿枪的手抛出杂文如匕首，散文的赤诚抚摸着受伤的灵魂。

世间何物催人老，半是鸡声半马蹄。白首为谁雄？

黄秋耘一生，疾恶如仇，非常真诚，绝非伪善，但的的确确软弱无力。他替人家（和自己一样被揪斗的人）吃忆苦饭算什么同情和怜悯？他的行为又能触动“文革”哪根毫毛？有一种说法，认为西欧的人道主义继承了骑士精神，你要是侮辱我我就要和你决斗，拼它个你死我活，黄秋耘却是：你若侮辱了人民那就是侮辱了我，我就为民请命，哪怕受苦受难，就像托尔斯泰那样，“我不吃肉了，我今后吃菜团子！”黄秋耘尊重人、同情人时多么诚恳而在恶势力面前又多么软弱！“无产阶级文化大革命”对“资产阶级知识分子”呢？绝不手软。

黄秋耘的悲剧在于人道主义的理想没有过渡到对于民主科学的清醒追求。他的人道主义更多的是噙着泪水无奈的感伤，他的大勇主义更多的是自我解剖使自己的灵魂不得安宁。对于恶势力的抗争，要是不同民主的手段和科学的目的紧密结合，纵然打抱不平、为民请命，甚至发出悲鸣和怒吼，也是无济于事。所以，顾准在肯定枪杆子和笔杆子的重要性之后说：“五四事业要有志之士来继承。民主，不能靠恩赐，民主是争来的，要有笔杆子，要有用鲜血做墨水的笔杆子。”

然而，黄秋耘相信眼泪！他没有在人民的疾苦和泪水面前闭上眼睛，他自己的一掬同情之泪毕竟唤起人的良知，警示人们敢于对现状产生怀疑，这就很不错了。他已经迈出了可贵的一步，迈出这一步的志士仁人毕竟不是太多太多。

饱经忧患，垂垂老矣！

黄秋耘有幸过一个心安理得的晚年，写了不少自己想写的文章。80 年代初在武汉开会时，我极力怂恿他写一篇《论作家自杀》的论文，他一口拒绝，过完年后，他还是写了，尽管大题小做，还是公开发表了。秋耘啊，您重现当年艺术家的勇气，可是，您郁郁寡欢，无奈舔舔自己的伤口。随着年龄的增长，秋耘逐渐沉寂下来。他始终有个难以解开的疙瘩，那就是迷恋他一生、又煎熬他一生的人道情结。

他在《〈辞源〉书成有感》中写道：

不窃王侯不窃钩　闭门扪虱度春秋
穷经拟作埋名计　训诂聊为稻谷谋

他引用过陈寅恪咏陈端生的一首旧诗："文章我自甘沦落，不觅封侯但觅诗。"

他的客厅悬挂着一幅老舍诗句做的对联："一代文章千古事，余年心愿半庭花。"

宋遂良对黄秋耘有 16 字的评语："早欲革新，然而怀旧；早要战斗，但要安宁。"邵燕祥说秋耘"血泪文章、战士心"，但"执著而迂"。秋耘闻之心动。

早在 1985 年他就立下遗嘱："丧事一切从简，尽可能不打扰别人。"

哪怕曾经英勇地战斗过，在心灵深处，总还保留着一块"超越混战"的圣地。

斯人逝矣，旧文苑、新战场，留下一处觉者的空白。

2001 年 11 月

2002 年 3 月底的一天，王蒙秘书到处找我，说有急事，要我回电话。翌日，我拨通王蒙的电话。

我：听说你找我？

王蒙：你的电话变了？我看了《文艺报》上你写黄秋耘的文章，挺好，打动了我，令人叹息。你的文字老辣，你老成精了，不但辣，甚至……我感谢你。

我：你和秋耘交情深。

王蒙：我也写过一篇秋耘的，发在《新文学史料》上。

我：你那篇文章才叫好呢！

王蒙：我说阎纲，咱俩不要互相吹捧了，我那篇浅薄多了。你并非一味地褒，而是褒中有贬。接着写，这年头，什么不能写？你的文章漂亮得不得了。你现在的电话？

我：67600008

王蒙：四个0，一个8？好啊！我4月1号出国，所以急着找你。以后咱们多聊。

王蒙之所以急不可待地同我通话，我想，并不是因为我的文章如何如何，而是文章触动了他那根最敏感的神经，勾起他对于故去的黄秋耘（从《文艺学习》批判《组织部新来的年轻人》以来）"爱我友我"的无限怀恋。对于他们二人窃窃私语、终成友谊的几段接触，我是记得的。王蒙被错划为右派，即将放逐新疆时，两人在什刹海游泳，不期而遇，王蒙戏称："涸辙之鲋，相濡以沫，相煦以湿，未若相忘于江湖。"从兹惜别，一个天南，一个地北，各自保命去了。王蒙当部长以后，权力和地位的诱惑无时无刻不塑造一个得势的新显贵，他已经感到不小的压力，万分的苦恼：难道又"一个诗人倒下去，一个官僚站起来"？他倍加小心。他借出差广州之便，专程拜望黄秋耘，黄秋耘未忘于江湖，当面赠言诤谏："寄语位尊者，临危莫爱身。"王蒙深受感动！所以，当他看到我写黄秋耘，便勾起重重心事：从倒霉到下地狱，到不求仕进，最后如期挂冠……百感交集，江海翻波浪。

忍看朋辈成新鬼

伤逝。兔死狐悲。

鲍昌去世，作家们震惊，痛惜英才早逝。刚收到鲍昌寄来由他主编的《文学艺术新术语词典》，见物思人。记得那年在西安，我和他一道参加中国当代文学学会年会，会上，鉴于新批评用词太新，既有一新耳目之需要，又感名词轰炸之烦恼，议论纷纷。我说："对评论中的新名词一概抵制是不对的。对新名词我自己没有别的办法，只有学习。"我还建议说："当务之急，是编一部《中外文论新旧专用名词对照表》。"大家笑了，我却是认真的。不承想鲍昌悄悄地担起这副重任，搞出一本大部头的词典，共收文艺领域14类20世纪以来出现的新术语共2495条，及时帮助人们增益新知识，使我佩服同时吃惊。

追悼会前，大家相互提醒："千万节劳，剩下这把骨头不能再拼了！"但是这些劝别人的话说得越起劲的人似乎越忙于活动不思节劳。

路遥去世，又惊！路遥的中篇小说《惊心动魄的一幕》获奖，他非常谦虚，把功劳记在《当代》主编秦兆阳的账上。那年，首届全国优秀中篇小说和短篇小说颁奖会在京西宾馆举行，贾平凹领着他天真可爱的"满月儿"领奖来了，路遥的《惊心动魄的一幕》亮相获奖的压轴戏。我清晰地记得我们首次见面的情景：二人那么激动，又那么腼腆！恕我直言，在大庭广众衮衮诸公众目睽睽下，两位黄土高坡下来的乡党"土"得直掉渣儿，谁能料到他们的今后！

路遥敏锐，发现了高加林，他的《人生》言出睿智，我先睹为快，我们之间书信往来，一起琢磨时代氛围在城乡交叉地带的折光。《人生》出书，又拍电影，一时间声名大振。及至《平凡的世界》，一个磨穿铁砚、使人不堪其苦的陕西愣娃，赫赫然于"茅盾奖"全票夺冠。那年北京大雪，路遥专程赶来召开《平凡的世界》讨论会。1992年我到他家看他，他精神疲惫，但满脸堆笑，相谈甚欢。

《平凡的世界》马上就要完稿，朋友们大摆宴席，等待他最后煞尾收笔，为他祝酒，但没料到，这最后的一段文字如此难产，他的双手失去知觉，僵硬得握不住一管秃笔。一边是忘情地等待，一边是竭蹶登顶，时间一秒一秒地煎熬着，大伙眼巴巴地等待着《平凡的世界》非凡诞生的这一刻。路遥用一盆热水泡手、抻手，手渐渐活过来，能够伸展。他终于为全书画上一个圆圆的大句号。画完句号以后，路遥疯了，一把推开窗户，将笔扔了出去，扔得很远，然后问自己的心：这是为什么、为什么？又冲进厕所照镜子，对着镜子再行叩问：我究竟为什么、为什么？……放声大哭……

我面前这个人是不是"渴望生活"、割掉自己耳朵的凡·高？

他再三提醒我给北京的几个朋友带好，"一定给某某捎个话：'他是胜利者！'"临走时硬塞给我两包"红茶花"，说两包烟不够他一天的量，但他吸的却是杂牌廉价烟，劣质的烟草致癌，吞食了他年轻的生命。

共和国的同龄人，一条陕北汉子，只活了45年。

我的外甥王可为，失业住在我处，闻讯，从枕头底下取出40块钱，让我转交给清涧县破窑洞里一个哭瞎了眼的老婆子。

呜呼！才子命薄，皇天曷亟。

路遥的灵魂家园在黄土高坡，由陕北而全国。大风从坡上刮过，世界不平凡，路遥珍重！

路遥去世不久，邹志安也跟着走了。

邹志安是我的小同乡，是我们醴泉县70年代末冒出来的青年小说作家。

邹志安是黄土地的孝子，一生歌颂黄土。他笔下的黄土取像于《父亲》，《父亲》取像于黄土，从亲缘血脉的传承上发现中国农民的传统美德。笑声中有哭声，深情中见忧愤，而他的基调连同他的死，都带有悲壮的气质。

1976年，邹志安被我所在的《人民文学》请来北京改稿。"四人帮"被抓的消息，是我专程跑到和平里招待所、拼命砸开紧锁的大门首先告诉他的，成为历史的纪念。粉碎"四人帮"以后，他是首批被邀请参加《人民文学》召开的短篇小说座谈会的作家，这是中国文坛劫后余生首次小说家的聚会，是要上文学史的。他们受到茅盾、周扬、刘白羽、张光年等一批老作家的接见。此会对志安影响深远。

第七届全国优秀短篇小说评奖，志安不安，是我将《哦，小公马》高票入选的消息传送给他的，他喜不自禁，电话中按捺不住的笑声久久挂在我的耳旁。他后来回醴泉挂职，任县委副书记，我回县探亲，他摆了三桌酒席招待我。席间说到现在经费困难，干部工资发不出去。“那你怎么公款请客？”我狠狠批评了他，他不好意思，说：“再穷，还没钱管你的饭？”我说：“咱可都是从难处过来的，罢罢罢。冯仁兄（坐我左侧），今天这一顿，算在你《秦都》的账上，行吗？”

邹志安家境贫寒，稿费、奖金杯水车薪。我办《中国热点文学》时，向他约稿，他满口答应，回信说：“我现在就靠写通俗小说换钱呢！”

可怜他只活了46岁。

邹志安毁于劣质烟草，死于贫困，燃烧在文学的炼狱中！

队伍减员，有向年轻化发展的趋势，这很可怕。我曾向时任陕西省委宣传部长王巨才建议成立作家保健基金会。

贾大山去世的消息真不敢相信。《取经》之后，大山避贤敛迹，深入浅出，仔细地琢磨他自己的路子。地区和省上几次调他，他不去，这一点很像乔典运，真心为农民写作这一点上，也像乔典运，但是，80年代初他破例出任正定县文化局局长一职。他视文学如生命，却潜心于文物和古建筑；静如处子，心到神知，古井无波，严格素食，又像是出家人。在他任内，我去看他，他正忙于大悲寺和开元寺钟楼的重修工程，异常投入，疲惫不堪却如数家珍，不承想一个作家竟然为修复古建心力交瘁以至于此！

我要走了，一再嘱他再忙也得写点，他却再三提醒我再书生气也得帮大庙说话多少给化点缘。大山厚积薄发，少而精，把每一句话当诗来写，每一个标点都要打中要害，成年累月耐得寂寞。后来的小说颇有古风，又古又土，深入开掘北方农民苦难而智慧的灵魂，深沉但不沉重，精确却带幽默。好像还藏有禅机。一生没有出过书。

又一个陕西中年作家金铮去世。金铮肺癌，咳嗽、咯血，不肯住院，瞒着大伙。那年夏天，多雨，大水冲进他低洼的斗室，他立刻拔掉氧气管子，把一捆捆用生命浇活、刚刚出厂的《传记文学》抱到床上，来不及吐掉的鲜血从嘴角流出。他去世前的十多天，插着氧气管挂着吊针，在恐怖的病床边，两次与我交谈，谈肺癌，谈文艺，谈编辑，谈出版，兴致不减当年，像没事的人一样。吴女士悄悄告我：“他什么都知道，但心情不错。夜深人静，只有他和我时，不免想念亲人，想念朋友，留恋人生。”

乔典运多次手术，没能留住他的肺息。在我国当代文学史上，农民作家乔典运的出现意味深长。乔典运深深地扎根在庄稼地里，虔诚地拜倒在历史老人的膝下。乔典运有意以农民代言人的身份替农民说话，却绝不为农民护短。乔典运在农民的历史性的悲剧里面升华喜剧，又于喜剧里蕴含着史的悲哀与教训。乔典运的作品诚实朴素，幽默厚重，无疑是我国改革开放时期农民的处境和心理的一面镜子。他同农民保持天然的联系，我一直喜欢他的小说，甚至对他的不成其为“村魂”的《村魂》产生偏爱，与他多次通信，称赞，又指瑕，十分融洽，《红旗》杂志及时作了介绍。乔典运三次辞谢到省城任职，发誓不离开农村，这样的决绝，需要多大的狠心！没有离开农村，所以他的作品一篇接着一篇，数量虽不多，质量却很高，又好，又可笑，都是刚从树上新采摘的鲜活果子。那年去西峡，我专程到他的新庄院里看他，送了他四个字：“大俗成雅。”

生命对于乔典运已经很不耐烦，他在病床上“拼命”了，日夜兼程赶写他一生的体验，终未煞笔而成绝唱，一部《命运》，象征贝多芬的《A 小调第五交响曲》，实际上是一部（我称作“临终忏悔”的）未完成的安魂曲。

《命运》写道：眼看着以神圣名义把一个个同志送上审判台，他想出个招儿，“三十六计，‘不说’是上计”。他由此躲避了一场又一场灾难。“大跃进”牛皮吹破之后，在一场四天四夜反瞒产、查找粮食下落的批斗会上，有大胆揭发被戴上红布条的，有受到揭发被戴上白布条的，有被逮捕的，有当场吊死的。乔典运一言没发。“是我有先见之明？是我正直正确？我没揭发别人是我不昧良心？直到如今我都怀疑，假如当时给我戴了红布条，我会不会为了表示积极去揭发别人？假如当时给我戴了白布条，我会不会为了立功去出卖别人？我想我可能也会，也可能比别人更积极，因为我也是一个极普通的人，也想生存，必须要保护自己，何况我还是个不如人的弱者。这样想了，我就不责备群众不坚持实事求是，从不认为自己高明。”

《命运》用自己亲身的经历还原了历次的政治斗争，用真实的细节诠释了绝顶荒唐的历史，也给我辈知识分子画了像，为中国文学留下前改革时代中国知识分子苦闷历程的缩影。

作家杨曾宪问得好：“谁来续写《命运》？”

弥留之际，老乔委托来京参加第五次作家代表大会的河南代表（同是西峡人）廖华歌等，让她们务必找到我，说“阎纲一定到会，你们一定替我向他遥致问候……”我哽咽，只顾抹泪，说不出话来。

“菜花黄，病人狂。”惊悉刘绍棠不幸去世。

70 年代末，刚刚粉碎“四人帮”，《文艺报》请绍棠等一批在京的农村写家，座谈农村题材文学创作问题。只见绍棠提溜着黑包，拖着沉重的身子，爬上沙滩文化部主楼五层，风尘仆仆，直喘气，大老远地冲我就喊：“阎纲，我可是响应你们的号召，说到做到，马上回通县去。户口已经转了！”然后拍拍左手的黑提包说：“户口本就在里头！”然后才跟我握手，如此场景，最难忘却。1980 年夏，在石家庄的小白楼，鲍昌、维熙、绍棠等一伙孙犁的弟子聚首，讨论“荷花淀”流派问题。会上抢着发言，会下逼着喝酒，个对个，都不是绍棠的对手。酒后吃西瓜，也都吃不过绍棠，他说他一顿能吃大半个西瓜，信不信由你。当绍棠用右手抱起西瓜的时候，我留意地观察到，偌大一个西瓜宽不过绍棠的腰围。我当时就劝绍棠节食、节劳，他有点不在意的样子。后来，随着新作大量地出世，更劳碌，我多次去他家商量事，反复劝他千万别累着，他还是病了，脑子有病而用脑不止，和时间赛跑，不断地预支生命以至于透支，直至于生命枯竭。绍棠神童，才华横溢，是当代文学史上重要的作家，开国人“新乡土文学”之先河。绍棠热爱生活，寄情山水，善交友，敢为朋友两肋插刀，算得上忠义之士。他很开朗，十足的乐观主义者，却难免天真幼稚，孩子气，大大咧咧，老实致愚，容易上当。他的猝死，失之大意。

期间，传来“敏腔”演员杨凤兰穷愁潦倒的消息，我和在京的陕西作家联名给省文化厅长、省委正副书记写信：“……杨凤兰奉献了丈夫，耗尽了心血，继承了催人泪下的李派唱腔，官员百姓，无不动容，但是，她的工资仅有 228 元，低于城市最低挡的生活补助！就是靠这 228 元吃饭、治病，将‘敏腔’搬上央视屏幕，引起轰动。如今办事，即便上面说了话甚至作出决定，下面置之不理也不少见。无计可施，只好惊动你们，我们的青天大老爷！”杳无音讯！1999 年 10 月，杨凤兰殁，我们唁电的最后一句话是：“对于她的溘然长逝表示震惊。”署名者我、周明、王巨才、郑欣淼等陕西作家 8 人。

传来张弦病危的消息。

《被爱情遗忘的角落》一鸣惊人，读者喜欢上这位作家。张弦的作品不多，但都经过精心的打磨，几乎每篇作品发表都能给人以警示。张弦以社会性的、深刻的爱情悲剧和匠心独运的艺术巧构赢得众多多情的读者，从而将情爱小说的创作水平提高到一个新的水平。张弦太可惜了！1982 年，刘锡诚我俩在他南京的家里作客，蟹正肥，开心把盏，情景如昨，不堪回首。

爱到深处是不忍

最令我伤心不过的，是西影的剧作家王保成。王保成一生勤于笔耕，留下《神禾塬》等大量坚实的文学作品和电视连续剧。我们彼此关注却疏于问候，不料他临终的前几天，竟然想起我来，紧握颤抖的笔留给我几句肺腑之言，倒像是给我写墓志似的，几经周转到了我的手里。当我找电话回复他时，他已经走了。他比我年轻。

……

当今中年以上的作家，有的封官作文，有的弃官为文，有的丢官为文，有的能官能文，有的亦商亦文，有的以文宣泄，有的以文抗争，有的以文宣教，有的以文治世，有的以文玩世，有的以文消闲，有的以文发财，更有甚者既独善其身又兼济天下，"采菊东篱下"，"垂钓桑波间"，"与君相携卧白云"，"百折再看高潮来！"做着各式各样的淡泊长寿或兼济天下的梦。

我敬鲁迅，身体越是不听话，越要"赶快做"。我佩服韦君宜，在轮椅上哆哆嗦嗦"划"完她的《行路难》——最想说而只有现在才能说的心里话。刘绍棠出国还要坚持完成每天的写作计划。我亲眼看见有的作家在公务繁忙中辛苦地爬格子，亲眼看见王蒙刚下飞机寒暄之后马上把自己关在屋子里。

作家生来就是艺术的孕妇，身不由己，不吐不快。

"避席畏闻文字狱，著书都为稻粱谋。"不写东西作家吃什么？

"不能再拼了！"不断地提醒，不停地叹息，痛惜之余，吭哧吭哧，面壁拈须，想写的还得接着写。不时地有作家离开我们，我们不时地相互提醒着，但是追悼会开过之后，那些最爱逢人便说"可不能再拼了！"的人自己又拼命了。

死亡像是要提前降临到饱经磨难的中老年作家的身上似的，什么"七十三、八十四，阎王不叫自己去"，有的人过了七十三、八十四叫都叫不去，而有的人离七十三、八十四路漫漫其修远兮，一眨眼化为青烟。

人生一世，草木一秋，活着就要吃饭，先找食吃，吃饱肚子就要说话，或寻觅，或争夺，或付出，普度众生，作家不能醉生梦死，假若今天不死，就要一如既往，好好想想下一张稿纸上怎样开头。

1994 年 4 月 1 日　世纪初续补

临终前的忏悔

手术台上接二连三的宰割,未能留住他的肺息。他的去世叫我悲痛难忍。

生命对于乔典运已经很不耐烦,他在病床上“拼命”了,病榻上,临终前,支撑着,日夜兼程,以常人难以想象的毅力留下自述传体的文字,终未煞笔而成绝唱。《命运》刊登在河南《莽原》上。

人之将死,其言也真,《命运》,一部90年代作家的忏悔录,一位作家弥留之际痛彻肺腑的心声、血泪浇铸的格言,也是对同辈、后辈作家的遗嘱!

原文分列如下:

其一,“我看到了笑脸就悄悄笑,认为自己真有上书的材料了,便不知天高地厚地学下去,现在回头想想也多亏不知道当作家的苦处和难处,要是知道了以后会因为当作家受那么多磨难,说啥也不学着当作家。话再说回来,当时我要没病没疾有盐有饭吃再有几个零花钱,我也不会学着写稿的,我完全是被贫困交加逼上文学这条路的。”

其二,“我终于参加了武汉作家协会。本来应当高兴高兴,可是经过重重磨难之后,我开始懂得了:人想平安,你就要不如人;想找死,你就得比人强。我学乖了,这一次没有欢喜若狂。变得像孙子了,这就是进步。”

其三,“卫星上天了,食堂的饭稀了。”“说是站在麦垛上对着太阳点袋烟。比起人家我写的算个屁,吹得还轻,只是个小吹家吧。一个人能这样想,可见良心这玩意儿要是想扔了比什么都容易。”

其四,“通过这个会议,我懂得了如何生存。制造火箭的人明知是假火箭偏要当成火箭卖的人,都因为不愿和别人一样站在地上,想上天才毁了自己。从此以后,在漫长的人生路上,我夜里没有做过上天的梦,白天连上树也没有想过,高人自然比我高一头,见了侏儒我也要蹲下去让他比我高一头。因为想比别人高一头的人，最后一定会比别人低一头。”

其五，“我又被这种热烈气氛和群众敢想敢干的精神感染了，神经一天到晚处于兴奋状态，还是见啥信啥听啥信啥，可见人是轻易不会接受教训的。”

其六，“字是什么？是最漂亮称心的情人，是升官发财的敲门砖，是人类进步幸福的手段，也是杀人害命的刀子，玩字的人祸福无定，可能一篇文章做得好便飞黄腾达一切都拥有，也可能一字之差命丧黄泉，险！”

其七，“副刊是正刊的影子，正刊登什么副刊把它变成曲儿再唱一遍，千万不能走样。我编了一段副刊，还算顺手……哭着哭着不由笑了，真傻，把行文中的抗旱改成抗洪不就成了？像‘抗旱抗得天低头’，改成‘抗洪抗得天低头’，啥时需要啥时掏出干粮就是馍。”

其八，“上级号召县县出鲁迅，村村出郭沫若。杨兰春一鸣惊人，说，别说县县出鲁迅了，能把鲁迅的文章抄完就不简单了。就凭这一句话他又当了一次名人，被下放到方城县农村劳动了。”

其九，“一张张饿极了的脸都会吃人。”“中国的老百姓太好了好极了，只要把他们失去的东西再还给他们，他们就会忘了刚刚经历过的痛苦。”“也不透个信就反戈一击了？朋友？天下真有朋友吗？若干年后我终于悟了一点，朋友也得自己先活了才讲朋友。”“夜是什么？人人的概念是家，是灯火，是妻小，是床，是安乐窝。我尝到了夜的另一种滋味，漆黑，鸣叫的风，冰冷的石头，扎人的野刺，还有没边际的恐怖，这里那里忽然哗啦一声，汗毛头皮都立了起来。席梦思床上一粒沙子都会感觉硌人，睡在乱石乱草上全然不觉。”“为啥现在都要革命都争着革命，因为现在革个命太容易了，不用枪不用炮不用流血不用牺牲，嘴一张一合把手无寸铁的人打成反革命，自己就成了响当当的革命派。……把别人都打成了反革命才能把别人所有的一切夺过来归自己所有。普天下的人要是都成了反革命，只有一个人是革命的，这个人该多么伟大多么正确呀！”

“二十多年过去了，‘文化大革命’的余悸还在折磨摧残着郑大婶，只要听到呼喊口号她马上就拉稀。郑大婶何罪？只是给有家难归的人一个住处一碗饭，就被恶人侮辱打斗。深重的负罪感一直压迫着我，我永远报答不完这恩情！”

“真正的英雄是我的儿子小泉。当时，村里没有一个人敢替我说话，妻子和三个女儿也只能远远地用眼泪看我。小泉只有三岁，他天不怕地不怕跑到我的身边，双手抱住我的腿，仰起头睁大怒眼看着众人，就这样一直到斗争会结束。一个三岁的孩子，面对着一个疯狂了的世界，毫无惧色地搂着我的腿，在歇斯底里的吼声中，这是一个巨大的力量，我好像靠着泰山站着。”

“山里人来公社就像县里人上北京一样新鲜,何况是斗争大会,男女老少都来了。看斗争人是人生最大的乐趣,因为看到了比自己还不如的猪狗,发现自己比一些人还高一头两头,心里比喝糖水还甜。”

……

恕我抄录过繁。鲁迅说:“《小说旧闻钞》,该抄还得抄。”此情此景,转述和评点肯定会走样。

《命运》用自己亲身的经历还原了历次的政治斗争,用真实的细节诠释了绝顶荒唐的历史,也给我辈知识分子画了像,为中国文学留下前改革时代中国知识分子苦闷历程的缩影。

我这里抄送给读者的是一个真正有良知的、千真万确的乔典运——他的文学行的朋友的真朋友。

一部《命运》,象征贝多芬的《A小调第五交响曲》,实际上是一部(我称作“临终忏悔”的)未完成的安魂曲。

作家杨曾宪问得好:“谁来续写《命运》?”

曲未终而人去,哀哉!一部自我谱写的未完成的安魂曲。

1998年1月16日

严文井二三事

严文井走了，享年90。老人一生诚善待人，鲜活为文，充满幽默感。惜乎默然离去。

严文井过得艰难，也活得潇洒。他洒脱得像“卧龙岗散淡的人”，其实，他笔下憧憬美好，怜惜无辜，有时锐气逼人。

严文井起步于散文、止步于散文，他的散文淡雅多智、个性独出。他的童话创作尤为显赫。他用智慧老人的心境传播爱心，用诗情画意的境界铸造题材，使童话成为“没有诗的形式的诗篇”和“无画的画帖”。《小溪流的歌》多美啊！山谷里一条小溪在阳光下、月光下唱着、玩着、跳着，越过巨石流向前方；慢慢地“长”成一条小河翻起沉沙、卷起树枝、推送木排、托起木船，向前奔流；后来变成大江，掀起波涛，举起轮船，流进无边无际的蓝色的海洋……一幅幅美丽的画面，一步步进取和奉献，把孩子们愉快地带引入雅趣和诗美，使新中国的新童话从形式到内容鲜亮出新。

1969年严冬，中国作家协会在湖北咸宁向阳湖五七干校。

我说我不是“五一六分子”，专案组说我负隅顽抗，“瓮中捉鳖，你跑不了啦！”军宣队警告说：“中央已经掌握你们的名单，敢不承认？不承认就是反军！”后来竟威胁说：“再不承认，苏修打过来首先枪毙你阎纲！”

反军的罪名吓死人，只好招认：“军宣队进驻之前，我坚信不疑我不是‘五一六’；军宣队进驻以后，我坚信不疑我就是‘五一六’。”话音未落，就招来革命群众的一阵讪笑和最革命的群众的一顿毒打，说我继续反军。

后来，日子更难过了，“遭遇战”弄得我坐卧不宁。工间休息，正想在田头伸伸腰、吸口烟，倏地，“阎纲站出来！”众人围上，突袭一番。刚端上饭碗，刚要脱鞋上床,倏地又围拢上来,七嘴八舌,要你老实交代。我总是那两句自相矛盾的回答,军宣队进驻以前如何如何,军宣队进驻以后怎样怎样,天天如此,像耍猴似的,日子一长,专案组兴味大减,斗志渐渐疲软。

"办学习班是个好办法。"白天干活,晚上"办班"。我是作协众多现行反革命中唯一一个放在群众中的"五一六分子"。

路远,苔滑,挑重担,炼红心。吃完晚饭,提一暖瓶开水,回到宿舍,脱下雨衣,刚一落座,不及喘气,就被带到学习班,又把雨衣披到身上。湖北多雨。

天天审到黑夜,夜夜饿得难受。审罢归来,还是不准打盹儿,看守们猫在仓库的一角越是开罐头喝酒,我的脸浮肿得越厉害。

一天深夜,我被押回大仓库,推开门,一片漆黑,行至拐弯处,一只胳膊挡住去路,一块桃酥递在我的手中。我的泪水一下子涌了出来。老严啊,我尊敬的作家严文井,这是您的手臂!这么晚了您……

坐于床头,掂量许久,吃不下去。腹诵七言八句,和血和泪,监视甚严,未留底稿,然刻骨铭心,终生不忘。

又一天深夜,老严塞给我一个纸包,原是一块骨头。我狼吞虎咽,啃个干净。老严后来告诉我说:"那天,周增勋他们弄到一条死狗,剥皮煮肉,让我烧火,烧火有功,分得一根小腿。我没舍得吃光,留给你啃啃。香得很吧?可不能说出去!"

惺惺惜惺惺,走资派惜"五一六"。

我们干校的作家协会五连,战果辉煌,荣获干校"深挖五一六"先进单位。但毕竟是一大冤案,结案擦屁股的事,最后落在新任连指导员严文井的头上。

严文井被迫收拾残局。他以各种方式安慰受伤的灵魂。他让我写信时务必替他向受我牵连也被打成"五一六"的刘茵深切致意,他自己回京探亲时,亲自到我的同案犯周明家里看望刘琳。几经催问,给我的结论也终于下来,他亲自念给我听:"没有发现阎纲同志的'五一六'问题。"这是怎么说,冤枉人好几年,天天当猴儿耍、当"匪徒"斗,"没有发现"四个字就打发走了?严文井无可奈何,只好抹稀泥,安慰地说:"我们经的多了,历来都是这么个写法,算了、算了!"

"算了、算了!哈哈……"严文井苦笑着。

粉碎"四人帮"以后的1978年夏季,拨乱反正,群情激昂,文学开始复苏。当《班主任》《哥德巴赫猜想》《丹心谱》《最宝贵的》《伤痕》等一批像怪物一样的文艺作品刚刚露头的时候,一向沉稳的严文井拍案惊奇、兴奋得大呼大叫。他在我当时供职的《文艺报》的一次会上说:“我们进入了一个新的历史时期,文学艺术要与它相适应。现在这些作品,是可喜的新气象,是已经‘来了’的新事物,值得欢迎,尽管这些作品还有缺点,但我们不要怕这‘来了’。为四个现代化服务的、深刻反映时代的、题材多样化的新时代的文学可能由此开始,由揭露‘四人帮’和着重反映‘受了伤的一代’开始。文学开始改变了寂寞的状况。”“现在新东西出现了,我们要举起双手欢迎,欢迎这新现象,它将一发而不可遏止,引起人们的愤怒、深思和力量。一个百花齐放、百家争鸣的文学艺术的繁荣的新局面必然出现,历史的车轮不可抗拒。”“新的潮头来了!”严文井“来了,来了!”的讲话,给瞩目新文学的人们以极其深刻的印象。

延安文艺座谈会召开的前夕,毛泽东邀请时任鲁艺文学系代理系主任的严文井和何其芳、曹葆华谈话。他们谈歌颂暴露,谈农村演戏,谈人性、人类爱。午饭后,严文井请教毛泽东,问:听说主席喜欢中国古典诗歌,你个人喜欢李白还是杜甫?毛泽东说:我喜欢李白,但李有道士气。杜甫是站在小地主的立场。接着,毛泽东谈《聊斋》、谈话剧,然后补充说:杜甫是哭哭啼啼的现实主义。不知是这次谈话的影响还是他的美学修养本来就高,尽管历经“社会主义现实主义”和“革命现实主义”的洗礼,严文井在文学创作的方法上始终保持着清醒的头脑。

严文井常读英文原版小说,对世界文学的发展颇有见地,认为现代派文学的引进是再正常不过的事。所以,王蒙的《夜的眼》《风筝飘带》《春之声》《海之歌》产生争议时,他特意致函王蒙明确表示久违喜悦之情。他对格非、残雪、马原等现代派小说很感兴趣、极力维护,坚持认为文学除现实主义以外,还应当允许其他流派存在,关闭自守的狭隘观念势在必破。严文井的艺术观和青年人是相通的,他要在青年人的身上找到他自己。

7年前的一天,我遣女儿去看严文井。见文井爷爷正逗小猫欢欢玩,他把动物当孩子。居室既小且乱,哪像是老延安、老领导!问他:“人家书房都有个雅致的名字,你这斋叫什么?”

“破烂斋。”

“你仍关心当前创作吧?”

“好的太少。我不愿读次品。性描写低俗,迎合市场,但不高明。不如看中国古典红、三、水、西。”

“常看电视吗?”

“电视剧好看的不多。喜欢‘军事天地’、‘人与自然’、‘东方时空’。也补了小时候没看全的京剧全本，有谭鑫培的《四郎探母》，豁出一夜不睡也得听完。交响乐好呀，我爱。”

“写文章吗？”

“正经东西没写。难啊！一不小心就是自由主义，再不小心极‘左’路线。”

“还记日记吧？”

“记，简单记点。老了，可还活着。今天只记一句话：‘下午阎荷来。’”

“爷爷的愿望？”

“到达终点前多懂点真相。”

2005年7月26日

为王愚安魂

今年“四·五”，王愚殁，享年80，文坛少了一条汉子、一个酒鬼。

愚兄大智，敢言多思，著文为《组织部新来的年轻人》鸣不平，敢在太岁头上动土批周扬，划进右派，劳动改造，干很重的活，“文革”期间又“诋毁”江青是三流演员，说“红小书”变成了《圣经》，终以现行反革命罪实施抓捕，瘦骨嶙峋，烧窑背砖，年轻的评论家沦为半生罪犯。

多年来饱受责骂与凌辱，王愚胆子小了，言语谨慎。80年代初，《文艺报》为了张扬新说招贤纳士，把那些“文革”前写评论现在考虑要不要继续写（是不是“今后洗手不干”）的中年评论家如单复、王愚、潘旭澜、宋遂良等邀请来京，组成“读书班”，阅读研讨，撰写重头文章。这批中年评论家（以及后来邀请的一批青年批评家萧云儒、谢望新、李星等）从旧营垒里杀出来，冲破禁区，表现出恩格斯所倡导的“艺术家的勇气”。我们把这样的“读书班”誉为“《文艺报》的黄埔军校”。王愚重点研究长篇小说，纵横驰骋，用力很专。与友人饮，论及腐败，拍案而起，痛骂不休，眼神特别瘆人。报刊评奖，得主早有内定，王愚发现后脸色大变：“要是这样，我做什么鸟评委！”

王愚超越了17年，还原到敢言善辩、犀利风趣的率性本真。依旧是背砖时50公斤的小个儿身材，愈加浓密的短须，更像鲁迅。

王愚杯不离手，嗜酒见天真，但不撒酒疯，入夜把盏，醉倒，跌入喷池，伴鱼而眠，幸被救出，兹此，“酒鬼王愚”声名大振。

80年代回西安，王愚请酒，交谈甚欢，突然，他的脸色变了，惊慌失措，非常害怕的样子。顺着他的视线望去，白光一闪，一位表情毫无异常的警察从前方走过。定神之后，他解释说，“由于监狱里被专过政，见了警察就害怕，明明知道警察不会抓我，哎，习惯成自然，身不由己！”

我和王愚一言不发，面面相觑，突然，不约而同地说了声："《双城记》！"我们都想起狄更斯笔下的曼奈特医生。

曼奈特行义，反被入狱，18 年后获释，女儿接父亲回英国，见一老人弯着身子做鞋，痴呆、干瘪、瘦弱，幽灵般的。长期的迫害使他的双目失神，怕光，习惯在一线微弱的光线下劳作；也怕人声，女儿进门，他失手将鞋子掉到地上，不敢抬头。当他知道眼前发生的一切后，习惯性地服从着，听任女儿挽着手臂走下阁楼，然而，18 年的禁锢使他怎么也走不出巴士底狱——北塔——305 号。

我和王愚说了许多，"哎，习惯成自然，身不由己！"一桌丰盛的酒席食不甘味。

我将话题转向文事，告诉他说，冯牧、刘锡诚我们合编一套"中国当代文学评论丛书"，准备为陈荒煤、胡采、冯牧、洁泯、朱寨、王春元、李元洛、谢冕、陈辽、张炯、缪俊杰等等一批为中国文学作过贡献的评论家出版自选集，这是文艺界和出版界空前的盛事，"我们也选中你王愚，希望你重振批评雄风"云云。

王愚的神色还原了，放浪形骸，口无遮拦，痛饮，忘却北塔 305 号，回到五颜六色的餐桌上来。

呜呼，苏轼有灵："只影自怜，命寄江湖之上；惊魂未定，梦游缧绁之中。"

天命有归，请赐给逝者永远的安心吧。

王愚走了，再也不怕警察了。

2010 年 5 月

只有一个孙犁

《布衣:我的父亲孙犁》,三联书店刚刚出版,我很喜欢。

中国解放区以来的文学史上,只有一个孙犁。孙犁个人的秘史是一部中国当代文学的野史。"礼失,反求诸野",野史往往成信史,想要老老实实为中国文学修史,能绕过孙犁么?

孙犁一生三个阶段。根据地时期和新中国成立以后不一样,"文革"以后和"文革"以前又不一样。刚粉碎"四人帮",孙犁对丛维熙的《大墙下的红玉兰》甚表赞赏,但对作品的悲剧结局不大满意。后来,他把世事看透了。只有把这三个阶段结合起来进行研究,才是一个完整的孙犁。这好像禅语说的:"见山是山,见水是水;见山不是山,见水不是水;见山是山,见水是水。"

但是还不够完整。现在,孙晓玲的书提供了不少鲜为人知的生活方式,一幕幕,像是孙犁的窃窃私语,很动感情,那正是孙犁写作的环境背景和情感资源,只有补充上女儿这样的回忆(虽然还有百多封以上的信墨藏之名山!)孙犁毕竟算是"完整"了,成了鲁迅教人研究的"全人"。我向晓玲和三联书店表示祝贺!

孙犁前半生在人性恶中发现人性美,教人感恩教人让,让人间充满爱;孙犁后半生,发现人中有兽、人性有恶,有内斗的残酷、丑恶甚至罪恶,忍看朋辈成新鬼,孙犁愤怒了。

孙犁是最爱人尊重人、最有艺术良心、最看重性灵、最布衣和善、最低调,漫不经心却直逼人心最老辣、最不图虚名而对美学信仰毫不动摇的文场巨擘,是经过残酷的战争洗礼和更残酷的炼狱洗礼,成为中国革命文学史上以真文学独步文坛的第一人。

尽管革命越彻底,主流批评越是对孙犁不屑一顾,学孙犁者却大有人在,学孙犁的"荷花神韵",学孙犁的真和爱,学孙犁的怨、怒、恨,特别是学孙犁诗化的语言,但学着学着走了样,殊不知“意态由来画不成”,正像贾平凹说的:“孙犁是最易让模仿者上当的作家”,“佛是修出来的,不是练出来的”。默默学孙犁而得其神韵的,我和孙犁研究专家我的弟弟阎庆生异口同声,指认徐光耀!但徐光耀主要学孙犁的后期,因为孙犁的身上还有鲁迅的骨血。

晓玲的回忆不仅使我深信“仁者爱人”“诗穷而后工”和“义愤出诗人”,而且使我看到一个现象:中国传统文人的背后大多有个贤妻良母,她和他清贫相随,生死相守,刻骨铭心。我想起柳青、吴冠中,等等,还有王蒙。孙犁的《亡人逸事》我读过无数遍,吴冠中的《他和她》也每每下泪。吴冠中说,我崇拜鲁迅,一百个齐白石抵不上一个鲁迅,没有鲁迅民族将失去脊梁,又说,我死后,我的散文比我绘画的赏者要多,离世前几月,他和夫人在我们楼下路边的洋灰座上把他的印章正面磨个精光。

柳青当年对我说:“一部作品,评价很高,倘若不在读者群众中间受考验,再过 50 年就没有人点头了。”(我算了算,连《共产党宣言》都没有跨过 50 年这个基线。)晓玲在书里回忆孙犁说:“我作品的寿命是 50 年,不算短寿,是中寿。”可是《白洋淀纪事》《铁木前传》早已过了 50 年。贾平凹也说:“作品起码能活半个世纪的作家,才可以谈得上有创造,孙犁虽然未大红大紫过,作品却始终被人学习。”他们说的都是“50 年”,50 年真成了精神创造的“大坎儿”了。

清代大学问家阮元要求更高:“学术盛衰,当于百年前后论升降焉。”孙犁能不能再跨过半个世纪?

有人死了,没有死;有人没有死,却死了。

我问自己:人欲横流,中国还需要孙犁吗?

2011 年 7 月 12 日

王国维自沉于乱世

王国维故居业经修复，还原旧貌，诗人雷抒雁却提醒我说："'王国维故居'者，王国维新居也！"我还是来了，毕竟这块地下埋着王氏的根。

早有此心愿，到浙江海宁的盐官专程拜谒王国维儿时生活过的地方。王国维50年的一生，经历的也是他自己总结出的人生与治学的"三境界说"："昨夜西风凋碧树，独上高楼，望尽天涯路；衣带渐宽终不悔，为伊消得人憔悴；众里寻他千百度，蓦然回首，那人却在灯火阑珊处。"王国维在海宁家乡望尽钱塘大潮、百日维新；然后离乡远去，为弘扬国学消得憔悴；继而登峰造极，历经世变而失群，蓦然回首，那人却在烟波浩渺处。

50岁声名远播，竟神使鬼差又神志清醒地走向湖底。王国维羸弱而高大，夭亡而久长，短命而永寿，匆匆留下财富，匆匆葬送自己。王国维生的辉煌、死的懵懂。

国人惋惜王氏之死，又参不透王氏何以投水的秘密。21世纪我等文人，到底怎样看待一代巨擘带着谜底绝对坦然地走向死亡呢？不错，王国维比屈原死得从容。

这生命史上深不可测的伟大灵魂！

我一路沉重地走来。

钱塘江攒足了劲，滚滚而下，流到海宁的盐官咆哮起来，掀起惊天大浪，狂涛巨浪可让天地变色。

"自古盐官多骚客，吟声激越胜潮声。"海宁何止是自然奇观罗列，人文景观更是奇崛超群。皇帝流连的足迹，才子诞生的故居，将相留存的府第，真替王国维高兴，一出生就熏沐着充足的文化气息。"我本江南人，能说江南美。"正是从这里，国学大师走过人生的第一站。

我一路沉重地走来。我专为一缕才盛怨多的灵魂而来。

王国维故居坐落在旧时盐官镇西门外的一块荒地上，周正的清代建筑风格，却少了大气派，现存三间平房、三间楼加厢房，看上去很不起眼，游人稀少。我想，当我踏进故居院门的时候，会看见更多的让我浮想联翩的实物，比如几株老梅，那斗雪的繁枝，明得如火的积雪，晶莹滋润，不比我们家乡的朔雪粉一样的干，大风一吹,便飞得满空如烟雾……正像鲁迅笔下的"废园"那样。然而,一片土黄。

徜徉在百年的小院里,不见江南园林的精美,也没有陈阁老府第殿堂般的豪气,却弥漫着浓浓的书香。我把这里当做几千年中华文化传承的隘关驿站,我在它每个看得见和看不见的角角落落寻找飘浮其间的余音和气味,抉剔隽永的文化品格,勘察蛛丝马迹的现场,揣度王氏生存的心态,向着竖立的塑像端详并讨教。

我在王国维的塑像前驻足瞻仰。瓜皮帽,浓重的眉毛,经年疲劳的双眼,高度近视的新款眼镜,蕴含傲气的目光,荣辱难辨的长辫,构成民国时代的精神气质。我真想跟他说点什么,但国学大师傲魂犹存,神情肃穆,深沉得相当冷峻。那双眼睛近视得厉害,然而深邃,清晰地凝视着一批批远来的客人。他的隐忍里包藏着洒脱,于世间的悲观保持习惯性的缄默。这一切像是明明白白告诉游人:你们什么也不用问,我什么也不会说!

算是修得同王国维擦肩而过,我蹑脚跨进"娱庐"的门槛。一派素雅庄重。首先映入眼帘的是郭沫若题赠的一副对联:

发前人之未所发
言腐儒之不敢言

倒也熨帖!还可以狗尾续貂:死壮士之死岂死,难世俗之难上难。见故居前厅的正中,置放先生的半身铜像,塑像之后再看铜像,未必尽传精神,不足观。陈列室共三部分内容:一、王的家世及平生;二、主要学术成就,各种著作和手稿;三、王氏研究论著。洋洋大观。"博大精深,学贯中西"的题词,是对他学术一生的确切概括。他的卧室在楼上,书桌临窗,著称于世的《人间词话》果真是(归省时?)在这张书桌上完成的?

王国维在经学、史学、甲骨文、金石学、古器物、音韵学、汉晋简牍、文学史、文学批评等研究考释的方方面面,均有卓著的造诣和创造性的发现,其诗词骈散之作亦通灵精美。32岁写成的千古绝唱《人间词话》,37岁撰写的新史学、戏剧史的开山之作《宋元戏曲史》,伟大的史学论著《殷周制度论》,博大精深的《王国维先生全集》令后人断魂。他自称"兼通世界之学术",在哲学、文学、史学、伦理学、心理学、美学、逻辑学、教育学等诸多领域精彩纷呈,一人而兼具数美,求诸近三百年中华学人,谁能与之比肩!

王国维著述丰赡,自建一座天下独学的文明宝库。

王国维力倡新法。中国传统理论重人生经验、直观感悟和综合性的融会贯通，西方理论重在归纳抽象和逻辑分析。王国维以近代资产阶级的方法深入研究中国历史，早就明确地指出：从根本上说，“学无中西”！他取来西方人文新学与传统旧学相碰撞；取外来之观念与故有之材料相参证；取异族之故书与吾国之旧籍互相补证；取地下之实物与纸上的遗文相释证，承上启下，继往开来，“在几千年旧学的城垒上，灿然地放出了一段异样的光辉。”（郭沫若）连鲁迅也不无激赞地说：“要谈国学，他才可以算作一个研究国学的人物。”王国维对近代文化的巨大贡献无与伦比。

我徜徉在诞生大师的一方水土，眼前出现不尽的幻觉。

大厅里，忽然传来小国维的读书声、脚步声，似乎还夹杂着继母的斥责声……不过，此故居非父母在堂之彼故居，不必为厉害的继母担惊受怕，但孤僻的性情已经养成，总是那么小心翼翼。……他体素羸弱，性复忧郁，“人生之问题，日往复于吾前。”他拖着一条长辫从这里走来走去，就是这条肉体的和心灵的辫子，一直陪伴他度过人生的高潮期——伴着遗书静卧湖底。

谁能料到，郁郁寡欢的小国维就在这普普通通一座庭院里日复一日、年复一年、出出进进，而后由娱庐而杭州（21 岁时作《观潮》有感于戊戌政变而步维新变法之风），22 岁离家而沪上，辛亥革命爆发后而东京，而南通，再渡日本（寓京都），再上海，继而（43 岁）任溥仪皇帝的“南书房行走”，继而北京大学，49 岁时受聘清华大学教育研究院任经、史、子学导师。

1927 年 6 月 2 日上午，王国维匆匆走完最后几步。他向同事借了 5 元钱，人力车拉他到颐和园，沿昆明湖畔步行至鱼轩藻，抽烟、沉思，然后静悄悄地一跃，落入泥沙淤积的湖底，水波惊后，涟漪淡去，50 年的生命就此终结。

内衣袋中藏有一纸遗书，遗书的前八个字“五十之年，只欠一死”。石破天惊！接着写道：“经此世变，义无再辱。我死后，当草草棺殓，即行槁葬于清华园茔地……”

一步步到达学术的顶峰，一步步走向精神的迷宫。

王国维人生的第一站是江南盐官镇，王国维人生的终点是北京颐和园。

王国维自杀了，留下千古之谜。他完全可以不自杀，然而，自杀了。

只活了半生便悄然遁去，这是为什么？语焉不详！走得从容但内心惶恐，行事诡怪又神情坦然，遂陷苦难深重的中国历史于异常痛苦的沉思。

探究死因的立论不下五种：“殉清说”“逼债说”“惊惧说”“谏阻说”“文化殉节说”。

不论是恐惧绝望还是遗世独立，五“说”的背后，都是一个孤寂的幽灵。王国维生于光绪年间，目击震耳欲聋的百日维新，卒于革命新军北上横扫之时。内心沉静与社会动乱的不协调，文人性情与复杂现实的不和解，大长辫子在大潮涌动时的惊慌失措，使他的死显得并不那么慷慨悲壮。鲁迅死时痛惜时不我予："还有许多事情要做。"王国维却中道而废，沮丧与无奈，骨头毕竟嫌软。

新潮思想的涌入对王国维并不陌生。他爱好西方的哲学与文学，很早接触叔本华、尼采和康德，然后解读红楼人物悲剧的命运，何尝不是为了自救？然而，"余之性质欲为哲学家则感情苦多……欲为诗人，则又苦感情寡理性多……他日何者终吾身，所不敢知。抑在二者之间乎？"又在"可爱"与"不可信"之间产生疑虑，终于疏远西方哲学。甚至中国古代的善恶之争，也终以性善性恶不能讨论而草草收场。这种茫茫然的两难境地，让王国维在复杂动荡的变革中无所措手足。接下来，辛亥革命。在王国维眼里，辛亥革命的枪声让"纪纲扫地，争夺相仍，财政穷蹙，国几不国"，他以亡清遗臣自居，言必称国朝，那条长长的辫子仍然招摇于脑后。他东渡日本，埋头古旧，专攻经史，置身局外，社会兴废不屑一顾。其后又以五品朝官随侍逊帝左右。溥仪被冯玉祥驱逐出宫，王国维视为奇耻大辱，决意自杀，终因家人看护甚严未遂。溥仪被驱后，王国维时在清华，新旧教育更替、新文化运动蓬蓬勃勃，他却从容无视，埋头卜辞，抱守旧学——从中可见王氏"义无再辱"之"义"！1927年北伐军挥师北上，湖南军政府枪毙叶德辉，浙江军政府籍没章太炎，王国维受到莫大的刺激。一旦遇到"改朝换代"、"天快塌下来"的时候，他本性中的不争便让他懵懵懂懂有些发呆。精神上垮了，士人的气节却继续支撑着不屈的腰身，所以他投湖前消停地吸烟，投水时极度地平静——从中可见"义无再辱"之"辱"！

王国维学术上成就斐然，政治上极为保守；一生辉煌的学术成就与晚年悲惨的结局把一代巨擘掰成两半。

王国维毕竟是目光如炬的近代大学者，而非主宰个人命运的社会思想家！

王国维自杀的消息惊动了已被冯玉祥赶到天津的逊帝溥仪，溥仪下诏封王国维为"忠悫公"！这是心灵间的相通，是极为有趣的佐证，所以鲁迅在《谈所谓"大内档案"》一文中称王为"遗老"。"遗老"者，"凡有民国所做的事，他自然都以为很可恶。"王国维"在水里将遗老生活结束"，尽管他"是老实人……老实到像火腿一般"。鲁迅知人论世，他的论断具有极强的说服力。吾从鲁。

然而，至今无从得知：迫不及待的王国维，到底为什么，非得死于这年、这月、这日？

不妨从生理、心理障碍方面进一步探究王国维自杀的潜意识。王国维会不会患上忧郁症呢？忧郁症原称精神官能症，病因不明，常见有因严重的精神刺激引起者，主要病态是情绪低落，自责自罪，焦虑不安，伴有失眠、食欲减退。重症忧郁症患者的自杀率高达80%！

曾有一个惊人的消息传来：作家徐迟跳楼！历经磨难正为新婚而陶醉的时

候跳楼自杀了,为什么?什么心情?谁能说清楚道明白!我只知道有自杀意识的人感到自杀是最最幸福的,他甚至不明白自己为什么必须走上绝路,但是,真想自杀,谁拉也拉不住。

我又想起诗人屠岸。屠岸在反右的压力下患忧郁症,"文化大革命"的1967年不想活了。跳楼吧,形象不好;投水吧,护城河水浅,最终选择了上吊。"绳子挂起来了,我已经把脖子伸到绳套里试了试,但我最后没有死,因为我看到我四岁的女儿、我最宠爱的小女儿她看着我,她不知道我是在寻死觅活,她看着我的眼神里充满了依恋,我感到她很爱我,我不能走,不能让她当孤儿。""我也怕死,但我遭受的精神侮辱太厉害了。人格全部扫地。那时,死亡对于我来说是亲切的、甜蜜的,我想要去追求它。可是看到女儿的时候,我想我不能去追逐甜蜜,我还要继续忍受苦难。"达摩克利斯剑一样悬在头顶的精神虐待(不论是他虐还是自虐,不论是王国维式的还是屠岸式的),都远远超越了皮肉之苦,这时候,也只有恐惧达摩克利斯剑行将掉落的紧急时刻,便渴望自杀,像屠岸亲身经历的那样:"想到死神就有甜蜜的感觉。"

王国维幼年失母,青年丧妻,中年夭子,沧桑巨变,死神一直威逼着他。他沉默寡言,抑郁悲观,忧虑过度,内心痛苦。乱世烽烟中的王国维,犹如一叶扁舟风雨飘摇,他无力招架。作为国学大师,王国维性本高洁,不交权贵,远离政治,不慕荣华,不图享受,生活俭朴,深居简出,待人诚善,崇尚美学,一心治学,独学独创,求真追新,堪称伟大杰出,不至于活不下去呀!我无法忽略他一生草草收场的尾声:鱼藻轩默然端坐、回顾平生,半是学问、半是恐惧,饱学的大学问没有给他的悲观找到出路,逃避世俗也没有挽救他的清静治学之心。借问湖水:是要将他解脱,还是真能让他超越?他丧失理性,出现幻觉……他糊涂了,就是想死!我怀疑王国维患忧郁症,也就是如不及时治疗后果极其严重的忧郁症!

王国维自杀后的同一年,鲁迅在《小杂感》中写道:"要自杀的人,也会怕大河的汪洋,怕夏天死尸的易烂。/但是遇到澄静的清池,凉爽的秋夜,他往往也自杀了。"王国维选中静谧的昆明湖。

王国维没有想呐喊也来不及呐喊,王国维只活了半辈子!王国维的塑像沉郁复沉静,站立在故居的庭院,依旧保持着沉默。

我又想起王国维的浙江同乡鲁迅先生来。鲁迅小王国维四岁,生逢年月几乎同步。鲁迅也是少小离家,东渡日本,也转换学科,也忧虑徘徊。截然不同的是,鲁迅每进入一个知识领域并不沉留到底,而将目光越来越转向国人(而非国学)的前途命运。在他看来,形势需要的不仅是匕首、投枪式的笔墨之力,而且是血与火的战斗之功。他改行弃医从文，转换小说而代以杂文，超越了一己之欢。他重视外来文化不弃旧学，甚至稽考钩沉，但是直面现实，绝不自溺于个人的忧伤。无论在日本还是中国的北方南方，最让鲁迅刻骨铭心的，始终是国民的昏迷和民族的悲哀。唤醒国民的良知，推翻吃人的筵席，正是这位学人成为民族魂的最伟大处。鲁迅不会自杀，他要叫，"大风灭烛，披发大叫。"他必为民族的觉醒鞠躬尽瘁，即使死，也做武器。鲁迅在《海上通信》中写道："海上的月色是这样皎洁；波面映出一大片银鳞，闪烁摇动；此外是碧玉一般的海水，看去仿佛很温柔。我不相信这样的东西是会淹死人的。但是，请你放心，这是笑话，不要疑心我要跳海了，我还毫没有跳海的意思。"大夜弥天，明枪暗箭，鲁迅"还毫没有跳海的意思"，五个月不到，王国维却跳进温柔的湖水！

王国维是近代国学的启蒙者，同时是前朝遗老，一个新旧矛盾交织的时代典型。恩格斯说过，旧时代的终结和新时代的开端，往往是以一个大人物为标志的，例如意大利的但丁。他热情呼唤意大利什么时候"给我们一个新的但丁来宣告这个无产阶级新纪元的诞生"。中国历史发展到戊戌政变—辛亥革命时期，也就是旧时代即将终结、新时代已经开端的时代，中国多么需要一个新的人物来宣告新纪元的诞生啊！康有为出现了，梁启超出现了，王国维出现了，鲁迅出现了！

真正作为标志性的人物，当之无愧是鲁迅！要是说 50 岁的王国维是学术品格上坚守启蒙而在思想品格上复旧保皇的过渡性人物、只能标志一个时代的终结的话，那么，56 岁的鲁迅才是旧时代的终结和新时代开端的标志性的人物！

当我从这座坐北向南、总共二进的木结构庭院式的建筑物走出的时候，一个沉重的十字架压在我的背上。我走开了，又好像挪不开步子。此次造访故居，专为寻找一把钥匙打开王氏自沉之谜。我找到了，又没找到。

钱塘怒潮，咆哮天下无。海宁不宁，嘉兴有幸，浙江省诞生了一代代学人名士，给中国文化平添一抹金银光色。"我本江南人，能说江南美……"耳旁又传来王国维思乡的诗句。

静安先生，安息！魂归故里，你不能默然无声。

如今，静安先生静卧在北京西郊一座花园式的墓地——建于 75 年前的福田公墓。与王国维相毗邻的，是一批有名望、有学问的人：爱新觉罗·载沣、俞平伯、余叔岩、杨宝森、裘盛戎、钱玄同、余冠英、钱三强、汪曾祺、高元钧、陈叔通、何海霞、姚雪垠等。那里也有幸埋葬着我 38 岁的女儿阎荷，两墓相距很近，一年到头，我都要来这里几趟，恭恭敬敬地，在静安先生的墓前一拜。

2005 年 7 月 18 日

司马迁与《司马迁》

屈原是最古老的诗人，司马迁是最古老的作家，都是中国文学的祖师爷。两千年来真正称得上作家的包括当今不愿玷污中国作家协会会员称号的人，没有不把他们二位当神来敬。为了爱国爱民，为了对历史负责，他们忍人之不能忍，为人之不能为，最后把命搭了进去，哪怕一时无人理解。

生前寂寞，死后寂寞，“秦人不暇自哀而后人哀之，后人哀之而不鉴之，亦使后人而复哀后人也！”但是也怪，贾谊直谏汉文帝的话和司马迁进谏汉武帝的话，过了约700年后却被唐太宗与他的谏臣魏征采纳而灵效大验，“贞观之治”为封建社会打了一针兴奋剂。

毛泽东心里早有一部《史记》，他在延安时期引用司马迁的“人死或重于泰山或轻于鸿毛”的话，后来引用《高祖本纪》中刘邦的话：“夫运筹策帷帐之中，决胜于千里之外，吾不如子房。镇国家，抚百姓，征馈饷，不绝粮道，吾不如萧何。连百万之军，战必胜，攻必取，吾不如韩信。”接着的话是：“此三者，皆人杰也，吾能用之，此吾所以取天下也。”在国家遇到困难、干部不讲真话的时候，毛泽东号召全党“六不怕”，不怕开除党籍，不怕老婆离婚甚至不怕坐班房，引了司马迁《报任安书》里这样一大段话：

> 盖西伯拘而演《周易》；仲尼厄而作《春秋》；屈原放逐，乃赋《离骚》；左丘失明，厥有《国语》；孙子膑足，《兵法》修列；不韦迁蜀，世传《吕览》；韩非囚秦，《说难》《孤愤》；《诗》三百篇，大抵圣贤发愤之所为作也。

这真理般的悲壮，震撼中华士心千多年！司马迁接着写道：“此人皆意有所郁结，不得通其道，故述往事，思来者。用如左丘明无目，孙子断足，终不可用，退论书策以舒其愤，思垂空文以自见。”“所以隐忍苟活，函粪土之中而不辞者，恨私心有所不尽，鄙没世而文采不表于后也……虽万被戮，岂有悔哉？”

受了腐刑更要剖白心迹、记史明志，哪怕含垢忍辱，哪怕碎尸万段，成就了司马迁的血泪文字《报任安书》——一部文化政治史上重要的历史典籍所留下来的气节和胆略。

为了汉室江山，司马迁艰苦备尝，献计献策，和屈原一样，忠君爱国，反而被武帝处以腐刑羞辱一生。锒铛入狱，“画地为牢，势不可入；削木为吏，议不可对”，他看到的太多了，积淀的秘密太多了，知道的也太多了，看透了、点破了，得罪了一大片。古语一针见血：“察见渊鱼者不祥！”司马迁朝中无人，没后台，他不倒霉谁倒霉！

鲁迅是20世纪的司马迁，“史家之绝唱，无韵之《离骚》”，仅10字，说明他真正理解司马迁。从历史看，真正理解司马迁的政治家比多少学得点司马迁的文学家还要少，少得很多很多。

郁结不通，故发愤著书，猫在家里搞创作，究天人之际，通古今之变，说尽史传作家的兰气质、玉精神。远的不说，“反胡风”“反右”“上山下乡”“文化大革命”等新的“罢黜百家”“焚书坑儒”中，总算造就过几位活过来的司马迁，蚌病成珠，是万幸还是悲哀？是政治的悲哀还是文学的万幸？

书写千年历史，却无自己一字。司马迁的生平资料很少，他的几番大难大祸语焉不详，他怎么读万卷书，怎么行万里路，模糊不清。李陵一案，真降还是假降，司马迁是不是为叛徒辩护，聚经纷纭，但不论怎样，汉武帝昏庸了，把高祖时期招贤纳谏的一套扔得远远的，远君子、近小人，根本听不进逆耳之言。大祸临头，司马迁一点精神准备也没有，糊里糊涂挨了一刀，明镜般地搞创作，不遗余力通古喻今，把治史当做自己的宗教，立此存照，一切让事实说话，一切待历史拷问，呜呼，太史简、董狐笔——历代文人的真性情！所幸留下《太史公自序》《报任少卿书》以及《汉书·司马迁传》，但死因不明，哪知这位史学和文学的老祖宗灵肉受辱，心力交瘁，大夜弥天，何以竟日！

正由于此，18集电视连续剧《司马迁》的策划、编剧、拍摄而且公开播放实属难能可贵。特别是后部分，情到深处，更觉太史公精神之伟大，在某种意义上，这部作品的出现弥补了一个空白。

由于有《报任安书》在，所以任安必须写好，也就是必须把任安和司马迁之间的关系写好，在资料太少的情况下，这是很困难的。值得称道的是编剧在司马迁和任安二人间的思想冲突所导致的戏剧冲突上下了苦功。性格冲突上的大起大落合情合理，从理解（冒死救司马迁的命）到不理解（断袍绝交，“司马迁已经死了！再不来了！”结果还是来了）再到友谊成熟（冒死救任安的命，“愿替任安一死”，《报任安书》的起草、展读、赴刑和血染白绢出现于龙案），最后完全理解。刑场上，司马迁大呼：“刀下留人！书儿，给你任伯伯敬酒！”任安口衔酒罐，挺胸转身，长时间默片慢镜头。“邴吉大人，求你把中书令大人带下去！”壮怀激烈，侠肝义胆。对司马迁与郭穰的关系也作同样的处理，从“卖主求荣”到“穰儿，老师错怪你了”，从“已抄成副本藏之名山”到“受我一拜”，不仅跳出“无冲突”论的模式，而且脱去一味“拔高”的俗气，司马迁的形象光彩照人。

当然，关键在于既是历史地又是文学地处理好司马迁和汉武帝的关系。杂文家何满子在《皇帝与文人》中写道：“皇帝这档子家伙，愈是雄才大略，英明果断，被历史颂为英雄，颂为圣帝明君者，大抵愈是狠毒、残忍、猜疑、阴骜，愈是‘口蜜腹剑’、‘满口仁义道德，满肚男盗女娼’，极会演戏。”汉武帝就是这样的皇帝。他贵为天子、富有四海少不了文人帮忙；夸示文治、点缀升平少不了文人帮闲，可是总担心别人算计他，所以犯嘀咕、发神经、杀功臣；文人敏感，发一点牢骚、讲几句怪话，也要被文字狱收拾掉，更甭说司马迁了。司马迁可不是发发牢骚说说怪话而已，一部《史记》道尽人间春秋兴废。他继承父业，实言报君，死不足惜，为的就是写一部当代《春秋》。什么是《春秋》？他在《史记·太史公自序》中写道：“《春秋》之中，弑君三十六，亡国五十二，诸侯奔走不得保其社稷者，不可胜数。察其所以，皆失其本矣。……故有国者不可以不知《春秋》，前有谗而弗见，后有贼而不知……”司马迁写《史记》，就是为了给当朝以至后世君主留下一部“资治通鉴”。敏锐的司马迁已经观察到权力无限膨胀的危险，汉皇帝已经把老祖宗立下的招贤纳谏的规矩忘得一干二净，他要写一部历史教科书给君臣们上上课。他的办法是以史为鉴，大力倡导先皇的治安策，如敢于直谏，让人议政，甚至可以诅咒，“循法而治”，反对酷刑，不能一个人说了算，以便有效地限制皇帝权力的膨胀。汉武帝是封建中央集权制巩固时期极权的代表，竟然恢复了汉文帝明令废除了的“诽谤妖言罪”和“祝诅罪”，大开杀戒，巫蛊事件不但黜退陈皇后，枉死皇太子，而且一杀就是三百多人，冤死百姓数万！秦始皇不过坑了四百六十多个儒生，李陵一案又算得了什么？按律，司马迁得掉十个脑袋，汉武帝却只给他来了一刀（只不过想终生打掉他的雄气），而且给了他“中书令”这个在知识分子看来相当不低的职称，并且恩准他闭门修史坐在家里享受专业作家的待遇，这也是汉武帝开明的一面。

我觉得电视剧《司马迁》里没有把汉武帝简单地当做暴君处理是非常郑重的，也给司马迁死不足惜却忍辱含垢以可信的背景和施展的天地。“屈原放逐，乃赋《离骚》;左丘失明,厥有《国语》;孙子膑足,《兵法》修列”,司马迁的历史证明经典性的著述“大抵圣贤发愤之所为作也”,证明司马迁作为一位史学家特别是思想家比同时代以及后世一切政治家高出一大截,从而,这部连续剧完成了这样一个重大的主题,即中国封建社会知识分子的忠君爱民以及他们直言敢谏、敢讲真话的刚正不阿,在“明君圣主”手下无一幸免的悲惨命运。

固然,第十七集里汉武帝检讨自己“好大喜功”,愧悔不迭,下“罪己诏”,甚至夜里偷着家访司马迁,说什么百姓太累太苦了,我要“休养生息”,然后司马迁激动不已,拜称“开明圣主!”……突如其来,不谓不过,过则失真,然而,编剧和导演在不掩饰汉武帝的“明主”的一面做够了戏,在这个人物的“暴君”与“明主”的感情冲突中刻画出他的反复无常、喜怒无常、纵横捭阖、挖空心思、好大喜功又拿不定主意的非常矛盾的心理状态,正是在这种漫无边际的折腾下司马迁活受罪,接二连三地受折磨。如此说来,没有汉武帝也就没有《史记》。

作家柳青在“文革”的1971年回信给陕西作协的董得理说:“外界不了解我的生活,以为我泡在痛苦中,正在苟延残喘。小丑×××对人扬言:我即使解放也做不成什么了。此儿原给狗当狗,足见其不知人事也……比贾谊晚一代的司马迁,则是完全另一种风貌。他的为人、遭遇、奋斗和贡献,几千年来人类进步文学史上谁人可以伦比?并非因为他没有政治抱负,只想当个作家;确实是因为他懂得比贾谊多得多,人品也确实伟大。他不顾一切完成他的工作,并不因为受了残害就忧郁而死。如得便,可找《太史公报任安卿书》。”刘海粟告诉他的传记作者石楠说,学司马迁必须熟读《报任安书》,“我把这篇文章读了不知多少遍,常读不懈,背诵如流。”王元化为顾准的《从理想主义到经验主义》所作的序言中沉痛地写道:“记得过去每读司马迁的《报任安书》,总是引起内心的激荡,真所谓展卷方诵,血脉已张。为中国文化作出贡献的往往是那些饱经忧患之士。”

要是把电视连续剧《司马迁》看做形象的《报任安书》,我想是可以的。

放言无惮,为前人不敢言,“虽万被戮,岂有悔哉?”文人可贵在肝胆,砍头不要紧,只要主义真。伟哉,斯人!

1997年12月17日在电视连续剧《司马迁》讨论会上的发言

第三辑

命系文学

作家自杀一案

中国人，只要步入文人圈，只要学点文学，大都崇拜屈原，或者暗暗效仿或者口头上尊崇。鲁迅死了以后，中国文人又以崇拜鲁迅为荣、为时髦。恩格斯有言，新旧时代交替之际，往往以一个伟大的人物为标志，例如意大利的但丁。所以屈原和鲁迅高山仰止不足为怪，因为他们一个标志着奴隶制向封建制的过渡，一个标志着半封建半殖民地社会向新民主主义社会的转变。屈原、鲁迅不愧民族魂、人格神、文人的骨头。作家们学屈学鲁，希望借得半点骨骼灵气，活得像个人，死得像回事。

屈原自杀而死，鲁迅把脑袋别在裤腰带上。那是颗带血的头颅，随时可以当做武器打过去。学什么都好说，唯独他们的死法不好学，投湖则更难。人生只有一条命！

屈原是最早自杀的爱国诗人。屈原“行义高于文采”，投江了，更显伟大。屈原和光同尘，生来痛恨邪恶，绝不与奸党权贵、骄奢淫逸者合作共事。他曾想一走了事，“愿摇起而横奔兮，览民尤以自镇”，却不忍心丢下国人不管，又留下来了。不相信、不合作，又难割舍“吾土吾民”，在现实与良心不可调和的痛苦煎熬和万分无奈中，为保清白之身，在中国文学史上第一个步老祖宗殷大夫彭咸的后尘，世无明主宁肯罢官，国王老子闭目塞听便愤然决绝跟他彻底闹掰，自沉汨罗，以死明志。

“五十之年，只欠一死，经此世变，义无再辱。”颐和园里，碧波当前，秋意萧萧，池水悠悠，湖底静静地安卧着一位清末不安的亡灵。一部 104 卷博大浩繁的《海宁王静安先生遗书》令后人断魂。陈寅恪写墓志铭说：“凡一种文化值衰落之时，为此文化所化之人，必感苦痛，其表现此文化之程量愈宏，则其所受之苦痛亦愈甚;迨既达极深之度,殆非出于自杀无以求一己之心安而义尽也。”

朱湘也是投江自杀,不满 30 岁。这位被誉为“中国的济慈”和“文艺怪杰”的年轻人为什么如此轻生非死不可?拉亏空、“一屁股的债”,死于贫困吗?难说。朱湘年轻气盛,洁身自爱,清高傲慢,权威如胡适、赫赫如徐志摩,他敢于冒犯。不媚俗随大流,不容忍现实,却不善处世,过于天真,往往为现实所不容。想想,个性之强如朱湘者,能有好果子吃么?

法捷耶夫自杀的消息引起猜测,虽说死于饮酒过量,人们还是大惑不解。其实,法捷耶夫的死有着不可告人的政治背景,这个我们猜着了可是无法证实,现在证实了可是不明死因。

法捷耶夫自杀之后,我曾萌生一个强烈的愿望:编一本论作家自杀的书。因为自投湖的屈原以降到剖腹的日本作家一直到对准自己的太阳穴开枪的无产阶级革命作家,都死得壮烈、死得可惜,其中隐情,大可探讨一番。给他们每位写上一篇评传,从生到死写一生,公开他们生前未能公开的材料,附录妻子的回忆、挚友的书信和作家自己的绝笔作品……然而,这是无法完成的,当时绝对无法完成。

按照传统观点,在革命的无产阶级看来,自杀是动摇,是怯懦,甚至是叛逆行为,起码是意志不够坚定的表现。毛泽东同志晚年时曾不胜感慨地说:中国有两大部书,一曰《史记》,一曰《资治通鉴》,都是有才气的人在政治上不得志的境遇中写的。看来,人受点打击,遇点困难,未尝不是好事。当然这是指那些有才气又有志向的人说的。没有这两条,打击一来,不是消沉,便是胡来,甚至去自杀,那便是另当别论。(引自中共中央党校出版社出版的《毛泽东读书与写文》一书。)但是,“有才气又有志向的人”“打击一来……甚至去自杀”是不是也“另当别论”?毛主席没有说。

又一个投湖的!老舍的死给当时关在牛棚中的和没有关在牛棚中的作家带来希望同时带来绝望。一个善良到不敢杀生甚至不敢看杀鸡宰羊的人竟然自己把自己杀了!可见生命对于他多么尊严多么有分量多么掷地有声!老舍是不是因为蒙受着比屈原更大的耻辱包藏着比王国维更为深沉的不安有意步他的祖宗前贤的后尘?他可以像抗日战争时期和新中国成立之后那样奋发有为,因为他即使在很困难的时候也会觉得民众在背后给他撑腰,但是,这回,在红海洋的白色恐怖下他挨了打,被肆意侮辱,受到非人的折磨,民众在哪里?当人变成兽以后反过来把活人当牲口时多么可怕呀!他彻底失望了。他爱国爱家爱民众而不得,明知“大清国就要完了”但是等不及了。他有心雪耻,无力救国，唯一的武器就是一把疏松的硬骨、一颗有点分量的头颅，还有属于自己的灵魂。宁肯站着死也不跪着生，只有清白的水才是生命的最后归宿，只有太平湖能够通往汨罗。

冰心寄小读者说："总而言之，统而言之，我以为海比山强得多。说句极端的话，假如我犯了天条，赐我自杀，我也愿投海，不愿坠崖！"（《说几句爱海的孩子话》）

中国作家的"死"与"水"的情缘，大有探究之必要。

我又想起关于作家自杀的书了，编书的愿望更加强烈。当代中国竟也有作家自杀（其前其后尚有"文章满纸书生累"的邓拓、"四面江山来眼底，万家忧乐到心头"的田家英以及"诗人之死"的闻捷等等），岂知这是在"世界革命的中心"北京，而且是一位德高望重的"人民艺术家"！其中要发挖的东西太多，值得体味的太深。

这里有一长串著名作家的名单：周文、史东山、傅雷、杰克·伦敦、茨威格、海明威、川端康成、叶赛宁、马雅可夫斯基……

世界上多少作家用自己深刻的诗意结束了自己从而创造了本世纪横死效死的新纪录！

除自然死亡外，人死无非他杀自杀两大类。他杀的原因很简单，不过仇杀、情杀和谋财害命。自杀复杂得多。自杀皆因痛不欲生而死，或不堪失恋之苦，或不堪破产之苦，或不堪羞辱之苦，或不愿同流合污无力挽狂澜不堪流俗之苦，或不堪病痛之苦和皮肉之苦，或悔罪，或畏罪，或谢罪，或跳出红尘自我解脱。至于作家的自杀，我以为要清高得多清白得多深刻得多，很明白、很含蓄又很神秘。

1981年7月，中国当代文学学会在庐山开会，喜相逢，正好和我的老上级黄秋耘同一个宿舍，朝夕相处，无话不谈。一天，当着好多同行的面我向这位沉郁的人道主义者建议，希望由他撰写一篇《论作家自杀》的文章。不等我的话说完，他立刻回绝道："不行，我写不了！"我将他的军："心有余悸吧？"谁知回北京后不久，就读到他的《作家自杀之谜》一文，下注的写作时间为：1981年2月。

秋耘文章很短，却道尽我之所欲道。

茨威格，奥地利近代最伟大的作家，60岁那年绝望于纳粹恐怖之际携妻在里约热内卢突然弃人生双双服毒自杀。他在遗书中写道："在我自动地、神志清醒地告别生命之前，我感到还需要尽一次最后的责任：向这个美好的国家巴西表示我的衷心谢意……我自己的语言所通行的那个世界对我来说业已沉沦，我的精神故乡——欧洲业已自趋毁灭。我如果还打算从头开始重建生活,必须具有很不寻常的精力才行。因此我觉得,最好还是及时地、老老实实了结生命,了结我这个从来以精神工作为最纯净的快乐、认定个人自由为此间无上珍宝的生命。我祝福我所有的朋友们!愿他们还来得及见到曙光。我,毫无耐性的人,要先走一步了。”

审判别人的灵魂,也可以审判自己的灵魂,自杀就是自我宣判并亲自执行死刑。实在无路可走或者实在活不下去的时候,带血的头颅何妨一掷,自杀也许是最后最好的选择。

想到这里,心冷得发颤,我不想再提编书的事。

天大的事也学鲁迅那样挺着。我不愿再听到作家自杀的消息。

1996 年 11 月 11 日

老来风流聂绀弩

百事输人我老牛，唯余转磨稍风流。
春雷隐隐全中国，玉雪霏霏一小楼。
把坏心思磨粉碎，到新天地作环游。
连朝齐步三千里，不在雷池更外头。

——《推磨》

“老牛”自画像，“牛棚”游乐图。

你看，虽然百无一用，却会给主人拉磨。拉磨好啊！磨边春雷起，磨下玉雪飞，能在千斤重压下把二心粉碎，能捂上眼睛在太空遨游。纵然风流阔步，岂敢僭越雷池？自我陶醉、就地打转转吧！妙在“高贵者”的清高异化为“卑贱者”的滑稽，妙在归谬、反讽不露声色，自贬贬人而不失身份。老老实实在牲口棚里待着吧，知识分子要改造，就得变成一条老实拉磨的瞎眼睛牛！

君自舀来仆自挑，燕昭台畔雨潇潇。
高低深浅两双手，香臭稠稀一把瓢。
白雪阳春同掩鼻，苍蝇盛夏共弯腰。
澄清天下吾曹事，污秽成坑肯便饶？

——《清厕同枚子》

我掏你舀，你舀我挑，微雨潇潇，多美的意境啊！以“澄清天下”为己任，多么自豪！

清厕俗事被写得豪迈风趣，肮脏除臭被写得文雅美妙，把个苦境心绪写得这般轻松。美化清厕就是美化“改造”，念念不忘抒豪情丑化自己，也就无异于写壮志丑化对“文化”的“革命”了。香臭之间的巨大反差生出绝妙的诙谐。一切都是路线斗争嘛！

龙江打水虎林樵，龙虎风云一担挑。
邈矣双飞梁上燕，苍然一树雪中蕉。
大风背草穿荒径，细雨推车上小桥。
老始风流君莫笑，好诗端在夕阳锹。
——《柬周婆》

大风细雨穿荒径，龙虎风云一担挑；笑我是老风流吗？老伴呀，夕阳西下，断肠人正在锹下觅诗呢。

“老始风流君莫笑”，到底笑谁？亏他修行到家，亏他才高八斗，亏他情意绵绵，亏他长歌当哭，把屈辱性的劳动写得这么有诗意，这么美，美得让人陶醉，醉得叫人心碎。

“老始风流君莫笑”！在透不过气的窒息状态下，聂绀弩打开一扇精神的窗户。那年，有幸同楚辞专家文怀沙一起开会，每天会后，他都要拿这句诗同我们开玩笑，笑得人心里满不是个滋味。

结束“文革”20周年记：

聂老的咏“牛”诗自我挖苦，自我调侃，自我解嘲，以己之滑稽将“文革”的荒诞推向极致，自我超脱、保全名节。千斤罪孽重，一把老骨头。入地无门，欲哭无泪。逆来顺受，软磨硬顶。悲极而喜，虐极而谑，愈是沉痛愈幽默。似热而冷，似庄而谐，似笑而怒，似爱而仇。苦难中的轻松，屈辱中的轻蔑，似低下而高贵，似卑贱而神圣，歪打正着，反奴为主。打油诗的插科打诨，京油子的嬉皮笑脸，鲁迅杂文的犀利与痛快。智者的广博，仁者的旷达，哲人的深郁。“诗坛别树英雄帜，雅俗庄谐顺手裁。”(苏仲湘)大境界，大写意，大手笔。

人生最大的灾难莫过于冒犯人的尊严，侮辱人的品格，亵渎人的圣灵，把人不当人。

聂绀弩何人？中共党员，1924年进黄埔二期学习的老革命！任海丰农民运动讲习所教官，1927年赴苏联莫斯科中山大学学习，1932年参加“左联”，任新四军文教委员会委员，中南区文教委员会委员，香港《文汇报》总主笔，第五、第六届全国政协委员。响当当的老革命、老作家、老资格，却变成任人鞭打、任人指拨、任人宰割的“老牛”、老反革命。革命革到聂绀弩的头上，什么混账革命！

1996年

编书让我伤心

1999年10月16日，原文化部咸宁向阳湖五七干校五连(中国作家协会)的部分人员，在北京香山第二次聚会，推举大周明、谢永旺、萧德生、阎纲负责编辑出版干校回忆录，以追思当年。几经努力，《中国作家协会在干校》始成。

中国作家协会下放咸宁干校的人员，包括冰心、臧克家、张天翼、张光年、严文井、李季、郭小川、侯金镜、冯牧、葛洛等知名作家在内约118人，连同家属约150人。在这片土地上倒下的，侯金镜是最为不幸的一个。

中国作家协会指导下的中国文坛，历来就是政治斗争敏感的神经和制胜的突破口，因此，中国作家协会10年"文革"中长达6年之久的干校生活，遂构成"文革"时期的一个缩略的人生，不论本书45位作者从什么角度去感受、去评价"五七道路"，都是那个时期真确不刊的证言，是重修"中国作家协会发展史"和"中国当代文学史"的第一手资料。

遗憾的是张天翼、侯金镜、郭小川、李季、葛洛、冯牧已经去世，没有留下记录干校的笔墨；陈白尘、丁力、刘剑青、冰心也相继去世，想说的话没有说完。好在书中对他们均有记述和追念，哲人已逝，音容宛在。

作为多人集的《中国作家协会在干校》，多角度地记述了各自痛切的感受，对当年生活的细部和心灵的深处都有新的开掘。

患难中有同情，劳碌中有帮护，私语中有义愤，沉默中有腹诽，悲苦中有欢愉，面对万物竞荣的大自然呼天抢地时，也有过依稀忘我的赏心悦目……编稿过程中，我们怦然心动，泪水模糊了眼睛。

为了编这部书，大家累坏了，我自己付出的精力(从约稿、催稿、改稿、多次校稿到各方联系出版社)比编自己的书付出的多得多，终于完成了，非常欣慰。

然而，书编成后，没钱出版。大家出主意。作家协会的事应该作家协会管，写作家协会在干校的书应该由作家出版社出。一次会上，我向作协党组副书记王巨才提及此事，他极表赞成，正聊间，恰好作家出版社的负责人来，王巨才请他玉成此事，负责人很痛快，说："可以嘛，最少得拿4万块。"王说："你们就知道赚钱，赚到干校受苦的老作家头上了！"负责人说："那你党组拨款。""你们赚那么多钱，做点好事吧。""既然王书记说话了，减一半，2 万吧！阎纲你看?”我笑了笑，王巨才也没有吭声。

又过几年，党内进行“先进性教育”，作协党组请来离退休干部给党组织提意见，会上，老同志们提出作协理所当然地应该出版《中国作家协会在干校》一书，这是老作家们的精神遗产啊！是中国作家协会的活档案啊！众声谔谔，感动了主持会的党组书记，当场指示作家出版社的同志把书印出来。

老同志们把这一好消息告诉我(我早在 1986 年就离开作家协会)，我却十二分地忧虑，不相信作家出版社能够作出这样的牺牲，但难友们一再动员我不妨试试，同我合编此书的谢永旺，也劝我极力争取，我便联系出版社的责任编辑张玉太，重新整理散乱的电子版，把一堆堆乱码一个个改正过来，又多方征集干校的照片，那个麻烦劲啊！终于出校样了，我们三位编者反复校对，一年后，书出版了。我们几十位老同志感谢作协出版社，感谢作协党组。我们找个双休日，集中到一起，打包送往作者和作协各部门。我亲自签署了一本送给党组领导，但是传来不幸的消息：“这本书暂停发行！”

不是领导人亲自拍板出版的吗？书成六七年了，好不容易要出版，又压下来了。

邓小平、党中央三十多年前就作出决定：“彻底否定文化大革命”，但是这里并不“彻底”。

漏网的《中国作家协会在干校》在地下流传着，网上也有反映，网民们对书后附录的《干校人员名单》中死亡者之多特别敏感。

是泪水，是历史，是亲历者的遗愿！

杨绛的《干校六记》，内地不敢出，拿到香港出版，胡乔木发现了，表示支持，批了 16 字的考语：“怨而不怒，哀而不伤，缠绵悱恻，句句真话。”内地后来出版了，只许在柜台底下卖。总还可以买到手吧！

据杨绛回忆，《干校六记》售书后，丁玲说《班主任》是小学级的反共，《人到中年》是中学级，《干校六记》是大学级。

多少年过去，《干校六记》可以自由流传，中央党校出版社几乎同时出版了《五七干校回忆》种种，为什么《中国作家协会在干校》暂停发行？作家协会自己家里的信史自己害怕，到底怕什么呀？我感到十二万分的痛苦，觉得作协这些死难者不会瞑目，难友们晚年又要伤心莫名。

日前，出版社的那位“负责人”(也是作协的领导)看见我，连说：“书收到了，这本书好，应该出！一定要出！”他没有再提钱的事，也不知道书已经被封，不过，听他这么说，我一下子改变了对他原先的看法。

2007 年

惊恐，王智量笔下的饥荒！

跃进的年代，倒退的历史；饥饿的肚皮，不灭的情欲。

饥者在叱咤风云的尴尬时期表现出感人肺腑的人情美、人性美。

苦难犹如《绿化树》，却少了些对主义的信仰；苦恋恰似《男人的一半是女人》，却多了个坐怀不乱的柳下惠；秽行不亚于《飞天》，玩弄女人的却是个区区小吏；饥饿一如《犯人李铜钟的故事》所见，愤怒的百姓岂止李铜钟一个犯人。

驴能吃的，人就能吃；狼饿了吃人，人饿了也吃人。一边饥肠辘辘，一边谎报产量。

红裤衩、绿兜肚，还有发出美丽的白光的裸体，轮番地映入眼帘。苦涩的甜蜜，使“我”周身灼痛。他老实改造，拼命忍受，可是，没有走章永璘忏悔受洗的老路。

为了保住李家沟最后一个身孕——一个“种”，肚皮塞满野草的饥民们，冲向“占过我们多少女人的便宜”、“顿顿吃白馍”的薛组长。薛组长常说：“这些人好管得很，跟羊一样”，“又不是啥黄花闺女，值得这么大惊小怪！”

忠厚传家、仁义继世的李家沟人，固守飞将军李广后裔的遗风，“一个个硬得很，也粗得很！”然而，李广非吴广，归根到底一群羊。

种粮食的吃不上粮食，生死已到灭绝族类的最后关头，李家沟在革命的名义下复辟了封建统治。当然，小小的薛某负不起这大大的历史责任。

作者王智量不借助浓重的理性批判，不谋求理想化的安全保护。他的艺术思维自信到冷峻的程度，那就是：报告文学般的真确，不动声色的白描，悲凉苍劲的大西北的地貌风情，令人发指的灵魂的战栗。“法律呵……废纸一方，正义呵……无处伸张……”(《小草在歌唱》)

又是天灾，又是人祸；天病了，人也病了；天有病人知否？人有病天知否？

“恶”之花七姑呢？秋眉的黄铜顶针呢？饥饿燃烧的欲火今安在哉？恻然凄然。

风流云散，空自叹息。

1994 年 1 月 11 日

以上是我年初在刘锡庆教授处看到《饥饿的山村》的原稿，一看就放不下，看完后记下的一些激动，现在这部相当不错的长篇已经出版。在“严肃文学”于今真正变成“小众文学”的今天，这样的作品能印出来就是胜利。

我早知道王智量先生的名字，他是翻译家，不知道他近年来写长篇，不知道他出生在陕西汉中，又下放在陕甘地区，难怪在他的作品中俄罗斯文学风和中国西北风琴瑟谐和，别有一番风味。

1994 年 10 月 27 日

审计厅长笔下的贪腐

张成起，作家，河北省审计厅厅长。五年前的石家庄，研讨他的散文集《世纪梦语》，刚一见面他就说："你是阎纲同志？可我不认识你。"我说："你是张厅长？我也不认识你！"他指着一旁的梅洁和铁凝说："得感谢她俩，把你给请来了。"我说："我是冲着《解读李真之死》来的。"今年出版的《岁月留痕》，是他的第三本散文集。

张成起其人、其文，特点都很突出：憎恶与钟爱、严厉与宽容、清醒与怯懦、庄重与松弛、讽刺与幽默兼而有之，但以阳刚之气为盛。

张成起闪光的作品是两部分——回看骨肉、直面官德；尤其是"直面官德"。《解读李真之死》摇人心旌，它问天："李真一案牵扯到县处级以上干部数十名，哪一个是在'三讲'中讲倒的？"然后叹曰："反腐成绩的辉煌冲淡不了腐败存在的悲哀。"《解读李真之死》之后是《我与程维高的是是非非》，冲撞大人物时敢于把自己摆进去，剧烈而微妙的心理矛盾真切动人，最后写道："程维高老了，他的党籍没有了，儿子因经济犯罪潜逃加拿大，女儿也因经济犯罪判了缓刑。想到他凄凉的晚年，缺少和企盼的，也许仅仅是一声真诚的问候。"这篇作品在《中国作家》发表以后，大报小报转载，不胫而走，张成起正在人民大会堂参加"两会"，我将这一消息通报给他，河北省的人大代表（包括省长在内）闻讯向他表示祝贺。文学潜入官场反腐倡廉，人心大快，作为官员作家的张成起备受鼓舞。

《一次婉拒的采访》可以看做《我与程维高的是是非非》的姊妹篇。张成起之所以拒绝采访，是因为他坚决否认自己是"燕赵的一条汉子"，说：就是借我一十八个虎胆，我也不想也不敢以卵击石，去和省委书记作对，更何况我面对的这个人顺我者昌、逆我者亡、颐指气使、刚愎自用。再后来，读到他的《杞人的嗟叹》，那锋芒、胆识，密集的信息量和人性化的交心，痛快淋漓，荡气回肠。退休后的张成起没有变！

《杞人的嗟叹》敢于晒官德、晒吏制、晒干部政策选举制，竟然写道："（那里的）'风清气正'只不过是皇帝的一件新衣而已。""请吃请喝外加'不成敬意'的'意思意思'，又花去多少人民币？"张成起身在官场，敢言大官，不为官者讳、权者讳。一个农民的儿子，30 年三级政权的一把手，生民苦未息，常叹生民苦，面对父老乡亲、弱势人群，他能视而不见、官官相卫、心安理得？

张成起的作品属于执政者的"官员写作"，他的长处恰恰是一般"官员写作"的短处；张成起写作的热点、难点、看点，正是一般"高官作家"唯恐避让不及的敏感部位。我国有些高级官员，想当作家的不少，但作品一接触到社会矛盾、民间疾苦，笔下就筛糠了，所以古人说："今之为官者讳言诗，盖言诗每不利于官也。"可是，跑官的作家不少，附庸风雅的官员更多。官员的作品开会，与会者常誉之曰"政声文采两风流"。说过头了吧？他们的政绩如何，要直接接受民意的检验，他们的文采、风骨又如何呢？这可不是拿了人家红包的文学圈儿里的人说了算数的。

毛泽东认为：屈原如果再做官，他的文章就没有了。还对王芳说："中国状元写不出好东西，好的东西是那些不得志的人、穷秀才写出来的。"鲁迅早就说过："……状元宰相的文章是不足信的。"

我很厌恶大官的官样文章，高高在上，话语霸权，报喜不报忧，今天飞纽约，明天过巴黎，警车开道，灯红酒绿，表示自己有权有势漂洋过海见过大世面。张成起不然，一身正气，满纸真诚，而且自律甚严，敢于把私心小算盘全都抖搂出来。他心想，我要是答应李真，可以"双赢双利"，但是出卖良心，代价太大。他没有胆量硬碰一位省委书记，但是他更没有胆量在罪恶的面前闭上眼睛，这样，他就和读者之间的距离一下子拉近了。胆、识、情三位一体，对于真正"想当作家的官"来说，容易吗？

当我读到《走进电网高墙》的手稿时，我好像更认识张成起了。这样的作品很刺激，不久，《报告文学》发表了。走进电网高墙的提讯，就是一个清官和贪犯的"牢中对"，阅尽官场沉浮，点破为官之道，参透生命的价值，双双亮出真心，彼此受到教育，从而感人肺腑。张成起对"潜规则"的忧虑，对"不利己"的无奈，对有人变成"能人"伸手就被捉的"想不通"，法律的、政治的、道德的以及人性的多层面的挖掘和解读，使反腐败的信心与反腐败的忧虑五味杂陈，读者同他一起陷入不尽的反思——张成起"道德底线"的主题深化了！

张成起之所以敢于犯颜直谏，盖源于清正廉洁的人格力量，身上干净，腰杆就直。能给老百姓办成的事他没有一件不尽心去办。烟、酒、茶是他的所好，你拉票请客，我也不犯傻，敢请就敢吃，至于投不投你的票，那是我的事。他没有为升迁求过任何人、送过一瓶酒一盒烟，从未到在任的领导家中登门拜访过；自己主持研究提拔的干部数以百计，从未收过一分钱的好处；人所尽知，厅长的三个弟弟一个妹妹一直在乡下务农。2005 年，我路过石家庄，张成起作退休前的述职报告，他最后一次拍胸口说："30 年来，没有占过老百姓一分钱的便宜！""心畅日月，天地共鉴！"

审计也是廉政的晴雨表，什么人领导审计工作也是国家吏治的晴雨表。政声人去后，退休了，省人大常委中竟然出现 13 人投票挽留张成起继任的怪事，闻所未闻。

张成起的三部作品，是一个由县级、市级到省厅级一把手执政历史的回顾，是一位现代中国清官的自画像，是一个农民的儿子刻骨铭心的记忆。五年前座谈他的《世纪梦语》，有"审计风暴"之誉的李金华题赠张成起两句话："从政为文皆有致，仕途文心两相宜。"张成起铁肩担道义，挂冠不归隐，"还是有话要说"，于是，昨夜的风，昨夜的雨，风风雨雨，经年官场现形，茫茫宦海沉浮，父老乡亲的恩泽，妻子儿女的牵挂，一起涌上笔端，述往事、思来者，爱国爱家，忧国忧民。

张成起总是表白新作《岁月留痕》乃赋闲之作，无趣盘点从政账，惯听茶肆论短长，懒问魏晋之兴替，落得个自在清闲，好像今昔只可谈风月，不宜及公事，难道他今后真的"莫谈国是"吗？但笔锋一转，又表白说：人不找事事找人，该说的还得说，"秉烛三更笔泣血"，"并非闲话"——欲擒故纵，张氏曲笔。

2010 年春日

梅洁《大江北去》，多少英雄泪！

人说，对中国长期繁荣构成最大威胁的不是石油，而是水！

两幅图画：一边是奥运会开幕前北京望断南国水；一边是望大江北去，“守着江水缺水吃”。小女孩守井，外村人来担水，女孩就喊：“强奸人啦！快来人啦！”抢水的吓跑了。

北京人不能最后只剩下眼泪。出于无奈，向水乡借水。借水就得引水，引水就得移民（前后三次移民！）移民就得流泪，流淌的河水就是移民泪。梅洁把自己的泪水也融入河水，和生她养她的汉江一起痛哭，和她生活地的河北省一起痛哭，和她的父老乡亲们一起痛哭，和前后两次共70万移民同声大哭，然后，翘首以待，2010年，在她的住地北京市，守候故乡流来的救命水，一泻三千余里。这就是我们面前厚重的《大江北去》，大江北去，浪淘尽多少英雄泪啊！

这部作品之所以激动人心，是因为作者找到诗眼：泪水、河水相叠加。泪水泪水，泪就是水，水就是泪，水泪交加，移民呼天抢地，以泪洗面，反映出一个时代从“重工程、转移民”到“以人为本”两个极其特殊的历史阶段，何等的意境与构想！

泪水苦涩、无望，也辛辣。百感交集，说不明白。终于要画上句号了。“欢乐是痛苦换来的”（贝多芬），泪水换来了河水。《大江北去》，墨点无多泪水多，牺牲太大了！

这是一部散文化程度较高的纪实文学作品。梅洁将自己的泪水连同乡亲们的泪水一并注入汉水，使她撰写这部作品的时候，尽情发挥自己浓重抒情的散文笔法。一、她把抒情与场景相糅合；二、把牺牲与奉献相糅合；三、把思乡之情与思念亡夫相糅合；四、作者是喝汉江水长大的，来到干旱的张家口，又到缺水的石家庄，向汉江呼救的北京市也是她现在的家。此刻，她站立在因万年古河而诞生、又因万年古河而消失的故土上，把她多重南北身份一概融入婴儿恋母般的情结，剪不断、理还乱，乡愁绵绵。

人说“天下黄河九十九道弯”，我说“汉江北去九十九道弯”！汉江九十九道弯加上梅洁南北多重身份，交汇而成异常丰富而复杂的情感交响曲，极其惨烈又极其壮美，难怪我们读这部书时五味杂陈，抚今追昔，不禁唏嘘动容。

既然“欢乐是痛苦换来的”，“河水是泪水换来的”，欢乐、痛苦都要写足；痛苦写足了，欢乐才货真价实。我们通常对所谓的重大题材理解过窄，片面追求正面效应，好好好，一片大好，好得那么容易、那么轻飘、那么空洞！我常向作者推销一句话：“古今至文多血泪。”此言不欺。1957 年刘绍棠写道：“我的故乡是一块多灾多难的土地，而我给它的，只是一点孩子气的安慰……”但是，当他和这块土地共同罹难之后，却说：“娘打儿，不记仇。”

“不记仇”，但必须记取历史教训。当南水北调这一惊天工程即将完工的时候，我们不妨问问自己：我国财富的获取有多少是以平原、森林、河流渐渐枯萎和死亡为代价的？人说：“建造一个大坝，就使一条河流干涸。”南水北调工程的规模堪比修建万里长城一样惊天动地，我们能避免潜在的灾难吗？能像美国“一条小鱼胜大坝”的故事那样，保护汉水众多的鱼种不致活活地死掉吗？

2008 年奥运会一天天逼近，引水工程直接关系到北京奥运会的供水，我们怎样保证这一重大的政治承诺不会失信呢？

“河流不会说话，生态不会说话，谁替它们说话？”民间组织“绿色汉江”替它们说话：“如果造成灾难，谁买单？”作品有两个小标题：“迁徙者的大难与大义”“迁徙者的疼痛与期盼”。意味深长！牺牲太大了，为有牺牲多壮志！

恩格斯说：“没有哪一次历史的灾难不是以历史的进步为补偿的。”巨大的牺牲是要付出巨大的补偿的，历史发展到“以人为本”的年代，移民的牺牲肯定会得到补偿，正在补偿。不，应当赔偿！

纤笔一枝谁与似？刚柔相济敲警钟。刚柔相济是梅洁为人为文的风格。书出版了，我向梅洁表示祝贺。梅洁告诉我：“如果不写这部书，我自己也可能活不过来。”我明白她的意思，为了这部书，她把悲苦压挤到最小化，将大爱放大到最大化，于是她活过来了，书也写成了。

今天见面，梅洁笑了。

2008 年 1 月 8 日《大江北去》研讨会的发言

她夺回失去的美丽

——赵泽华《坚守生命》序

大约7年前，赵泽华瘸着腿，出现在《三月风》举办的“长江笔会”上，热情主动却十分腼腆。她生性和善，爱诗，长得白净，很美，可是，灾难是毁灭性的，厄运践踏了青春。瓷人儿被打碎了。

她19岁时探母，被火车轧伤，生命垂危，左腿截肢；中年，又从楼梯上倒栽下来，左手骨折，手术错位。从父亲被打成反党分子劳动改造起，灾难就像冰雹一样砸落下来。

她遍体鳞伤，离死亡仅仅咫尺之遥。她选择了尊严和价值，蓝天和太阳，还有飞翔的翅膀。

生命之于人，只有一次，她起码死过两回。她站起来了。四时八节，天气变化，骨骼和伤口疼痛难忍。

我非常喜欢同命运较劲的人，他们是我最喜欢的拳王争霸赛里虽然被击倒却始终不肯屈服的精神胜利者。

我和她站在船尾，注目跳动的长江，任凭浪花翻卷相继远去。我鼓励她坚韧地活下去，一手好文字，继续写吧，“你自己就是一首长诗。”

史光柱来了，他用耳朵看见我，一下子扑了过来，抱住不放。史光柱的记忆力异常惊人，竟然把我此前写的《瞽之呼》背诵了一大段，以示对我的感念，同时激励柔情如水、坚强如钢的赵泽华为残疾人作家争光——

伤残之躯竟有如此完美的灵魂、审美的灵感，以难于常人百倍的毅力“写”出一篇接一篇极富本真的命运之歌。痛苦的感觉可能使他只看到悲剧的世界，审美的思考才使他认清人生的喜剧意义。钱钟书说：

“痛苦比快乐更能产生诗歌。”史光柱不但出入人间、地狱两重天，而且来往于光明、黑暗两个对立的世界；不但在疆场超越死亡，而且在文学中突破阴暗，失明却不失战士的风骨和人格的尊严，人性美与散文美相得益彰。双目失明者用生命“写”出血泪至文，他也就找回自己的眼睛，这眼睛是诗，又不仅仅是诗。

1992年11月24日

如泣如诉如小溪流之歌，我们的泪水渗出眼眶。赵泽华决意写出血泪长篇。2009年初，自传体纪实文学《坚守生命》出版，网民反应热烈。

她这样描述疼痛：

剧烈的疼痛向我袭来，这种疼痛的猛烈程度让我感到吃惊和害怕。

有时是一种烧灼感，就像有人夹着一块烧红的煤，一下一下烙在我的伤口上，让我无处躲闪；

又好像有人握着一把生锈的铁钳，拼命夹住我脚拇指的指甲，然后发狠地合拢铁钳；

还有时像有一把钢针不断地扎在脚面上，一种非常尖锐的痛；

也有的时候，脚后跟的部位像被人钉进一根铁钉，痛得很钝、很深，还有时疼痛像刀割一样，让我痛得眼前一阵阵地发黑。更多的时候，那种疼痛无法形容……

我的全部记忆里全部思维里都被铺天盖地的一个“疼”字占满了。

剧烈的疼痛让我伤口猛烈地抽搐，我甚至能够听见骨头“咯咯”的响声，连我睡的这张铁床也止不住地颤动起来。

这种疼痛像一个魔鬼，昼夜不停地疯狂地折磨我，它似乎有一种穿透力，一直痛彻骨髓。

因为用力咬牙忍耐，我咬破了嘴唇，恨不得咬碎牙齿，咬得太阳穴都不敢碰触，那真是一种酷刑。

它的无休无止终于激发起我强烈的反抗精神。

疼痛，已经成为我生命中的常态，终其一生和我如影相随。

抵御疼痛比拒绝死亡更艰难。我自己亲历过全麻手术的宰割，也亲见过女儿阎荷五种超常难忍的疼痛，都不及其对于赵泽华如此的残酷、频繁和难以名状。

母亲多次病危后不舍离去；弟弟妹妹们屡遭磨难。她还有自己的爱情和家庭。赵泽华的青春，完全浸泡在无比疼痛的血水之中。

既要活着，又要生活，可是工作在哪里自己又能做些什么？

命悬一线，只有扼住命运咽喉的钢铁汉子才敢于挑战厄运，而赵泽华还是一个花季少女。

看到赵泽华哭成泪人儿以泪洗面的时候，我想起绛珠仙子。她将一生的眼泪报答甘露灌溉的生命。

上帝是公正的，他主宰你一半的命运，而把另一半交付给你自己，当你对命运作出坚定的抉择之后，上帝在暗中实施救赎。

赵泽华终于从死神的抓捕中挣脱出来，从成年累月被虎狼撕咬的疼痛中硬挺过来，被击倒以后又爬了起来，学会走路，学会右脚蹬车，学会骑车带人，并且帮助许多像她当年一样需要帮助的人们。

> 夏日晚上，我去京西宾馆约稿，回来时把女儿用书包带揽在车后座上，怕她睡着了感冒，又买了一根雪糕哄她。
>
> 等骑车赶回家时已经是深夜十二点了。
>
> 女儿已睡着，小脑袋垂在胸前，凉风吹拂着她柔软的小头发，那根雪糕早已融化掉了，女儿冰凉的小手里还紧紧捏着一根小棍。
>
> 然而，第二天，当太阳升起来的时候，我又必须摈弃我的软弱、劳累和伤口的疼痛，以微笑面对新的一天。

她远路听课，亲自采访，写出不少好文章、不少名人专访，多次受到嘉奖。

她访问学者，给自己立下三条最基本的原则："不能问外行话，不能问别人问过的话，要有读者真正关心和感兴趣的独到的内容。"

《李岚清：谈音乐与人生》曾被《香港大公报》《深圳特区报》《新民晚报》及四十余家中外知名网站转载，作者正是赵泽华！

她被授予"巾帼建功标兵""全国三八红旗手"等荣誉称号。

哲学家、作家罗素说过这样一段话："三种单纯而强烈的激情支配着我的一生：对爱情的渴望，对知识的渴求，对人生苦难痛彻肺腑的怜悯。”人生苦难之于赵泽华岂止是怜悯，而是刻骨铭心的体验、顿悟彻悟的人性深度。

少女时的赵泽华聪明美丽，最喜欢安徒生《海的女儿》，几乎把全文背诵下来：“她的皮肤又光又嫩，像玫瑰的花瓣；她的眼睛是蔚蓝色的，像最深的湖水。不过，她没有腿，她身体的下半部是一条鱼尾。”

我在心里悄悄地立誓：“长大了我也要写美丽的书。”

（我没有想到，我今天写这本书，距离当初的立誓，已经过去三十多个春秋了。我更没有想到，我也有了小人鱼似的命运，为了没有一双人类完美的腿而受尽磨难。）

赵泽华变成她最喜爱的“海的女儿”，忍耐，坚持，走路像踩在刀尖上，尽管不能跟欢乐的人们踏着乐曲翩翩起舞，却有幸没有变成泡沫。她绝不放弃，她像小人鱼，为了渴望有“一双人类完美的双腿”备受折磨。

她实践了自己的誓言，长大以后，写出“美丽的书”。

赵泽华性情纤柔而内涵坚韧，秉笔直书又摇曳多姿，散文化的语言自然流畅，忧伤然而清纯。她把生死善恶置于尖锐对立的境地，把人物推向极端的心理冲突，把美女与毒蛇的较量写得死去活来，把勇猛与娴静集于一身，说尽生离死别，充满人生况味，命途之多舛，情绪之起伏，紧紧地牵动着读者的心。

纤笔一枝谁与似？直面厄运，体验危难，超越极限。

比起一些被苦水淹到喉咙眼透不过气来的苦情书、血泪账式的传记文学来，这部作品给人以希望和力量。

比起那些闪电式的采访然后铺陈其事厚厚的一本食之无味的光荣榜、流水账式的报告文学来，它更具文学品格。

天缘巧合，赵泽华受伤的年龄是 19 岁，《坚守生命》完稿的时候，车后座上长大的女儿恰好 19 岁，北京某大学学生，品学兼优。

2008 年 8 月，《坚守生命》即将出版，22 岁的女儿以优异的成绩被美国一所州立大学录取为研究生，并获得全额奖学金，还获得助教的资格。

在班里，她是唯一的中国女孩。金发的美国教授评价她：优秀、杰出！

一次演讲比赛中，主持人问：“谁是对你一生影响最大的人，为什么？”

女儿用行云流水般的英语回答："是我的妈妈。自非常年轻的时候起，她就穿行在命运迷宫设置的种种艰难和痛苦中，但是她从来不曾放弃希望和对于生命的热爱。她的勇敢和勇于拼搏的精神，对于我影响至深，鼓舞我在任何困难面前都不轻言放弃！"

掌声如潮，热烈、持久。

今年春节，女儿回国，母女相拥，涕泪交流。赵泽华电话里哭着告诉我说："阎纲老师啊，我是世界上最幸福、最幸福的人！"

瓷人儿被打碎了，残障的生命复活了。你，"海的女儿"，一条腿行走，一只手劳作，在刀尖上翩翩起舞，与浩瀚的大海共翻涌，在长年累月的剧痛中享受快乐美丽的人生。

2007年8月26日

我的邻居吴冠中

三月的一个上午，在楼下遇到他，我问："吴先生久违，你好啊？"他说："车子等着我，有事出去。"然后拉了拉手，背影匆匆。从此挥别，再也没有回来。

三个月后，吴冠中走了，默默地走了。

九旬高龄的吴老，和我同住京南方庄小区芳古园一区，塔楼南北毗邻，老人喜欢方庄，说这里有人气，旁边就是体育公园。我常常在公园遇到他们老两口，他搀扶着她，缓缓地，一步一步。

我问吴老，记得吗，我们《中国文化报》曾经编发过你的专版，还有你一帧正在写生的大幅照片和年轻时候在凡尔赛宫的一张……吴老说，记得。我说，大标题很醒目：《鲁迅是我的人格老师》！你把绘画和文学相沟通，使人更理解你的绘画也更理解你的散文。

有时在三元钱优惠老人的理发店和他擦肩而过。我们古园一区，有个四人座的"福云理发店"，优惠老人，原来三元，现在五元，我去理发时，老板娘总会提到吴老，因为他是那里的常客。吴老的干女儿陪伴他，静静地伫候一旁。干女儿把剪头时掉落的头发，从围布上小心翼翼地收集到备好的信封里，他们不好意思询问她留作何用。

邻居们都知道这个很不起眼的小老头是个大画家，却不知道他的作品那么值钱。"万贯家产吧"？却"穷"得布衣素食。老头倔，价值几百、几千万的传世名画一捐就是百多幅，消费却极端平民化。当理发店的老板娘得知这个老头的画卖到十多亿人民币的时候，他们惊呆了，知道老人来小店理发绝非省钱图便宜。我问过吴老，"有消息称，你的一幅画又拍了四千多万元创下新的纪录……"他不动声色，然后说了句："这都与我无关。"

吴老脑勤而心静，不大愿意接待访客，大家知趣，尽量不去打扰他。一次，约好去他家说事，踏进家门后我大吃一惊。他的住房同我家一样大小，都是一百零八平方米，坚决不肯装修，仍旧是洋灰地板、铁铸的窗框窗格子，一应的原生态，书房之小，堪比斗室，哎呀，太委屈一个大画家了，然而，他已经习惯了。他的画作就是从这间普普通通的住房走出，进入国际画廊。

他和她又从公园的林间小道缓缓走来，不认识的人都把他们当做退休多年的老职工。她三次脑血栓，他伴着她，寸步不离。他肩并肩搀扶着她，平和而亲昵。我遇上他，总能说上几句话，她也总和我的小孙孙搭讪几句。吴老的散文，情亦何深，凝练复凝重。我有意不跟他多谈，只在短暂并肩同步的时候，用最简括的话语请教他最文学的问题。他知道我最先在《文艺报》，后来到《中国文化报》，便说："你们文联、作协，一个群众团体封那么多官干什么！"

吴老经常在我们的楼下买天津煎饼，有时保姆给他买。近年来，他不吃了，卖煎饼的安徽妇女对我说："老头想吃，可就是咬不动了。"还说："老头人好，没有一点架子。一年，他送我一本挂历，说上面有他的画，他是个大画家。"她还看见他亲自抱着字画从她身边走过，问他怎么自己抱着，他说抱得动的，没关系，马路边等车去。

更令人吃惊的是，吴老大清早买煎饼吃过后，同夫人坐在楼下草坪边的洋灰台上，打开包儿，取出精致的印章，有好几枚，磨呀磨，老两口一起磨。卖煎饼的妇女走过去问他："你这是做什么？"他说："把我的名字磨掉。""这么好的东西你磨它……"他说："不画了，用不着了，谁也别想拿去乱盖。"

多么珍贵的文物啊，为了防范赝品，吴冠中破釜沉舟。

一天，又邂逅他和她，便提到《他和她》。她飘着白发，扶着手杖，我的孙儿大声地喊"奶奶好！"她无言地笑。《他和她》里正好写道："她走在公园里，不相识的孩子们都亲切地叫她奶奶，一声奶奶，呈现出一个灿烂人生。"我说："目下散文，写暮年亲情，无能出其右者。"他摇头。我又重复地说，吴老呀，你写的散文特别是《他和她》，空谷足音，人间哪得几回闻！开篇普普通通的五个字就打动人心："她成了婴儿。"最后几句话："他偶尔拉她的手，似乎问她什么时候该结束我们病痛的残年，她缩回手，没有反应。年年的花，年年谢去，小孙子买来野鸟鸣叫的玩具，想让爷爷奶奶常听听四野的生命之音，但奶奶爷爷仍无兴趣，他们只愿孙辈们自己快活，看到他们自己种植的果木。"《病妻》的结尾更震撼："人必老，没有追求和思考者，更易老，老了更是无边的苦恼，上帝撒下拯救苦恼的种子吧，比方艺术！"不尽的叹惋和眷恋，淡淡的垂暮之忧，却无一丝的沮丧与悲凉，大胸襟，大手笔，我辈怎能学得！又是微微一笑。

多次晤谈之后，我对吴老的文学观略有所悟，就是借文字表现感情的内涵。吴老说：我本不想学丹青，一心想学鲁迅，这是我一生的心愿。固然，形象能够表现内涵，但文字表现得更生动，以文字抒难抒之情，是艺术的灵魂，愈到晚年，我愈感到技术并不重要，重要的是内涵，是数千年千姿百态的坎坷生命，是令子孙后代肃然起敬的民族壮景，所以，我敢狂妄地说："一百个齐白石抵不过一个鲁迅。少一个鲁迅中国的脊梁骨会软很多，少一个画家则不然。"

吴冠中加重语气说：我的一切都在作品中，我坚信，离世之后，我的散文读者要超过我绘画的赏者。

可是遗憾，吴冠中那么爱散文，写了那么多的好散文，写了一辈子，除个别年选本外，像百年散文等大型的选本，直到去年新出的六十年散文精选本，他都没有资格入选。

他丰满而瘦小，富有而简陋，平易而固执，谦逊而倔强，誉满全球却像个苦行僧，"寂寞啊寂寞，孤独啊孤独。"（《病妻》）人们觉得怪异，其实，不难理解。试想，他"一心想学鲁迅"，称鲁迅为"精神的父亲"，"少一个鲁迅中国的脊梁骨会软很多，少一个画家则不然"；再回顾他坎坷万状的人生经历，读读他最满意的那幅油画《野草》，凝视鲁迅枕卧在杂花野草上瘦削却坚韧的头颅，这一切也许会变得很容易理解。

吴老逝世，我和刘茵去他家吊唁，向遗像深深鞠躬，献上"我崇敬的艺术大师吴冠中先生千古！方庄古园一区邻居阎纲 6 月 30 日敬挽"，刘茵捧上一个大信封，上写"生前答应送的资料献于您的灵前"，然后看望老太太。她表示出热情，说："来！坐！"频频让座，微微含笑，平和如故，神态如昨。我们对着灵堂落泪，她却不知道眼前已经发生的一切。想起吴老的名篇《他和她》，想起公园里他搀扶着她一步步挪动的背影，不觉一阵心痛。

2010 年 7 月 1 日

说“三”道“二”

——也算美学命题

《三国演义》里“桃园三结义”“三顾茅庐”“三战吕布”“三气周瑜”“三分天下”，尤其是“三分鼎足”、三国对峙，再加上以诸葛亮为首的谋士骚客凭三寸不烂之舌游说期间，正、反、合，左、中、右，敌、我、友，战、降、和，四处奔波，来回折腾，一波未平，一波又起，一会这个附耳过来，一会那个献上锦囊，今天他拉我打你，明天我拉你打他，后天这俩联合起来收拾另一个，一来二去，三番五次，出奇制胜，血肉横飞，险象环生，悬念迭起，你死我活，好不热闹！

也有人写“两方”而不是“三国”，例如楚汉之争，在太史公的笔下，如“鸿门宴”者，力拔山兮，威加海内，谋略大战，有声有色！但毕竟不像魏、蜀、吴三国问鼎那样纵横捭阖，波澜起伏，没完没了地吊胃口。又如近当代世界格局，先前，美、苏两霸称雄，钩心斗角，争夺全球，文的、武的，年年月月好戏连台。后来，中、美、苏或中、美、欧或中、美、俄三方联盟，相互钳制，相互利用，相互争夺，开战与停战，谈判与对话，热点与冷战，政战与商战，血战与笑战，碰杯献花与安装窃听器，夺了众生百姓的眼球，搅得周天寒彻、世界不宁，再加上微电脑、高科技、高智能、机器人、电子通讯、电子武器，世界变得比万花筒还万花筒，新闻时时有，天天有戏看，岂是当年魏、蜀、吴三国比得！

“三岔路口”三条路的选择，“三堂会审”三种心理的异同和冲突，不是更耐人寻味吗？

“三角恋爱”也比“混合双打”有看头。第三者插足给爱情的油锅里加进冰块。当渥伦斯基这个花花公子闯进安娜·卡列尼娜的绣房以后，卡列宁一家炸锅了。高明如巨擘托翁，由此演义而为旧俄家庭关系的瓦解和道德精神的危机，世人喜看《安娜·卡列尼娜》。

我国以四大古典名著著称于世。《三国演义》三足鼎立，三分天下，合久必分，分久必合；《水浒传》官逼民反，梁山好汉为一方，达官显贵为一方，皇帝老子为一方；梁山内部又分聚义、忠义、招安三派，三方、三派之间的对抗和打斗、造反和招安，成就了有声有色、激越悲愤的历史说部；《红楼梦》里贾宝玉、林黛玉、薛宝钗三者之间缱绻、纠缠、决绝，酿成撕心裂肺的爱情悲剧，透露出三千年封建大厦将倾的消息；《西游记》，一个神勇的悟空，一个憨贪的八戒，加上慈悲的唐僧，三个人，又联手，又别扭，又和好，忽而天上，忽而水中，忽而地下，既大闹于魔窟，又出没于仙界，闯过九九八十一难，出尽风头洋相，取经路上，生出多少奇妙无比的故事啊！

"三思而行""三心二意"甚至"三分钟的动摇"以至"事不过三"，足以见人物刻画之复杂、丰富和热闹。

在人类社会中，"三"是个妙不可言的数字。客观世界有"三维空间"，分管阳间的有天、地、人"三官"（或"三材"），又有日、月、星的"三灵"，儒家道德的"三纲"，中医划分的"三焦"。电有"三极"，数有"三角函数"，万紫千红起于"三原色"，军队有"三军司令"，社会有"三教九流"，旧中国有"三座大山"，竞争有"三足鼎立"，人生有"三灾八难"，命运有"三生之幸"，遭逢有"三岔路口"，治世有"三民主义"，打仗分"敌我友"，政治排队有"左中右"，老资格有"三朝元老"，最高荣誉有"三连冠"，逻辑推理有"三段论"，归纳综合有"三位一体"，打官司有"三头对案"，办事有"三思而行"，著文有"赋比兴"，写戏有"三一律"，成全美事有"三笑"，足智多谋有"三人行必有我师""三个臭皮匠顶个诸葛亮"，担惊受怕有"吓得他三魂七魄飞天外"，这里头的学问，大得很呀！

与此有关的是"上中下""左中右""正反合"以及我国古典哲学的最高成就，影响我国思维走势几千年，于今仍然管用、非常值得深入开发的"中庸之道"！

"中庸之道"，不走极端，平和中正，都与"三字经"有着密切的关系。

《论语·雍也》曰："中庸之为德也，其至矣乎！"朱熹解释说："不偏谓之中，不易谓之庸。中者，天下之正道；庸者，天下之定理。"他的《中庸章句》题注："中者，不偏不倚，无过不及之名。"《尚书·大禹谟》曰："人心惟危，道心惟微，惟精惟一，允执厥中。"《论语·尧曰》曰："天之历数在尔躬，允执厥中。"朱熹在《寄陈甫书·八》里解释说："所谓'人心惟危，道心惟微，惟精惟一，允执厥中'者，尧、舜、禹相传之密旨也。"啊，"允执厥中""中庸之道"以至于"以和为美""圆融""圆通""圆满""圆和"种种，智慧有加，实验有成，大放哲学思辨的奇异光彩。道家所说的若能"得其环中"就能"以应无穷"，实为至理名言！以我愚解，有"一"才有"中"，有

"中"才有"公",有"公"才有"正",有"正"才有"和",有"和"才有"谐",天人合一,社会和谐,和气生财,和为贵!不愧为我国哲学史上最伟大的发现,思想史上最可宝贵的精神财富!这里头的学问,也大得很呀!

意味深长的是:文学理论界在现实主义同现代主义长期地、无休止地争辩中,竟然冒出一个"现代现实主义"!经济学界在资本主义同社会主义、姓资还是姓社的看似势不两立的酷辩中,竟然蹦出个"资本主义社会主义"!

康德把认识分为感性、知性、理性三种,他的三大批判区分人类心智活动为三大领域:知(理性)、意(道德)、情(审美)。黑格尔的哲学体系严格遵守三段式,自在、自为、自在自为,他的思维活动之三范畴为个性、特殊性、普遍性,对此,马克思和恩格斯评价很高。马克思的从具体到抽象到相对真理和毛泽东的从实践到认识再到实践到认识,与"三范畴"一脉相承。毛泽东将战争分为:战争(普遍)、革命战争(特殊)、中国革命战争(个别)。巴甫洛夫根据三个基本特征(强度、灵活性、均衡性)的不同组合,将高级神经活动分为三种类型:艺术型、思维型、中间型。美感的三层次:直觉感、领悟感、超越感。美感的三类型:优美感、崇高感、滑稽感。审美个性的三方面:审美欣赏、审美创造、审美批评。诗歌有情感、智慧、具象。小说有人物、情节、语言。艺术有真、善、美。歌德将艺术分为自然的单纯模仿、作风和风格。绘画是抽象、具象与二者的结合。中国画是写意、工笔和意工结合。艺术又可分为视觉艺术、听觉艺术、语言艺术或时间艺术、空间艺术、综合艺术。红、黄、蓝是三原色,深、浅、中是三色阶。

所以,1990 年初,我在一篇小文中写道:"'只知其一,不知其二'是僵痴;'对立统一''一分为二'是世情;'你、我、他''正、反、合''一波三折'是才分。""只知其一,不知其二",不对;"只知其二,不知其三",也不见得对。当一事物"一分为二"不尽达到"庖丁解牛"的精确程度时,请不妨"一分为三",也不妨"仅得乎'中'",或许,可以指迷津、助文思,不失为成有先例的旧门道里的新思路。

对于艺术创作来说,我想,"三"的奇想和"中"的妙用,定然会激活缕缕新文思,开拓一方新天地,戏中戏,戏套戏,戏外戏,别有一番滋味在心头。

有人或许严加盘诘:知道"一分为二"谁提出来的吗?是毛泽东。

1957 年,在莫斯科共产党和工人党代表会议上,毛泽东说:"一分为二,这是个普遍现象。"实际上是批评赫鲁晓夫把斯大林一棍子打死。后来又引古人的话"一尺之锤,日取其半,万世不竭",说明事情可以无穷无尽地分割,无合即无分,无分即无合,人的认识是对事物分析、综合的反复实践。事物都是可以分的,最基本的形式是"一分为二",但不止于"一分为二"。真理面前不应止步。

但是6年后的1963年，毛泽东却把“一分为二”当做反修的武器，偏离了“对立统一”的原理。他1963年10月在周扬所作的《哲学社会科学者的战斗任务》中首次向公众披露了“一分为二”的“两分法”，说：“怎么有些人会从革命的、科学的社会主义学说的拥护者，竟然堕落到反革命的、反科学的修正主义道路上去呢？其实一点也不奇怪。世界上无论什么事物，总是一分为二。学说也是这样，总是要分化的。有革命的、科学的学说，就一定会在其内部的发展过程中产生它的对立物，产生反革命的、反科学的学说。”此语一出，舆论肃然。“一分为二”本来是对“对立统一”学说的通俗概括，这里却偏重于斗争和分裂。毛泽东自己曾经倡导“抓两头，带中间”的工作方法，而这里，他的“矛盾论”变成“斗争论”，只抓两头，不要中间。

在哲学、社会学、美学和文艺理论批评的欣赏中，仅仅依据个性和理性、个别和一般、这面和那面、此方和彼方两个概念、两个段式、两个范畴进行阐述和解析，并且把二者完全对立起来让彼此间进行打斗、火并，看来，力不从心。

我们学会对人的优点和缺点实行“两分法”，我们也要学会大赛中的最后得分：“取掉最高分、再取掉最低分。”

1995年2月稿　2006年补写

《小说选刊》那些日子

1983年7月，通知我到以葛洛为主编、萧德生为常务编委的《小说选刊》参与改版和扩大发行的工作，着手第9期的编辑业务。我匆忙上路，8月直抵伊犁，在葡萄园珍珠般镶嵌的浓荫架下度过我51岁的生日。自伊犁，再乌市，过兰州，经宝鸡，到西安、延安、太原、西陵，然后回京，连续召开座谈会，一路为《小说选刊》叫卖，劲头十足。

在西安，和新上任的《人民文学》主编王蒙不期而遇，副主编崔道怡与他同行，他们也为扩大刊物的影响而游说、组稿。我们都是新到任的中国作家协会属下的刊物的推销员，见面自是高兴。在陕西作协董德理的陪同下，三人结伴开会、转游，同路回京。一行高谈阔论，侃大山、讲笑话，精神百倍，热闹非凡。

由延安返回西安，车到高陵，大家饿了。我兴奋起来："吃羊肉泡！"问王蒙，"敢不敢吃？"他说："我在新疆那么长时间，什么都练出来了，是羊肉我都爱吃。"王蒙是头一回在陕西吃泡馍，印象极佳，可是满满一大碗将尽之时，扒拉着碗底突然喊叫起来："什么什么这是什么？"他的碗底发现一块似肉非肉的东西，我伸头细看，原来是只蛐蛐，顿时脸上发烧，煞风景。王蒙仰头大笑，什么也没说；老崔借机罢吃，正好为他的香辣过头的碗底解围。

在太原，我们发现权文学写的短篇小说《在九曲十八弯的山坳里》，风味十足，在座谈会上猛夸了一通。私下，王蒙总拿小说里的俊媳妇开玩笑，学她斥责拆她情书的光棍们时的腔调说："太不可思议了！太原始了！"又学狗吣子当着警察面自言自语的口吻说："'我可以走了吧？'你不走怎么着，莫非还要让谁管你一顿饭？天生的贱！"

邂逅王蒙以后，我们联合行动，我为《小说选刊》一路叫卖的任务进展得更加顺利，邀请作家座谈种种事宜，也用不着我来张罗，作家自己找上门来。这不仅因为王蒙写小说名气大，又是新任的《人民文学》主编，更重要的是他已经当选党的中央候补委员。凡中央委员一级的，到了什么地方什么地方的政府负责接待，特派警力，保证安全，一点不能含糊。出行，警车开道，泰山石敢挡，颇有点威风八面的味道。王蒙说他很不习惯，可是没有办法，我倒是冒充了一回首长。

晋祠，我们都去过，可是安排去晋祠，王蒙立即活跃起来。

到了“不系舟”的石船上，王蒙拉我们一块照相，然后沉浸在幸福的回忆之中，笑得非常甜蜜。他说：“给你讲个关于我的罗曼蒂克吧！”

……瑞芳和我的初恋中断了，我仍想着她，后来恋爱又恢复了，我即刻跑到太原看她。那是1956年秋天，瑞芳在太原工学院上学。我们来到晋祠游逛，公园里清静得有点冷清，我们却浑身直冒火，走着走着，登上“不系舟”。我说：在这儿留个影吧？瑞芳害羞，我也不好意思，无所措手足，离镜头远远的，不成想留下婚前唯一一帧合影！王蒙指着说：看，就在那儿！现在不让游人上去了。

崔瑞芳后来告诉朋友，说这张照片她视为珍宝，说“从嫁给王蒙那一天起，就铁了心，跟他一辈子同甘共苦”。几十年来，王蒙接触了许多年轻漂亮的女性记者、演员和作家，可是他尊重自己也尊重旁人，在女性面前绝对守规矩，非礼勿言，非礼勿动，自然而然，绯闻就找不到他头上了。

经过一番努力之后，《小说选刊》已经很像个样子了。我们提倡“改革文学”、兴国之音，我们大开闸门，扶持一切有价值的艺术探索，放出一大群包括“错划作家”和“知青作家”在内的老中青年作家，我们和不计其数的读者交朋友。我们举办热闹非凡的全国优秀短篇小说年度评奖，我们为刊物的各种改革方案兴奋得睡不好觉，我们常常端着饭碗开会、叫开大门下班，我们干得起劲、忙得痛快、累得滋润。我们所选的中篇小说和短篇小说的中奖率惊人之高。我们可以自得地说：当时显露才华后来一举成名蜚声国内外的作家，哪一个《小说选刊》有眼无珠留下遗珠之憾？

《小说选刊》提倡各类题材的小说创作共同繁荣，遇见王蒙，他并不赞成文学按题材分类，什么“农村题材”“军事题材”“改革题材”等等，也不热心创办各类选刊和文摘报。他对我说：第一，了解一个作家得顾及全人、全作、全面；第二，别人选的未必精当。但是，《小说选刊》既然决心大办，他转而积极支持，只要发现新人、新作，便向我们推荐，连夜举荐胡辛的《四个四十岁的女人》，让这位不知名的教师一举成名。钟阿成的中篇《棋王》让他欣喜若狂，也是他极力向我们推荐的。王蒙对新人新作的热情扶持，对我刊此后更加关注发现新人新作启发很大。他还对创作概况、年度回顾等鸟瞰式、综合性的评论表示没有兴趣，说如此这般，失之空泛，让人摸不着头脑，并且着重地说："概括总要付出牺牲的。"劝我不要写这类文章。我深表赞同，可是，几乎每一期的《编者的话》还得主要由我来做，这是没有办法的事。

我自己做了一辈子的编辑，甘愿替别人做嫁衣裳，进入新时期，百废俱兴，行行出状元，这也称"家"，那也"著名"，唯文艺编辑沉得住气，仍旧宣称"决心当一辈子无名英雄"。为什么要"无名"呢？

到《小说选刊》上行走（旧官名）以后，我们亮相"编辑家""选家"的尊称，登了一条消息，说1983年全国优秀短篇小说评奖委员会"由作家、评论家和编辑家组成"，首次喊出"编辑家"。我在《小说选刊》编辑部鼓励"人人当'选家'"。叫响了"选家"，同时叫响"编辑家"，就是要打破偏见，破除自卑，为编辑争名声、争地位、求解放。"甘愿替别人做嫁衣裳"只有局部的合理性。编辑自己谦虚一通，不失为一种献身的表态，别人（特别是赶做嫁衣裳的作者们）这样要求编辑，那太苛刻、太不近人情了。沽名钓誉不对，争当人民的作家、评论家、编辑家和选家名正言顺、光荣正确，为什么偏让编辑做"无名英雄"？

正由于此，我在《光明日报》上以"'者'与'家'"为题发了文章，又在《延河》编辑部召开的"中国当代文学研究会年会暨全国14家文学期刊编辑座谈会"上，以《编辑岂可'无名'》作了发言，应者云集。

后来编《中国文化报》，我又多次要求报社多出名编辑、名记者，极力为他们成名成家提供方便。

我多次向有关部门提议设立"编辑家奖"和"评论著作奖"，头头们都摇头，表示难办，真有那么难吗？这些年出现了多少送嫁娘亮相的月下老儿啊！他们荣誉的名分终究要被文坛所承认。果然，中国作家协会后来评了"优秀编辑奖"；而表彰评论著述的奖项，中国当代文学研究会承担起来，坚持下来，也是中国现当代文学史上的空前。

2008年第3期《炎黄春秋》上顾骧《乡贤胡乔木》一文提及《小说选刊》。顾骧首先声明：《小说选刊》1985年第二期转载的《雪落黄河静无声》并非他顾某趋炎示好向胡乔木函荐，但与他在同期上撰文推荐不无干系。从维熙突然接到胡乔木写于2月16日的信函："维熙同志：好久没有看过小说了。近来因身体欠佳，偶然翻看刊载在《小说选刊》第二期你的中篇小说《雪落黄河静无声》，竟然一口气读完了。你的作品给了我关于‘右派分子’劳动生活的许多知识，你对小说中两个主角的刻画和在他们的故事中所赋予的崇高意义，都很使我受益。……”顾骧写道：胡乔木肯定读了我同期发表的评介文章，但是“乔木同志对维熙这部作品的称赞，颇耐我思索”。“我这篇评论文章是如何写出来的？那时，阎纲兄主持《小说选刊》，他虽然无总编、主编的名义，但确实是里里外外，拳打脚踢，一个人在经营，当然还有萧德生协助，后来分配来一位大学毕业生李敬泽打下手。一天，他给我电话，说刊物下一期拟选载丛维熙新作中篇小说《雪落黄河静无声》，头题，准备配发一篇评介文章，要我来写。以我与阎纲的默契，我应承了下来。作品读后颇感意外。这部作品在价值判断上有严重问题，不是枝节上毛病。作品写两个‘右派分子’在劳改过程中产生了生死恋情，但在二人被释获得婚恋自由之时，男方却决然了断情缘，原因是获知女方被打成‘右派’后曾试图潜越国境。怎么能将对特定历史条件下的苛政、暴政的逃离与反抗，称作‘背叛祖国’呢？怎么能将男方乖常的愚忠当做‘崇高’呢？当时我犯了难，文章怎么写？推辞不写已来不及，只好勉为其难，敷衍成篇。我自认为这是一篇不好的文章，是一篇失败之作。在我后来所有的文集中都未收录，资料都未留存。可是我这篇失败之作却引起乔公对这部作品‘崇高意义’的赞赏。”

我是 1983 年 9 月调入《小说选刊》，《小说选刊》刚从《人民文学》独立出来，迁至文化部大院，与作家协会行政单位蜗居在工棚式的简易楼房里，四处露风，冬冷夏热，按当时的编制，主编葛洛，在萧德生之后增加我一个常务编委，是我协助萧而非萧协助我，顾骧兄说得不对。李敬泽并不是‘后来分配’，而是我到职后已经从北京大学被选中来的，我们同时进入角色。敬泽好学，搬到地安门后，和我电炉子煮挂面，自得其乐，我们专门给他腾出一间小如斗室的耳房让他面壁苦读，夜以继日，一本接一本，小伙子不知道吸进多少包尼古丁！但是，顾骧的反思是对的，一语中的，我执笔的那期《编者的话》确实成问题，也应该反思，拔高的和看走眼的还有一些，所以，谈到那时《小说选刊》的成绩，也不敢吹得太过。

1983 年 11 月初，为了短篇小说评奖的事，葛洛带我拜访他鲁艺的老上级、我心仪已久的前辈周扬。路过西绒线胡同，走进安儿胡同一号院。车水马龙转眼门可罗雀。周扬夫妇在后院客厅迎候。葛洛介绍我，周扬说“知道知道”。接着，以忠厚长者的口吻对我说：“你写了不少文章呀！”

我不好意思，说：“都是些短章。”

他肯定地说：“还应该再短些！”他的教诲，我感铭肺腑。

提起胡乔木，周扬气得双手颤抖。他对昨天突发的事件——胡乔木驾到(周扬指着我说，“他昨天来就坐在你坐的这个沙发上”)，劝他主动检讨“异化”论点错误，他表示不解和愤怒、对抗和克制，夫人苏灵扬快人快语，气愤地说：胡乔木是“白衣秀士王伦”。我大为惊诧。

11 月 6 日，各报发表了新华社 5 日报道的周扬谈话。在这个谈话中，周扬承认他在纪念马克思逝世百周年期间“轻率地、不慎重地发表了那样一篇有缺点、错误的文章。这是一个深刻的教训”。

次年初秋，这位晚年让人敬重有加的老人脑病发作，住院治疗，静卧在无言的病床上，注视着守护床侧的长子周艾若，念起前妻的种种好处，心情难以平静，却无法用语言完整地表达出来，蟑螂爬到脸上他没有任何感觉，最后的最后，离开纷扰的现实，中断了对于“五四”以来几次伟大思想解放运动突破性的思考。

周扬早已被异化了，最后以身殉异化。死了，仍为人所敬重，因为他学鲁迅，从旧营垒里杀出来，是逆子，是贰臣，是历史的见证和化身，“同时也是一些罗曼蒂克的革命家的诤友。”呜呼，陨落了！明星，还是灾星？良史诛意，公正的评价将超越个人恩怨。

2010 年应《中国文化报》创办 25 周年大庆之约

三个人几乎同时打了个趔趄

1996年7月，我、刘锡诚，同已经从中国作协党组书记的位上下来的唐达成，随太行自然保护区考察组一行，到群峦积翠的苍岩山一游，一路欢声笑语。

苍岩山高，三孔石桥飞架，鬼斧神工一般，甚险。

危崖难攀然游兴正浓，不知不觉穿过与古柏掩映成趣的殿阁楼台，一气登上桥楼殿、福庆寺，眼前一惊："殿前无灯凭月照，山门不锁待云封"，就是说，我等已升空远离地面，只要伸出五指，一把可以揪下朵朵彩云揣在怀里。

忘记怎么说起开会报职务来了，达成表示，他不主张参加学术性会议报他的职务时以"中国作家协会党组书记"打头，认为只报"中国作家协会书记处书记"就可以了，循此，我们想起当年大家平起平坐的《文艺报》和"《文艺报》四条汉子"来。

唐达成、谢永旺、刘锡诚和我，曾有"《文艺报》四条汉子"的雅号，也是绰号，一笑了之，而非四条好汉。

1978年恢复《文艺报》，大家挤在大庭院的一个角落，也紧紧地抱在一起。这里忙忙碌碌，像个手工作坊，老板是冯牧和罗荪，干活的有谢永旺、刘锡诚、陈丹晨、吴泰昌、唐因、唐达成、杨天喜、文椿、雷达、高洪波、李炳银等。我们畅所欲言，扼腕叹息，同仇敌忾，灵敏度高，信息量大，感觉好极了，一天到晚为"来了！来了！"兴奋不已。

我们迎接以"伤痕文学"为先导的潮头，欢呼"天安门诗歌"扬眉剑出鞘，否定为政治服务的"工具"论，讨论作家"干预生活"到底是"歌德"还是"缺德"，我们为革命现实主义呐喊请缨，专访"右派文学"作家，惊呼短篇小说的新气象、新突破和中篇小说的新崛起，甚至理直气壮地为冤重如山的作家和作品平反，其势如狂飙席卷，葳蕤春意遍于华林。我们举办了好几期"读书班"，联系和扶持了一大批文学评论新人，把“文革”前写评论现在心有余悸考虑要不要继续写的中年评论家也邀请来京，授命撰写重头文章，中、青年评论家披荆斩棘，锐不可当。我和谢望新不约而同地把“读书班”美其名曰“《文艺报》的黄埔军校”，直至今日，大家谈论起来仍然激动不已：“你是‘黄埔’三期的吧？”“永远忘不了你们那个‘黄埔’。”

编辑部诸同仁，个顶个，一个也不能少，之所以单把我们称作“汉子”，原因很简单，两个字：“个头”！一天，风乍起，凉气袭人，上班进屋，我们四个一水儿黄卡其布的风衣，像是彼此商量好了似的，从此以后，“四条汉子”的命名始告成立。

一年又一年，《文艺报》渐入佳境，我们四人先后调出。

……

上山容易下山难，365 级石磴道可不是好对付的，石湿苔滑，须格外小心。三人行，时而手抓铁链，时而挽臂相扶，但更多的时候还是独立行动，不相信自己老到了连下个台阶还要人护着的可怕程度，但是，就在这个当口，脚步不稳，三个人几乎同时打了个趔趄，赶紧互相搭把手，差点没有摔倒，摔倒可不得了，起码来个粉碎性骨折。约 10 年前，公共汽车起动，轻轻一滑，我摔了个大马趴，髌骨摔成了 7 块，住院将近百日，至今落下病根。达成说他已经 70 过了，头顶落霜，“老了不是？”我看他红光满面，风采依然，锐气不减当年，文辞、诗兴、书法俱佳，腿脚也还灵便。至于锡诚，更不在话下，60 岁的小弟弟，壮小伙子一般，行如风、坐如钟，连轴转不带累字，使用 286 的小电脑硬是拿下一厚本《中国原始艺术》。我的身体不如他们二位，但轻瘦，行路易，而且喜欢走路……想着想着又一滑。“小心！好汉不提当年勇嘛！”“好汉？”我们想起“《文艺报》‘四条汉子’”，一晃将近 20 年！正说着，三人又相互扶了一把，达成感慨不已：“相扶走啊！”我不禁接上：“当年四条汉，转瞬相扶走。”锡诚叹了声，继而说：“阎纲打油，好，继续下去。”达成接着凑够四句，脱口而出：“当年四条汉，有志气如牛；转眼相扶走，莫怀千岁忧。”哈哈哈，三人大笑，不胜今昔。

下山后的第二天上午，达成书法留题，借他行云流水的笔势，记我等似水易逝之流年，飞龙走蛇，一挥而就，只见上面写着：

当年四条汉　有志气如牛

而今相扶持　莫怀千岁忧

一九九六年盛夏与阎纲锡诚同志同游苍岩山景区山陡路滑相互扶持而行因忆及当年同在文艺报工作与永旺四人同被称为四条汉子而今白发苍苍然扶持而

行因与阎纲凑打油诗四句聊志纪念以寄感慨

唐达成书并志

从反右被清除出文坛，到被骂作“蠢猪”卖土豆，到荣升为中国作协党组书记领导文坛，到去职赋闲吟诗作画，到最后躺在重病床上逢人便说“相对凄然”，唐达成把自己煎熬成为终生苦役的文人弗里西斯。唐达成钟爱文学是企图通过文学寻求真美和自由，不料并不自由的文学戏弄了他富有才情的一生。他的婆婆太多，一个也惹不起，不知道到底听谁的，多头的文学观念让他丧失个人信念与自由，最后永别，仅仅吐出四个字：“悲从中来。”

作于 1997 年

【补记】 1999 年，达成肺癌殁，病中曾题写联句：宠辱不惊任庭前花开花落/去留无意看天上云卷云舒。他在上面那首打油诗里加写“莫怀千岁忧”，曲终奏雅，可是，他自己到死做到了么？

身后有书画集《达成书画》问世。

“居然泪尽还一笑”

——关于“世纪印象”的对话

朱竞:阎纲先生,您在文学界被称为“勇士”,真为您骄傲。您曾参与了新时期文学的呐喊,以过人的胆识和勇武仗义执言。您的批评文体独具一格,这些都让人感动而难忘。您的大部分时间是在20世纪度过的,对中国20世纪总的印象如何?

阎纲:死人太多。杀人太多。中国人杀中国人。“造反啦!”“横扫啦!”多少最最忠于者假汝之名以行!

朱竞:请道其详。

阎纲:刚日读经,柔日读史,从冤死的“AB团”一直读到狱死的刘少奇,最后发现一堆枯燥的数目字。人说:艺术的最高抽象是音乐,诗的最高抽象是数学。那么,历史的最高抽象往往只剩下干巴巴枯燥无味的但非常理性的阿拉伯数字。

1975年4月4日,张志新因为发表不同声音被割破喉管绑赴刑场执行枪决。1976年9月9日凌晨毛主席逝世。10月6日凌晨逮捕“四人帮”。7日,华国锋担任中国共产党中央委员会主席和中央军事委员会主席。粉碎“四人帮”两个月后,也曾因发出过不同声音的史云峰被缝死嘴唇的两角绑赴刑场。粉碎“四人帮”的次年4月27日,王酉申因与友人通信反思了新中国成立以来极左思想的恶果,被判处死刑,立即执行。1977年底,即粉碎“四人帮”一年零两个月,以反“个人迷信”“恶毒攻击毛泽东思想和无产阶级文化大革命罪”处死的李九莲,乳房和阴部被工人何康贤割去,浸泡在盐水中。紧接不久,1978年春,与李九莲同案的钟海源以“现行反革命罪”处死,刑前在腰部两侧和臀部各注射一针疼痛难忍的进口针剂,行刑者奉命用开花子弹射击死犯的右背,确保不会致命,半死不活，随即被抬进汽车里的手术台，赶在心脏停止跳动之前进行活体取肾，以满足某高级军官儿子的植肾的十万火急。全国因“恶毒攻击英明领袖华主席”而被处死者××人。

一串串数字像悲怆交响乐的音符发出哀鸣和巨响，犹如警钟长鸣。

朱竞：其中，知识分子蒙受的灾难深重而特殊。知识分子最冤。

阎纲：是啊！人一出生就应该是平等的。人有人格，人有生的权利，人有不受恐惧的自由，人人都应受到尊重和保护。有痛而言之者：“通读二十五史，深感中国人活得没有尊严。”陶行知先生于“中华民国”将亡之时说过：“中国要到什么时候才能翻身？要等人命贵于财富，人命贵于权位，人命贵于机器，人命贵于一切，只有等到那时，中国才站得起来！”陶行知是知识分子，一语中的。

朱竞：您认为“知识分子精神”存在吗？您怎样理解这一精神？

阎纲：先谈谈知识分子。中国自古以来，有“士”“儒”“文人”“先生”“书生”“读书人”，他们介乎士大夫、庶民之间，满腹经纶，但没当官，当然很想当官了，“学成文武艺，货于帝王家”，钓饵就是“学而优则仕”。“知识分子”，外来货，是西方启蒙运动前后出现的特殊的知识阶层，他们有学问，有勇气，以科学献身社会，一般也不从政，手中无权，不是政府要员。

“五四”前后，中国出现类乎西方社会的知识分子，手中无权；一登龙门，身价百倍，自动退出知识分子阶层。无产阶级革命以后，尽管代表苏区政权和延安政权的都是知识分子，可是习惯上仍然将各级领导区别出“大量的知识分子”，知识分子成了被知识分子出身的政权代表者改造的对象，因为知识分子生来就是资产阶级。知识分子必须洗澡换脑，然而“收效甚微”，真有改造得同他们一样了的，立马从知识分子队伍里解放出来，“大胆提拔到关键领导岗位”。

那时的革命，“大量吸收知识分子”的同时，又把知识分子不当人。打天下、坐江山，“文治武攻”，靠的是党和枪，政权与军权以外的知识才划归知识分子。“皮之不存，毛将焉附?”吃“皇粮”的知识分子只有一条路，就是“脱胎换骨”，“向无产阶级投降”。不许乱说，更不许乱动，沦为工农兵政权的弃婴。为了不再把知识分子“当外人看”，周恩来和陈毅1961年在广州给知识分子行“脱帽礼”，“脱帽加冕”，仅只一年的工夫，毛泽东就在北戴河会议上生气地说：“资产阶级有些阳魂过来了，但阴魂未散，有的连阳魂也没有过来。”而且（据薄一波回忆录）当面批语陈毅说：“人家请你讲话总是有目的的，总要沾点光，没有利益他不干。我对总司令讲过，你到处讲话要注意。”“人家”是谁？不寒而栗。早在1957年的《关于整风运动的报告》中，毛泽东就斩钉截铁地说过：“资产阶级，特别是他的知识分子,是现在可以同无产阶级较量的主要力量。"所以,引蛇出洞,不依不饶,惊魂未定的兔子能不觳觫!60 年代初"大讲阶级斗争",又要收拾知识分子了。"劝君少骂秦始皇,焚坑之事待商量",知识分子有反骨,总归不可靠,终于,从忠诚的知识分子吴晗开刀,以文字狱的方式发动了无产阶级大革资产阶级文化之命的无产阶级"武"化大革命。

由于中国的知识分子不包括政治家和军事家,而中国的政治家和军事家领导知识分子,也即"外行"领导"内行",所以,"内行"必须一切服从"外行"。毛泽东是伟大的革命家、政治家、军事家、思想家、哲学家和诗人,彻头彻尾的大文人、大知识分子,由于全心全意为人民服务,最早得道,成为毛泽东思想的缔造者,谁还把他当做知识分子看待呢?由于念念不忘"学到老、改造到老",谁又不把国务院总理周恩来当做推大石上山、永不止歇的知识分子典型呢?整风运动中,知识分子出身的被整饬者,要过关,就得狠挖与生俱来的资产阶级劣根。

在中国,知识分子的称谓,带有很大的不确定性。

朱竞:您说得不无道理,那么,中国到底有没有"知识分子精神"存在?

阎纲:有!那就是继承中国古代名士而致力启蒙运动的五四前后知识分子独立的人格和自由的精神,代表人物是鲁迅。中国"知识分子精神",就是"鲁迅精神"——彻底的、毫不妥协的反帝反封建主义!

说知识分子"阴魂未散",依然"资产阶级",连亲密战友周恩来也未可幸免,冷静下来一想,倒是说对了一半,不然,怎么解释"常常忆起鲁迅先生"、叫喊"还是杂文的时代"的那些公开或暗藏的分子呢?毛泽东同志说对了,他们的确"是现在可以同无产阶级较量的主要力量"。也就是朱竞您提到的"知识分子精神",虽然他们几近于焚尸扬灰。

1893 年,已经是 73 岁的恩格斯在《致意大利读者》中大声疾呼:"封建的中世纪的终结和现代资本主义纪元的开端,是以一位大人物为开端的。这位人物就是意大利人但丁,他是中世纪的最后一位诗人同时又是新时代的最初一位诗人。现在也如 1300 年间那样,新的历史纪元正在到来。意大利是否会给我们一个新的但丁来宣告这个无产阶级新纪元的诞生呢?"在中国,封建纪元的开端,历史给了我们屈原和司马迁;商品资本开端,历史给了我们一个曹雪芹;民主主义开端,狂飙的五四给了我们一个精神界的伟大领袖鲁迅。"鲁迅是莱谟斯,是野兽的奶汁所喂大的,是封建宗法社会的逆子,是绅士阶级的贰臣,而同时也是一些罗曼蒂克的革命家的诤友。"(瞿秋白《鲁迅杂感选集·序言》,着重号系原有)毛泽东说:"鲁迅的方向,就是中华民族新文化的方向。"鲁迅精神当然就是中国现代知识分子精神的根了。

朱竞:在您看来,中国 20 世纪知识分子所承担的最大责任是什么?

阎纲:但观大略,就是精神文明、科教兴国。

朱竞:您最心仪哪一种类型的知识分子?

阎纲:市场大了,知识分子已经分化,什么鸟儿都有,大家叫得多么动听啊!还是老祖宗那句话:"殷忧启圣难兴邦。"中国现在迫切需要的是切实的助力,精神的文明,物质的文明,忙得要死,要赶路也要休息,"帮闲文人"最讨嫌。

朱竞:您认为中国 20 世纪最优秀的知识分子是哪些人?

阎纲:要是按其本意不包括当过大官和领导在内的话,中国 20 世纪最优秀的知识分子当然是一代文宗鲁迅那一类的社会股肱、民族魂——学问最大、奋斗最力、骨头最硬、贡献最大、封建势力最怕。

去年,中国作家协会主席巴金为文代会和作代会致开幕词,勉励文艺家继续以鲁迅先生为榜样,肩负起文化建设的重任。巴老是中国活着的文豪巨擘,我们后学晚辈,不能辜负这位"讲真话"的老人。

朱竞:您认为现在作家的写作与当官有什么联系?

阎纲:王蒙的逻辑是:"想当官的作家,不如想当作家的官。"冯骥才的逻辑是:"想当官的官,不如想当作家的作家。"王朔的逻辑是:想当作家的作家,不如不吃官饭、不端公家饭碗的作家。巴金一辈子不领工资,"文革"后不随人俯仰,在"真话未必就是真理"的恐吓下坚持"讲真话",坚持建立"文革"博物馆。冰心说她无级可降,无官可罢,"坐以待币"而非"坐以待毙"。

朱竞:在您的人生经历中,曾有过种种不同的体验,最痛苦和耻辱的体验是什么?

阎纲:最痛苦的事是屈打成招,承认自己是"五一六匪徒",却供不出我所属的"五一六"支队的具体名称,真不如做个真凶,哪怕关在中美合作所坐老虎凳、灌辣椒水、扔进镪水池,死也死个明白。最耻辱的事是我高喊"专政万岁",最后被"万岁"不容分说地专了政。专案组说:"不承认,苏修来了就枪毙你阎纲!"幸亏没被枪毙,枪毙时再喊"万岁"岂不无耻万岁了!

朱竞:能否讲一讲让您最苦恼的事?

阎纲:把我弄成"五一六",拳脚相加,一审就是大半夜,饿得我晃晃悠悠,黑灯瞎火,尊敬的严文井偷偷递给我一根狗骨头,我的泪水一下子涌了出来。但是,这里有着深层的悲哀,惺惺惜惺惺,知识分子惜知识分子,走资派惜"五一六",都觉得冤得慌,可是,谁不承认自己的原罪啊?

朱竞:我想严文井先生可能忘记了在苦难的日子里曾扔给您的那块救命的“骨头”,但您却从那块骨头看到更多的人性、道德、良知的存在,看做是他对您在精神上的支持。那么,近些年来还有让您恼火的事情发生吗?

阎纲:这一届文代大会和作家代表大会闭幕(2001 年 12 月 23 日)的当晚,人民大会堂火树银花,江泽民主席同大会代表联欢。晚会开始前,“人民的文艺家”们,却被中央电视台一位曾经多次导演过春节晚会的大胡子导演“导演”了一回。大导说:“联欢会就要开始了,你们是‘人类灵魂工程师’,该热烈鼓掌时要热烈鼓掌,要懂礼貌。”又叮嘱说:“一个节目演完,也要热烈鼓掌,要尊重别人的劳动。”被导、被训之后,在座的代表颇感不安,是不是幼儿园阿姨教育她的小朋友:“你们不是小乖乖吗?不要闹,要听话!”归途,满车厢愤怒起来,好事者纷纷让我写杂文出这口恶气。我说:“岂敢!”但是,在为元旦而写的《盛会过后是新年》中还是发了几句牢骚。

早在 60 年前的 1942 年,诗人艾青写了篇文章《了解作家,尊重作家》,“生不用封万户侯,但愿一识韩荆州。”1957 年反右时被打成大毒草。艾青只不过比喻“作家是一个民族或一个阶级的感觉器官”而已,距离两会期间被朱镕基总理尊为“人类灵魂工程师”还差一大截子呢!

朱竞:您最挚爱的对象是什么?

阎纲:个人诚可贵,公众价更高;“天下为公”,“四海之内皆兄弟”。

朱竞:您对两性感情领域的自由和责任是怎么理解的?

阎纲:人性与理性相伴,权利与义务相随,民主与法制相向,自由与责任相应,都是天经地义。只要爱着,就要崇拜、呵护;只要结婚,就要严守一夫一妻制。但是不要相信海誓山盟,也不要恪守从一而终,君不见田园牧歌式的、男耕女织式的、老婆娃娃热炕头式的美梦已经破灭,人欲横流,男人变了,女人变了,爱情随之变味了。

朱竞:现在研究女性的著作多起来了,女性文学走红,全社会都在关注女人在爱情生活中的生存状况,您如何看待这一现象?

阎纲:女人是个谜,敏感,多情,深不可测;明访暗访一大堆,难以穷其妙理。男女性别差异的鸿沟本来就深,只不过长期被掩盖着罢了。

爱情生活大体分为三个阶段:青年,中年,老年。青年人,“干柴烈火”;中年人,家庭压倒婚姻,更年期使爱情变成地雷;老年人,人老珠黄,一切看得很淡,老伴老伴,老来好赖有个伴儿就行。我以为,足金的爱情属于年轻人。

爱就是爱,爱你没商量,要死要活,谁也拦不住。爱,是没有条件的,但爱是有含金量的。马克思，谁个不尊，居然写信给热恋中的小女询问对方家里的财产状况。爱着，又趁几个钱，婚姻就是铁打的江山；其中一样出了问题，比方说前景无望、哀怜无助，那么，爱，只好是不能忘记的了。

女人啊，你的魅力叫母爱（母系社会最崇高、最富亲情的遗传基因），你的胎记叫贞烈（母系社会瓦解后父系社会对于女性泛爱的报复）；你的诱惑叫美丽，你的本能叫嫉妒；你的原罪叫献身，你的痼疾叫多疑；你的不幸叫色衰，你的武器叫眼泪；你的资源叫温柔，你的名字叫软弱；你的验方叫生育，你的颓势叫肥胖。看，美容、减肥、拉眼皮、抽脂肪大行其道，少妇、老妪乐此不疲，"女为悦己者容"。

朱竞：您认为现代婚姻自由吗？什么才是真正意义上的自由婚姻？

阎纲：婚姻自由潜伏着婚姻的不自由。年轻人只恋爱不结婚，老年人只同居不登记，不失为爱情婚姻领域的一种准自由的尝试，起初，看不惯，现在，默认或理解的人越来越多。

真正的婚姻自由只能是男男女女都趁钱，富得流油，个性全面发展，消费随心所欲，那时候，财产的分割，子女的抚育，老人的赡养，一概不在话下，谁占有谁呀？谁依附谁呀？这种真正合乎天性的两性自由，真正的灵与肉、性与爱不分青年、中年、老年，而在人的一生始终如漆似胶的自由，恐怕要等下一个百年——22世纪了。

朱竞：对您影响最大的书是什么？

阎纲：《史记》《红楼梦》《药》《鲁迅杂文》《复活》《悲惨世界》等。

朱竞：您是否有成功感和成就感？

阎纲：没有。见贤思齐，十万八千里，朱竞女士，我说的是实话。

朱竞：能不能举出几位您最推崇的中国当代作家和中国当代批评家？

阎纲：要是视大家为艺术家兼思想家的话，不论是创作水平还是理论高度，比来比去，当推王蒙。有诗为证："居然泪尽还一笑，不是王蒙写不成。"（诗见邵燕祥的《读〈狂欢的季节〉》）

朱竞：您认为中国当代文学创作的主要问题是什么？

阎纲：目迷五色，耳乱八音，爱得不深，恨得不狠。古今至文多血泪。我深信鲁迅的四字诀："忧愤深广。"

警惕作家道德滑坡以至贵族化。创作是创造也是竞赛，比赛到了最后，真正的优胜者，只能是像鲁迅、巴金一样弘扬民族精神、呼唤美好心灵、艺术魅力不可抗拒的那些肩起闸门的人。

朱竞：文学研究是您终生要从事的事业吗？如果离开文学，您最想干的事是什么？

阎纲：我并非以文学为业，如果离开文学，我还有电脑、大笑和散步。

朱竞：您能否预测一下，下一届诺贝尔文学奖得主可能出在哪个国家？可能是哪位作家？

阎纲：您可真把我给问着了！我不知道，我不知道，真知道也不能在这儿说啊！

【附录】

阎纲印象

朱 竞

阎纲，男，1932 年生于陕西省醴泉县，1952 年调干上大学，1956 年到中国作家协会，1986 年调中央文化部。编辑的报刊有：《文艺报》《人民文学》《小说选刊》《当代文学研究丛刊》《评论选刊》《文论报》《中国文化报》《中国热点文学》。出版的评论集有：《文坛徜徉录》《文学八年》《阎纲短评集》《神·鬼·人》《余在古园》等；出版的随笔杂文散文集有：《冷落了牡丹》《惊叫与诉说》《座右鸣》《我吻女儿的前额》等。

“阎纲一介书生，半生顿踣，平日待人温文少语，为文往往锋芒逼人，‘语不惊人死不休。’他以情为文，以气为文，属诗人型的批评家。”这是一位朋友为阎纲书作序中的一句话。

说到阎纲就好像说到老朋友一样，因为我曾编发过他的几篇稿子，更多的是读过他的文章。读他文章的感觉真是痛快，就像大热天喝上一杯冰茶一样的爽。我周围的朋友也经常这样说他。但是，我与阎纲先生的联系只是通信和打电话，到目前还未见过面。从照片看，阎纲先生具有诗人般的气质，高高的个子，腰挺得很直。上了七十岁的人，仍然傲骨凛然。从中还可以想象得到为什么他在 80 年代的文学批评界的声望是那么高。

一位朋友曾说，想起 80 年代的文学，就常常想起阎纲先生。80 年代是一个伟大的时代，是一段令人怀念的时代，是一段令人难忘的激情岁月。是的，在那个时代，阎纲是在我心中最具有声望的批评家之一，他不仅参与了新时期文学的呐喊，以过人的胆识和勇武仗义执言，同时，他的批评文体独具一格，他的高亢、热情和诗性，不仅展示了他的价值观和批评风采，而且也成为那个时代风采的一部分。面对复杂的文坛，阎纲敢于坦言自己诚实的体会，守护着健康文学的成长和发展，在那个时代，勇气有时比眼光还重要。

过去的那段历史，在今天看来已不是什么问题的问题，阎纲先生和他同时代的人，恰恰相反，为此战斗了那么长一段时间。如果说今天的文学已经有了某种程度上的自由的话，除了时代的进步之外，我们当然要感谢阎纲及那一代学人当年的努力和争取。

而如今，阎纲仍然像一位战士一样，为了自由和尊严，为了大家都能说些真话、少说假话而继续战斗着。

阎纲的最爱是他的女儿，然而，他的女儿阎荷 38 岁的时候，罹患癌症，受尽了病痛的折磨，撒手而去，永远离开了这个爱他的父亲。阎纲先生看着爱女就这样离开了他，白发人送黑发人，自有一种撕心裂肺的痛苦。他用亲情为女儿写下了感人的文字：《我吻女儿的前额》。悼亡之作，古今皆有，然而，阎纲的这篇文章以其真实而沉重的叙述格外给人以震撼，字字泣血，催人泪下。

2002 年 7 月

[选自朱竞编著《世纪印象——百名学者论中国文化》一书(上)]

大家书系

爱到深处是不忍

第四辑

月是故宫冷

月是故宫冷

郑欣淼先生亲自交我一张《敬邀》的请柬，上写：

今年适逢故宫博物院建院85周年，紫禁城落成590周年。我们拟于2010年7月11日晚18时于故宫奉贤殿举办“诗人兴会紫禁城”诗书画联谊活动。欢迎各界新朋老友在金水桥畔、紫禁城内挥笔泼墨、茗茶赋诗，共创诗文书画艺术与古老宫殿交相辉映的盛世佳境。

如蒙应允，不胜荣幸。

故宫博物院院长
中华诗词学会会长　郑欣淼（签名）

后又收到一份《敬邀》：

今年适逢故宫博物院建院85周年，紫禁城落成590周年。我们拟编纂《太和邀月——紫禁城诗文集》，恳请于百忙之中慨然赐稿。如蒙应允，不胜荣幸。

写故宫中秋的月亮，当然浪漫，但着实不好下笔。思量多日，删繁就简，化文成诗，仅得58字。不承想这样的东西竟也被收入集内，感焉。

月是故宫冷

是玉
是铁
是禁
金銮殿
我说了算
酒盈池
血殷地
人肉重开宴
出红妆
死而不僵

五百九十红楼月①
八十五年费思量②
问何时破译
兴替密码
蟾宫锦囊

2010年7月21日为《太和邀月——紫禁城诗文集》作

① “五百九十”指紫禁城落成590周年。
② “八十五年”指故宫博物院建院85周年。

湖水深深

时维9月，逸兴湍飞，访风景于江西省新余市之仙女湖。

湖水，静如处子。

湖很大，50平方公里，爬上龙王岛的登天梯，能俯瞰湖的全景。大约上百个岛屿，顶着葱翠的古木，像田田荷叶。那一朵朵盛开的芙蓉，从水宫里将头探出水面，造化而成人间的净界。啊，天生一个"仙女湖"！

要问这湖有多美，先问你到过千岛湖和九寨沟没有？那里有的这里几乎都有，只不过面积没有千岛湖和九寨沟大，可是浓缩各家而成精品，何况那数不尽的、与湖光山色交相辉映的崖、洞、道、寺、池……游人看花了眼。

湖在鄱阳湖与井冈山之间，借来鄱阳之魂，又偷来井冈之胆。有山则有胆，有水则有灵。山水、山水，山因水而独立，水绕山而含蓄，绿水清澈、青山葱茏，绿水青山最多情，山光水色尽善尽美。

本人来自严重干旱的黄土地，山多而水少，秃山多而青山少。久居北京，食风沙、祈雨露，常年间心急上火。

呀，仙女湖，万顷碧波的仙女湖，静如处子的仙女湖，洒向人间都是清凉。我被山野之灵气所浸润，全身心地融入大自然，如入无人之境，宛如弘一法师"悲欣交集"而后的闲适、淡远、怡美，飘飘欲仙，忽而升天，忽而入海，感到自己不复存在。

美哉，江西的千岛湖，赣人的九寨沟！

岛上多有开发，搜尽人文辉煌与旅游景点，不管你登上哪个岛，上去就下不来了。堪可一看的，是湖水滋润得熠熠生辉的人物雕像，从东晋史学家习凿齿、唐代文学家江西第一位状元卢肇、北宋江南第一宰相王钦若、北宋军事家兼外交家萧注、清代爱国将领张春发，到现代书画大师傅抱石，历数古今新余众多的将相名流。雕像矗立在名人岛上，刀法粗犷，风格雄浑，让仙女湖的品位提高了许多。拜谒傅抱石，想起中国美术史上的丰碑《江山如此多娇》和《云中君和大司令》。他的《茅山雄姿》，11月20日以2090万元成交，创其个人书画拍卖的最新纪录。

新余的分宜县出了个明代大学士严嵩。严嵩，世称大奸，但在新余人的眼里，他本是个造福乡梓的大善人。严嵩从做首辅时起，同乡里的关系一直很好。今人王建成做过考证，翻案文章《荣辱人生》一书已经出版。江西人是不骂严嵩的，游仙女湖，请君免开尊口，不要数落严嵩。

船行良久，方才到了严嵩耗银万余两修建的"万年桥"。这是一座"壮丽佳于江西"的石桥，十墩十一孔，刻有珍禽异兽、牡丹海棠。一行直溜溜的方形巨石露出水面，桥的遗迹依稀可见，天高水阔，梦一般的浩渺空灵。

郁达夫说："江山也要文人捧。"然而，山川风月，气象万千，天地造化，鬼斧神工，谁能参透其中余味曲包的奥秘，谁又能道尽娱目怡神之美感？人是审美的主体，就看眼前的景色扣动了你心灵深处的哪根敏感的神经了。

然而，我着眼于万顷碧波，无边的湖水最使我陶醉。水轻柔而含情，博大而开阔，是四方游子归去来兮栖息和沉思的大怀抱。水是自然之母。

这不是湖，而是远离尘嚣的水世界、大自然；水天一色，万籁俱寂，只有雁过留下的哇哇情叹。"日月之行，若在其中，星汉灿烂，若在其里。"难怪七仙女看准这块悠悠然的水域。

置身湖中，有一种莫名的自由感，连带着自由的联想。

中国人爱水，文人尤爱水，作家写文章，就应该像水一样温存、灵动，哪怕你怒火中烧。我很懊恼，本该"老更成"的文章怎么越做越乏味、不滋润呢？

人来自水，也应归之于水。用水把尸体洗干净，裹上洁白的织物，投之江河湖海，让水吃掉，落得个来去无牵挂。我也欣赏有气节的文人，"经此世变，义无再辱"，投湖自沉，管他人前人后指指戳戳。

1961 年秋，毛泽东主席写《七绝 · 屈原》："艾萧太盛椒兰少，一跃冲向万里涛。"冰心在《山中杂记》中说："海比山强得多。说句极端的话，假若我犯了天条，赐我自杀，我也愿投海，不愿坠崖。"

我想哪去了？

天下人间，熙熙攘攘，为利而来，为利而往，何苦来哉又欲罢不能。人啊，人！不论男人、女人，一概都是水做的，也只有水能够把身心洗得清清白白。

眼前一亮，蓦然想起深山老林里姑姑庵大门口的一副对联，是贾平凹聊天时荐给我听的，对联上说：

世上忙忙碌碌松下何妨息息片刻
人间熙熙攘攘泉边亦请洗洗尘心

2007 年 2 月

冷落了牡丹

花事正好，到洛阳看牡丹去！

政府行为，不用花费自己的盘缠，三下洛阳何妨。

4月15日，第13届洛阳牡丹花会开幕。“洛阳红”遍布会场以外的通衢大道，“牡丹园”里绚丽之极。

盛大的开幕式上，灿烂炫目，牡丹铺天盖地，心花也怒放起来，可惜，纸糊的假花夹杂其中，有些逊色。嘉宾陆续入场。

登台就座之时，看台的右后方，人群蜂拥而至，人声嘈杂，气氛顿时紧张起来。定睛一看，原来是警察护送一位贵宾慌忙赶来，仔细打量，是位电影明星。明星很熟练地配合着警察，脸上不无惊恐之色。明星来此推销化妆品，竭诚为当地的女士们服务，要把她们个个变成鲜艳的牡丹。看花的人包括老头老太太在内，丢开牡丹不顾，呼啦一下子围上去看明星而且穷追不舍。人潮越滚越大，战线越拉越长……真难为她了。

当地政府将星婆尊为上宾，严加保护，大伙儿没有说的，请都请不来呢！责任重大的警察一边一个驾着、一前一后护着，为明星观光洛阳城花花世界包括强大的竞争对手牡丹仙子和如痴如醉的追星族在内艰难地开路，其势如龙腾虎跃，其险如大军压境。明星似乎存心冷落牡丹，也就更加难为了警察兄弟。明星在洛期间，难免要看花；洛阳男女，难免要看明星，警察难免要做护花神，不论是来文的还是来武的，绝对不能出一点乱子。

明星登上观礼台后，会场归于平静，看台上忙坏了电台、电视台手执话筒的记者和帽檐歪戴的摄像师。我敢说，被翘首簇拥的盛况远远超过今天莅临大会的上级诸领导们。

在尾随者的心目中，她是个做大生意的明星，在我的心目中，她是个有偷逃税款之疑的富婆。你们紧追不舍，我躲还躲不及呢！

台上台下的花，都不是我要看的，转身突围，呼朋唤友，离开会场，寻访心中的真颜色。

这是第三次到洛水之畔看牡丹。牡丹，姹紫嫣红，婀娜多姿，群芳之冠，百花之王。“唯有牡丹真国色，花开时节动京城”；“国色朝酣酒，天香夜染衣”。既然来了，就得尽兴。

七拐八拐，到了王城公园。

王城者，周王之城；王城公园者，洛阳牡丹之最。这一去不要紧，弄得我半天不舒服。洛阳城里，人头攒动，小轿车密密麻麻。我涌入人海。我以加里森敢死队的冒险精神，在随时可以发生坍塌的踩踏中有气无力地向前钻探和掘进。六块钱一张票，不贵，也不贱，到这份儿上谁还在乎钱？洛阳花事复如何，就在今日一饱睹。

姚黄魏紫赵粉黑牡丹别来无恙？一个突然，万万没有料到，我又陷入另一个漩涡出不来，汗水浸透衣衫，汗水挡住视线。石膏塑就的“牡丹仙子”看见了，照相摊儿上的牡丹幌子看见了，再就是，无数人的后脑勺看见了，而且看得最为真切，连后脑勺长出几根白发也数它得清，可是牡丹花娇滴滴，粉面含羞，时隐时现，欲近又远，即拾即逝，急得我像没头的苍蝇，到处乱钻，恨不能削尖自己的脑袋。牡丹笑人瘦，人比牡丹稠，算了，和人家老汉、娃娃、年轻媳妇死挤个什么劲儿？何况你瘦骨嶙峋，还不叫人家五大三粗的棒小伙子踩个半死！不论在这边拼死拼活，还是在那边挤挤插插，我总觉得于此地寻看真花的老婆女子娃，比起在警察的申斥下挣断脖子看明星的中年人和老头子要显得高雅。让她们优先。退一步说，即便你凑到跟前，一识牡丹真面，她冲着你一笑，人群乱哄哄地东摇西摆，你的心还是静不下来。心里毛糙，兴味大减。可怜的牡丹，被武则天贬到洛阳，一晃就是一千三百多年。今之洛阳，牡丹花香；改革开放，雍容华贵；竞选国花，身价百倍。牡丹花可算遇到好时候，大翻身，大解放，大走运，红得发紫。牡丹虽好，未可免俗，浓妆艳抹，脂香粉腻，铅华凝重；富态可掬，神气十足，一点不含蓄；绚烂之极，露出了妖冶。今之牡丹，大不如前。牡丹傲慢，不肯献媚，才被则天皇帝贬谪洛岸，不意洛人为她恢复名誉，她反倒变得媚俗，越来越摆谱，闹得警察不得安生。好，不看也罢，俺不凑这份热闹。俺想起刚才追星族追逐明星的狂热情景，久久不能自已，命令俺的双腿直朝王城公园大门口走去，再也没有回头。

我厌恶地离开又一个喧闹的中心，穿人海，过人墙，我被朋友带进洛城有名的“潞泽会馆”,那里正在举办“洛阳市第二届民俗文化庙会”。进得庙门,喜庆四溢,那氛围,那气质,太对我这个老陕的路子了。

先看斗鸡。两只鸡的脖子已经血里糊拉。谁胜谁负?两只鸡,哪个我也不愿意被击败,但是,我还是聚精会神地准备祝贺优胜者。两只鸡的脖子更血更红了,两只鸡的反抗并没有止息,困兽犹斗,依旧的勇敢和残酷,就像重量级拳击已经坚持到第十二个回合余勇可贾那样。我看见雄赳赳的鸡丈夫气喘吁吁。我理解它们的至死不屈的倔犟。看,那只鸡开始反攻!

忽然,人声喧哗,人头攒动,乱哄哄蜂拥而来。又是好几个警察护着那位明星婆,洛阳亲友顽强地挤撞着、簇拥着,颇有克制地喊叫着。我连忙避开人流,已经避让不及。警察不算粗暴地把我推到一边,明星神情木然。警察保护她出来,警察把她“带”走,(恕我冒昧)真像是“抓”到什么可疑者被强行“带”走似的。奇怪,怎么又遇上了?我感到一种不可名状的威逼。

一桩在年轻人看来最平常不过的事,在我看来却是一种俗不可耐的表演,虽不比列夫·托尔斯泰再也不去看犯人怎样在盐水泡过的麻绳上被绞死的不安,也不比鲁迅当年到死忘不了中国人被示众时看客的麻木的眼神那样的刻骨铭心,然而,我被刺激以致在现代人眼里成了不折不扣的神经质。既不留恋古董、不满现状,又不理解“革命”,唯恐事情过了头,自己跟自己过不去。我是不是变成可笑的托尔斯泰主义者?

神不知鬼不晓地,我在一座中原保存最为完好的古戏楼上坐定。阵阵滚雷将我卷入震撼山岳的雄大之中。“河洛一绝”的大型表演,金鸣鼓舞,气壮山河,如炸雷,如决堤,排山倒海,天崩地裂,当此时也,谁还坐得住呀!我还是呆呆地坐着。接下来,狮子舞,群狮戏耍,双狮戏绣球,春秋刀三落头,大舌叉,拆八桥,云里磨,倒挂金钟,四狮称雄上老杆,长矛刺狮喉,梢节棍怒打雄狮,马刀劈狮翻筋斗,龙腾虎跃,天翻地覆,全身无处不动,眼睛嘴巴传神,一把椅子极尽惊险之能事,怎一个“中”字了得!我旁边的河南老作家李准流泪了,他语意伤感地告诉我说:“这才是中原文化。眼泪,忍不住啊!”接着又说:“我的创作,学的就是这个!”不一会儿,曲剧《石憨认父》开演,曲调柔中有刚,始知幼年在陕西听曲剧以为它远比梆子婉转柔弱之大谬不然。曲剧和不失婉转的豫剧一样,都是刚中有柔、柔中有刚的河南性格。小两口极尽内宅殷勤抚慰,道尽家常幽默风趣。女婿虽憨,憨得可爱。媳妇催他看灯,他已经走到门口,忽然又不去了,说:“我离不开老婆你呀!”还是去了,结果,把一个快要冻饿而死的孤老头子背回家。他执意要认老头为父。妻子不肯。憨子说:“他老人家怪可怜的,儿子不孝,没人管他,他还不是等死!”妻子没有坚持,笑了,直骂憨子太憨。憨子不说话,叹息一声道:“唉,咱家要啥有啥,啥都有,就是没有一个爹!”听到此处,我心里猛一抽搐。戏毕,李準紧拉演员的双手,说:“胜过电影!多年没看戏了……胜过电影!”

本意来洛阳看牡丹,来洛阳的人谁不急着看牡丹?围观的人多了,牡丹花犯娇情。相比之下,洛阳城的人却喜欢看明星,明星为了自我推销和推销自己的产品不料同当地的牡丹较上劲、打擂台;虽则不比牡丹大方,造作之态却略胜于仙子。年年岁岁花自开,岁岁年年花不同,今年赏花会上,牡丹是明星,明星是牡丹,都是艳丽的花朵,都具华贵的品格。看花人各有所好,他们要看他们心中的牡丹;只要目睹自己心上的牡丹,就算是走了红运,不虚此行。我辈不才,无此“艳”福,倒也罢了。没有看上花,后来又无心看花,却被一阵鼙鼓所捶击,所惊醒,所激活,“失之东隅,收之桑榆”,心理上达到平衡,收获还是大大的。

萝卜青菜,各有所爱,行行出状元,个个争奇斗艳,不要看不惯。当主人们让我笔墨留念时,我也学佚名诗人(一说皮日休)的《题牡丹图》:“落尽残红始吐芳,佳名唤作百花王;竟夸天下无双绝,独占人间第一香。”好话多说。“新生集团”同文化联姻,我题他们是“脱俗牡丹”。访问“洛玻集团”,他们发明的“浮法玻璃”大开财源,我称颂其为“透明牡丹”,从此,“洛阳镜贵”。我将女子书画院院长艾娴戏命名“艾牡丹”,希望她画的牡丹“艳而不俗,美而不媚,娇而不矫”。我仍然吹捧牡丹,牡丹名气大,惹不起,托花王以取譬。但是,我所喜爱的,还是我自己心中的牡丹,尽管我无心看世俗的牡丹,觉得她多娇少骨。许是我骨瘦如柴,骨头太多,骨质增生,武大郎开店,缺少大度和包容。

上了火车,爬上上铺,萦绕耳际的还是憨子的话:“唉,咱家要啥有啥,啥都有,就是没有一个爹!”紧接着,五雷轰顶,石破天惊,震耳欲聋的鼓浪滚滚而来。

1995 年 4 月 20 日

我吃下一只苍蝇

——京城受骗记

我吃下一只苍蝇。我受骗了，在首都北京。骗我的人是陕西乡党，乡党就是老乡。我原本不认识他，但能很快让你认识他。他说他是诗人，年轻的、天才的。一个十分偶然的机会，我与鹏鸣邂逅相遇。

大约是1988年，一天，我去乡党雷抒雁家里作客，受到非凡的接待。手忙脚乱沏茶倒水者，鹏鸣也；笨手笨脚递烟划火者，鹏鸣也；口口声声扯着破锣嗓子喊“抒雁哥，快招呼老阎”者，鹏鸣也；冲着厨房大吼“姨，我阎哥爱吃咱陕西饭，快给我阎哥做彪彪面”者，鹏鸣也。席间，鹏鸣老老实实端坐一旁，规规矩矩准备随时可以表现其殷勤，偶尔插一句半句有关文坛上的话，特别是陕西作家，他无人不知，无事不晓，抒雁还提到贾平凹和鹏鸣的什么事，足以见得鹏鸣不是外人了。鹏鸣给我的印象不坏，年龄不轻不中，个头不高不矮，身材不肥不瘦，脸蛋不白不黄，动作不快不慢，衣着不新不旧，言谈不灵不笨，总之，一身土气，满嘴名人，笑口常开，礼仪周到，憨憨实实一条西北汉子。

从此，这位新结识的乡党不管我多么忙，也不管我愿不愿意同他接谈，反正在我的《中国文化报》的又办公又睡觉又轮番地接待作者来访人满为患的一间斗室风风火火地泡蘑菇，比起在雷抒雁家里时的表现，明显地大不安分了。

说实在的，他讨人嫌。

他知道我这人喜欢面食，自己弄饭吃，带来几把陕西挂面，外带一大包虾皮。

他兴致极高，给我看了一大摞同社会名流（如他所说的“文坛泰斗”，不错，真的是“文坛泰斗”）的彩照。此君本事大，能活动，一点不憨，我承认自己小看人了。他说他的诗集即将由“中国盲人出版社”出版。那么，站在我面前这位不修边幅、一身风尘仆仆的“的确良”旧中山装、满脸黑里透红貌似榆木圪垯活脱脱一尊中等身材的武士兵马俑，原来是“泰斗”们早已发现的青年诗人！我默认了这个事实。改革开放，文思泉涌，人才辈出，一年不知冒出多少诗童、诗少、诗人，不定一个月冒出一个，我虽然吃文化饭、读文学书，毕竟孤陋寡闻，不敢随便怀疑。有道是“害人之心不可有，防人之心不可无”，我这个人涉世不深，看人简单，一变而为“害人之心不可有，防人之心有可无”。他一时兴起，从一个破旧的黑色手提包里找出照相机，我和他，像忘年交那样被相机自拍摄入镜头。

别看相机不起眼，不定它就是现而今名人出名的一把钥匙。

二次来访，动真格的了，把一堆诗稿摊在我的面前。这个，我是料到的，尽管我没有向他主动约稿，以免退稿弄得大家都不自在。

我翻看了这堆诗稿，非常头痛，一首像样的也选不出来。他来电话催问，我只好从实以告。他激动起来，接着连声恳求。又是乡党，又是新冒尖的年轻人，又如此这般的谦虚热情，于情于理都好像不大合适，所以，硬是把《致艾青》和《致臧克家》两首数十行所谓的诗改成每首四句发表，八句中，他自己的只保留了三句半。他老大的不高兴，但也没有办法，对他说来，总还是增加了一点点资本，还不知道他把这份报纸复印多少份连同那一摞彩照又去开创什么新的局面。

一天，副刊部主任找我，满脸的不高兴。他将一摞稿子甩在我的桌上，“看你乡党干的好事！”我先看了上盖血红大印的证明材料。证明材料写道：“该诗人成果斐然，该论文材料属实，请务必刊出。此证。”下面是《农民日报》的朱红印章，红的有点发懵。再看文章，全是吹捧鹏鸣的话，什么天才呀、杰出呀、出色呀、伟大呀，太吓人了！“这还了得！”我砸了一拳桌子，立时气得心跳。老于说：“你再看看字迹！”天啦，论文和证明的字迹全部出于鹏鸣一人之手，我气晕了。老于反而可怜我了。

我到处找这个鹏鸣，电话里都说不知道这个人。

人没找着，却招来了账户，有人说一个叫鹏鸣的用我的名义借了他人民币八百块钱，连影子也找不着了。

万般无奈，我找雷抒雁，他总该知道他弟弟的行踪吧。可是，抒雁比我的火更大，说他那儿早已经闹开了锅，不时地有人要我把鹏鸣交出来，我说不知道人家不相信。还说，“先后来过两个女孩，好像都是工人，问我要鹏鸣，说鹏鸣糟蹋了她，骗了她，其中的一个已经怀孕，挺了大肚子给我要人，不给不走，坐在我的家门口啼哭不止。”看来他比我还要狼狈，我不由自主地叹道：“唉，你这个兄弟！”电话中立刻发出雷吼：“妈的，他哪是我的兄弟！”又补充地说：“还是平凹介绍给我的，这叫啥事嘛！”

后来，有人悄悄告诉我，鹏鸣姓焦，陕西省白水县人，住在爱人那里，爱人在铜川煤矿干事，常年满处跑，甭想抓住他，谁也抓不住。

像鹏鸣这样的年轻人，吃过苦，写过诗，嗜诗如命，满可以成为一匹黑马，在诗界闯出个名堂，不料想，老实的陕西出这么个大不老实的人，浪迹江湖，搅得周天寒彻。

第二年，1989年，极不寻常的一年，极其严肃的一年，但是，鹏鸣说的《鹏鸣情诗选》三大卷果然由“中国盲人出版社”正式出版发行，不久，另一部同样厚墩墩沉甸甸的《鹏鸣抒情诗选》正式出版发行。

在“中国当代作家选集”《鹏鸣情诗选》的“诗人小传”、“出版说明”和“中国当代诗人丛书”《鹏鸣抒情诗选》的“内容提要”里，鹏鸣给他自己戴上的桂冠共有——

“我国文坛最著名的抒情诗人、作家、学者。”

“杰出的文学和社会活动家、外交家。”

“卓越的文学巨星和艺术大师。”

“名声大震”，是文学“泰斗”们的“得意门生”。

正在“负责筹办一海外最高文学刊物”。

“兼任《农民日报》文艺部特约高级编辑。”

“先后有两千多首诗作繁星般的闪耀诗坛，风靡海内外。”

“曾获三次大奖。有两本诗集译成英文介绍国外。”

“享有世界声誉的伟大著名诗人。”

“一位卓越的文豪。”

“一位杰出的天才家、思想家和伟大的哲学家。”

“他的巨著《鹏鸣情诗选》全三卷，以深刻的思想性和高超的艺术性相结合而为中国当代诗歌立下了重要的里程碑。”

“海外著名人士和崇拜者纷纷评论他是亚洲第二个泰戈尔。”

“他将在亚洲继泰戈尔、川端康成之后第三个摘取诺贝尔奖的桂冠，成为中国大陆第一个夺取此项殊荣的人。”

这一切都是假的！

《鹏鸣情诗选》的编选者为“中国当代作家选集”编委会。编委会诗歌卷的主编是艾青。编委是曹禺。责任编辑是张志民、牛汉。《鹏鸣抒情诗选》为“中国当代诗人丛书”之一，《序》作者为艾青。

这一切也是假的！百分之百的假冒，1989年度的特大新闻，闻所未闻的文坛诈骗！

收在《鹏鸣抒情诗选》卷末的张志民、雷抒雁、伊山合写的《十年心血铸诗行——记苦难诗人鹏鸣》，假的，都是假的！

但是，四大本书一百多幅与各类名流合影照片却是真的（据说，其中也收进去我跟他并立的照片，可能就是在我办公室自拍的那张；至于领导人、名人们给他的二十多幅赠画、题词，当然也是真的。至于《南宁日报》发表的访问记（说他“曾三次获国际性文学大奖，去年又被美国ABZ和英国剑桥大学分别列入世界名人录”）和《广西日报》发表的《血泪铸就昂头歌》（说他“出版了21本诗集和三卷选集”，“《鹏鸣情诗选》自问世以来，发行量竟达23.5万套，为我国文学发行史上所罕见”，“作为嘉宾出席了全国政协八届一次会议的开幕式”）一大堆欺世盗名的假话谎言，白纸黑字为证……也都是真而又真的。

譬如那些题词，“诗海明珠”“诗坛英杰”“诗苑瑰宝”“神州诗星”“天之骄子”“大鹏展翅一鸣惊人”“一位高产优质的天才诗人”“中国当代诗歌重要的里程碑”以及四个赫赫大字——“千古绝唱”，一概都是真的。白纸黑字，真的假不了。

这就不仅仅是鹏鸣这个大偷、大骗、大谎、大犯一个人的问题了。你就是抓住他，起诉、审判、定罪、入狱、劳改，甚至赔偿侵害名誉权的严重损失，你照样像吃了苍蝇一样的恶心，何况，你去哪儿抓他呢？谁去抓呢？你又去找谁呢？

以上的话也是对我自己说的，我也是当事人、受骗者，有苦无处申。

接着就是被严重激怒的“责任编辑”牛汉和张志民向中国作家协会作家权益保障委员会正式提出控告，以及一批名人要人大呼上当的气愤场面。

当我得知这四大本算得上豪华的包装，囊括天下诗人、要人、名人为我所用的砖头块被送往诗人、要人、名人的案头时，当我得知这被称作“亚洲第二个泰戈尔”立下的“中国当代诗歌的重要的里程碑”同样出现在报刊编辑部和企业大款们的案头时，我悲哀了、痛心了，当然，也为我自己悲哀和痛心。

在中国大陆，在地方文艺界，在地方新闻界，尤其在商界，怀揣四块砖头的鹏鸣大大方方，体体面面，通行无阻。传说他应邀参加南方选美活动，担任评委。

百般侮辱地践踏人的尊严，非常滑稽地愚弄人的声誉，胆大妄为无视天理国法的存在，铤而走险毫不掩饰手段的拙劣，事发之后依然若无其事大摇大摆，胜利者是鹏鸣，鹏鸣胜利了。手段并不高明的鹏鸣还不知怎么嘲笑老实的文艺界和威严的中华人民共和国民法刑法。

1990年，鹏鸣还是鹏鸣，没人敢动他一根毫毛，他却毫不间断毫不客气地利用媒体打扮自己，包装自己的羽毛。

1991年5月，我回西安看演出、看朋友、说鹏鸣。听说路遥生前大为感慨，痛极而言之：“咱陕西五千年才出了这么一个货！”鹏鸣的骗术如此拙劣、这般雷同，竟然过五关斩六将，得来全不费工夫，如囊中取物一般，堪称常胜将军。从北京到西安，我们一行数人。看完演出，看了雨中的仙游寺后，几位同志先期返京，我和中国作家协会的周明以及省上的同志趋前送行。我们在机场候机室聊大天，没大没小，海阔天空，聊着聊着聊到鹏鸣，也是我有意将话题引到这位杰出的诗人和伟大的外交家身上，奇怪就是没有人敢动这么个货。不提鹏鸣则罢，一提鹏鸣炸了锅，在场的人，几乎无一幸免，个个叫苦不迭。"个个"中间，不乏部级高干。找他们，无非故伎重演，展示名人、要人的题词或合影，以博得新结识的这些名人、要人的垂爱，然后请合影、请题词，面谕接着手谕，趁着高兴劲再请亲笔写上几封介绍信，获取新的通行证。他把名人、要人的心理摸得倍儿透，他们不就是以发现新人为己任，以导师的口吻标榜自己，以在"天才诗人"面前"我也不是不行"地、宝刀不老地欣然命笔，过过儒将的瘾头，岂不皆大欢喜！还是老一套，但是，他得手了，无一例外。我也听说鹏鸣有次回白水，风光体面，胯下就是省委某书记的进口坐骑。还听到他许许多多坑蒙拐骗的事，大家同样地气愤不过，同样地忍气吞声。

回到北京以后，我万感交集不能自已，以上当受骗当事人的口气写了千字文《寻人》。读过的人，一笑了之，笑就是了："寻人"？寻谁？谁寻？哪儿去寻？寻得着吗？1993年，贾平凹来京参加全国政协会议，陕西旅京作家陪他吃饭，提到鹏鸣后，我和雷抒雁一齐上手声讨平凹，平凹冤枉。他说："老阎的《寻人》我看了，那不是人！""哪儿是我介绍的！倒是人家把他介绍给了我！那不是人！"

1992年，他竟然又把一位德望重的老作家骗了，这位好心的中国作协副主席介绍他去深造，他堂堂正正、大摇大摆地步入北京正宗名牌、保证资格承认的高等学府鲁迅文学院作家班，正式取得作家合法身份。其实可笑，写出"千古绝唱"的"亚洲第二个泰戈尔"何须屈就，在一个小小的作家班里苦守苦熬受洋罪呢！

得知鹏鸣上了鲁迅文学院以后，我委托中国作家协会创作联络部常务副主任周明先生郑重其事向鲁迅文学院提出强烈抗议。后来还有文学院众学员纷纷上告，过了很久，鹏鸣终于被开除出院。至于作家权益保障问题，了无下文。可怜的鲁迅文学院就那么点"权"益。

不往早的说，就从我在抒雁家认识鹏鸣的1988年算起，至今已经六个年头，告状的人不多，也还有人告状；揭发鹏鸣的文章虽然很少，也还有那么几篇檄文，然而，西线无战事，好像什么事也没发生，鹏鸣还是鹏鸣，日出而作，日入而息，我行我素，谁管得着！

揭发鹏鸣的文章，除《寻人》外，我想方设法打听到的，计有：金石的《诗界的特大诈骗案——鹏鸣，是诗人，还是骗子?》，载《华夏诗报》1993 年 12 月总第 81 期；赵发元的《文坛让人“荒诞”了一回》和《再说文坛让人“荒诞”了一回》，载 1994 年 2 月 22 日等《西安晚报》；《诗刊》1994 年第 7 期转载金石的《特大诈骗案》一文。仅此而已。六年过了，假货四厚本，谎话一马车，伤害了满世界，就扔了这么零零星星三两块石子，然后，又销声匿迹，没有醒动，没有任何反应。

近日闲暇，我想就这一寂寞的话题再说点什么，于是打开电脑，敲了两千多字，存盘时毁了；第二天又敲，两千多字，存盘，又毁了，而且存有其他几篇文章的整个文件都毁了；邪门了，从来没有过的事！第三天，就是昨天，再开机、再敲打，敲打中间传来重要信息。

关于发表关于鹏鸣文章的事，终于等来了反应，而且是大报关于鹏鸣的反应。就在昨天，1994 年 12 月 3 日《人民日报》第九版上，发表了该报记者钱志新的采访报道《他从黄土地走来》，而且配发了“优质”“辉煌”的“高产诗人”戴眼镜、穿花衣读书用功的照片。文中写道，鹏鸣八岁写诗，至今共写诗七千二百余首，共出版诗集二十部，选集三卷，五十首诗已被谱成歌曲在东南亚一带的青年中广为流传，是在艾青主编的“中国当代作家选集”中唯一享有出版三卷殊荣的诗人。文章作者被鹏鸣灌醉了，终于说起胡话来，什么读他的诗“如饮美酒”呀、“回味无穷”呀。鬼才知道，“如饮美酒”者饮下去的到底是鹏鸣亲手酿成的“美酒”还是我国八大名厂出产的真正享誉世界、果然“回味无穷”的醇香佳酿！

一怒之下，我的劲头上来了，第四天吃完早饭上机子就没有下来，一直敲到下午一点多，马上就完，完了再弄饭吃不迟，再坚持几分钟……突然，黑屏，停电！“马上就完”，真的，全玩完！我气个半死，瘫在椅背上半天缓不过气。一分半钟不到，电又来了，开什么玩笑！

三次艰苦的重复劳动，就在这几十分之一秒中化为乌有。

邪门，我明显地感到命运不断地捉弄我，硬是不让我把这位碰不得、惹不起的江湖小丑彻底曝光。我不信这个邪，我不信白水县、渭南专区、陕西省、共产党的王法治不了一个鹏鸣！

为了鹏鸣，我这篇不知被什么力量暗中掣肘的文字怎么也要敲打出来。我仍然“寻人”，寻找偷吃人的良心同时给人正照风月宝鉴的那个人。

1994 年 12 月

“不要忘记国民党”

一位资深的记者去世，我想起1985年他生前的一句话，眼前一亮，相继出现一群丑类：管志诚、于惠荣、杨立宇、赵东祥、邵军、应海明、周北方等一大帮重大经济犯罪分子。

管志诚——首钢总经理助理，首钢厂委员会委员，北钢公司党委书记，1990年4月被逮捕，1991年秋被枪决，他的情妇于惠荣被判无期徒刑。

邵军——首钢厂委会委员，船务公司总经理，1992年被逮捕，1995年4月被判死缓。

周北方——首钢总经理助理、中首公司总经理，1995年初被捕入狱，1996年11月被判死刑。

总共五起大案。这五起震惊全国的重大经济犯罪案件都发生在素以严格管理著称的首都钢铁公司。

这五起震惊全国的重大经济犯罪案件在同一公司一个接一个地发生，身居要职的共产党员要犯，几乎摔死在同样一个“党领导”的职位上，官高位显，权重一时！

类似情况，在其他地区相继出现。泰安市刚刚判处一伙纪委、公安部门的原领导，日前又判处一伙新领导——原新泰市副市长许勤章和原泰山石化(集团)股份有限公司副总经理王卫民。贵州省杀了个闫健宏，接着抓了闫健宏的不到一年的继任者——在反腐斗争中被提拔的向明序。更有意思的是，向明序曾经在接闫健宏的班时慷慨陈词，拍胸口发誓说：“闫健宏尸骨未寒，我向某人岂敢再犯经济错误！”

敢问：党内相当一部分人有权就腐化，见钱心就黑，大权换大钱，如囊中取物一般，平安无事，屡试不爽，这是为什么？

敢问：前车之鉴变成后有来者，除恶务尽变成后继有人，这太可怕了！什么原因？天不怕、地不怕，吃了豹子胆？吃了谁的定心丸？

敢问：难道中华人民共和国的王法吓不倒、治不了一伙顶风犯罪的特殊干部、特种人物？有关党委、纪委到底是干什么吃的！

敢问：为什么有些地方的纪委领导胆敢以身试法？为什么有些地方卖官鬻爵而被卖的官爵竟是纪委要职？为什么接二连三的公安局长和公安厅长受贿判刑？

敢问：毛泽东一生廉洁、两袖清风，没有把钱装进自己的腰包，党有榜样，国有国法，为什么腐败之风屡禁不止，以至于贪污受贿犯罪中处级以上的竟占79%？

敢问：处级以上国家干部财产申报制度何日立法，何时有望亮出他们神秘的钱包？如此美妙的制度倘能切实施行，国家纳税人倘能有权在阳光下监督人民公仆，狠煞腐败之风想必成效大验，为什么实施起来就那么难，难于上青天？

敢问：陈希同这么大的案子王宝森自杀以后才暴露出来，而且暴出一大串，这时候，北京市委和市政府的人才说话了——陈希同早就怎样怎样，早就发现陈希同如何如何。要是王宝森不自杀呢？为什么陈希同一案今日拖明日、明日拖后日，直到今年“两会”迄未结案？

1985年，一次画展，我和一位从未谋面的退休老记者磨肩而过，止步，回眸，面面相觑，投缘，双双躲开人群，三两句实诚的对话之后，彼此不再设防。我大胆向他提问：

“敢问治世之道？”

这位战争时期就干这一行的老新闻未假思索，随口答道：

“唯有一言奉告。你1949年参加革命，那你会记得而且不要忘记国民党当年是怎么垮台的。”

就说了这么一句话。

“嗟余听鼓应官去，走马兰台类转蓬。”回到自己的报社，好多天心里平静不下来。

日月如梭，一晃就是12年。

1997年3月28日

鹿的奉献

——舞会之前是酒会

征得编辑部的同意，重新调整场次，先演第二幕，再演第三幕，后演第一幕。

第二幕

温文尔雅的市长，一边艰难地剔牙，一边开怀大笑，然后，一边用食指和拇指清除缠绕在牙签上的肉丝，一边用舌尖洗刷上下嘴唇。笑声落后，餐桌上又是沉寂。市长向大家劝酒：

“斟上斟上！满上满上！”

秘书长使了个眼色，服务员会意，不管你能喝不能喝，她都能用她的特异功能逼你就范。这样的服务员，就是在北京，也是重金延聘的对象，一个穷山沟竟也新潮到如此水平。市长脖子一仰，下去了，然后，像是表演，将酒杯口朝下，再翻转过来，向着这伙在酒战面前丢尽了丑的书生们再度示威，老少书生们一片讨饶之声。

“人家李白，‘斗酒诗百篇’，而你们……作家，没有酒量，没料到，真没料到！秘书长，看看哪位客人还想试试？在下奉陪到底！……咱们山沟沟再穷，酒还是敬得起的，而且也陪得起！……唉，说来可悲，如今干事情，你不学会喝酒，你就没有发言权，人家笑话！……我说的是实情，请别见笑，我也不怕你笑话。一百多万人张口要吃饭，不少工人月工资 200 元，你当我爱喝这口酒，你当我喝下这口酒心里好受！你当我……”市长眼泪快要流下来，长叹一声，接着打了个哈欠。

秘书长有眼色，立刻宣布宴会圆满结束。市长说：

“那好，我那边还有个宴会，像演戏一样，但不去不好，用得上你们文人的一句文雅的话，叫做‘虚与委蛇’吧，谁愿意去谁是孙子！……隋部长、傅局长，你们陪北京客人晚上娱乐娱乐，我告辞了……唉，没办法，真想大哭一场……”泪水又在市长的眼眶里打转转。

秘书长眼里有活，急忙扶起市长，不及一一握手告别，连拉带拽，将市长搀扶出了餐厅。

第三幕

宣传部长和文化局长，将我们几人，领向市府招待所的卡拉OK舞厅。舞厅在三楼。从一楼到三楼，沿着楼梯，挤满豆蔻年华的美貌女子，也有二十出头的少妇夹杂其中。踏进楼门以后，她们一拥而上，向我们绽开笑脸，我等愕然。局长生气地挥了挥手，“去去去！怎么搞的？谁放进来的？闪开闪开！”女孩子们乖乖退到楼梯两侧，脸部的热烈表情顿失。我还以为她们是餐厅和舞厅的职工，被组织来夹道欢迎我们呢！见她们挥之即去，面无表情地偎靠于墙壁或坐卧于楼梯台阶，我立刻醒过神来……这么多可怜的小女子！

从一楼到三楼，无一例外地重演一遍刚才的情景。我们进到豪华舞厅，一个绝不亚于北京我所到过的中档舞厅。我们被让进包厢，未及落座，又有女子迎上，昏暗的灯光下，真不知道她们打从哪里钻将出来。远看是鬼，近看是狐，再看是人；行为轻佻，言语挑逗，声音发嗲；红衣红裙，超强刺激，让人起一身的鸡皮疙瘩。“玩玩吧您？我陪您。”我说：“我不会跳。”

红狐扶起我的胳膊：“我教你，我可温柔呢！”说罢就要拉我下舞池。

突然袭击之下，我全傻了，愣着不动，无所措其手足。又是局长解了围，他不客气地将她们轰出包厢，真像是哄鸡一样。将要落座时，早有几位女伴陪坐身旁，局长说：“这是咱局里请来的舞伴，是部长从他们幼儿园里调来的教师，大家不用客气。请！”

五彩迷离，乐师疯狂，密集的音符在空中激战，整个舞厅趺趺撞撞，摇摇晃晃，眼看着离开地球飞将起来。

互相拥抱的人们，亦梦亦幻，如痴如狂。

我剥着开心果，剥得十分熟练，难得今天不开心时有开心果招待。

我闭着眼睛听音乐，多么迷人的萨克斯管啊！我没有跳舞，我觉得如此蹦跳比搬蜂窝煤还累。我问了问伴舞的老师，原来外面等候陪舞的女郎不下两百，她们要么是来玩玩，要么是混口饭吃（例如一些开工不足的国有企业的职工，或者报考大学落榜的高中毕业生），要么是一些拿眉眼和腰肢换钱的少女倩女靓女漂亮姐，不过，（据这位老师介绍说）在这个小城市里，后者极少。“不信，你现在就去大门口中心公园瞧瞧，看看有多少个男士推着自行车等候，等候夜里舞会散场把妻子接回家去……”

这位老师（据接待人员后来告我）今天一个晚上下来，赏金最高可以领到一百块。

金鼓轰鸣，一朵朵莲花在开绽旋转；声嘶力竭，一个个歌星像严重便秘。整个舞厅真的要倒塌了，一分钟、两分钟、三分钟，我感到可怕。

第一幕

上了好多好多的菜，当地领导的热情使我们一行感激莫名。

团鱼汤又掀起一个敬酒高潮。

秘书长说：“诸位，好事成双，我代表市长再敬各位一杯。请，请！……”

他冲着我说：“老师，你来我们小地方不容易，请都请不来呢！好，我喝三杯，首长您喝一杯，只要您老人家高兴，来，满上，干！”

又上了一道汤，我等人士，已是强弩之末，没有一个人敢动勺子。

“请，请！”秘书长动员大家。还是没人动作。

秘书长有些着急，将汤盛在市长的碗内，说：“市长带头！”市长摇摇头，说：“我早已用好了，让客人吧，唉，常年食欲缺乏……”秘书长示意，接着用压得几乎听不见的声音冲着市长说：“鹿鞭汤。”又提高嗓门对着我们：“各位首长，来点？”最后，再压低声音，凑近市长耳根，说：“壮阳！”

“哈哈哈！大家都尝尝！”市长想着客人。他挥动着像指挥棍一样的筷子，作出从汤盆里盛汤的样子。

市长说罢，没有等待，没有动用调羹，端起汤碗，咕咚一声，并不起眼的大半碗汤下肚，没有辜负一头公鹿一生仅有的一次无私奉献。

1995 年 5 月

“最后一座医院”的最后一天

上月(1998年2月)25日,就是胡万林等一批人殴打司马南的第二天,也就是公安干警闻讯赶赴现场胡万林几人不知去向的前一天上午,我和黄传贵一行到西安南郊太乙宫的终南山医院看望人称“大师”的胡万林。

像庙会一样热闹拥挤。迎接人们的是悬挂在医院门口上的红色横幅,几个大字特别醒目:“天下最后一座医院”。满视野攒动的人群和天花乱坠的颂词,五彩缤纷的标语和言词雷同的感谢信,看上去酷似“文化大革命”时期的大字报区。围看大字报的是熙熙攘攘的观众,一个个沉浸在极度的神秘与兴奋之中。我当时的感觉是“文化大革命”又来了。

里三层外三层,无法挤进“大师”的诊室。使劲拥挤的正是拿着号的人。听一位浙江人说他这趟来晚了,号已经挂到1999年,无奈,只好挂明年(1999年)的号,稍有迟疑,不定连明年的号也耽误了。

我和黄传贵一行数人在密密麻麻的人群中死命地往前挤,当迂回穿插到内圈以后,立刻激怒了上百名像是外地赶来待诊的患者家属,随之而来的是脏字联珠的谩骂。黄传贵嘴里嘟囔着什么,半礼貌、半粗暴地突破了厚厚的人墙,我也跟着闯了过去,接着闯过壮丁(不知道昨天揪打司马南的有没有他)把守的诊室,但在“大师”面诊的内室前面被严加防范的更壮的壮士(也不知道昨天揪打司马南的有没有他)所阻拦。诚朴的黄传贵不过三言两语,那人进内室禀报,不一会儿出来,将他带了进去。着军装的黄传贵顺利地通过几道封锁线,我却被拒之门外。黄传贵走到胡万林的面前:“大师您好!”胡万林举头看了看黄然后又恢复原来的坐势。“大师大名如雷贯耳,我赴汉中路过贵地,前来向您请教,我是南疆中医肿瘤医院的院长,名叫黄传贵。”胡万林仍然坐着忙他的,甚至不欠一欠身。黄向胡请教的几个问题胡一个也没有正面回答。最后,黄传贵指了指桌上的一份打印的资料提出请求说:“大师,你的这份讲义能否送我一本?”胡冷冷地摇了摇头表示不可,黄传贵摇了摇头表示遗憾,局面尴尬,黄传贵只好告退。我们做梦也没想到昨天仇人相见就在这里开打上演了一场全武行,拳头或许还在发痒,双目自然布满着警觉,但此刻,黄传贵莫名其妙。

我们现场了解到“大师”上午门诊看病,下午查房分药。一上午看三百多个病人,前一百个只看一眼便知病况,百名之后只问声病情,别的不啰唆。患者分药时,面对着几大锅汤药,像舍粥一样,你一缸子,他一缸子,但必须经“大师”的手心发功方才灵验。病人喝下去肚子就折腾,非拉即吐,五脏六腑顺流而下,据说病毒就是这样被排泄殆尽。有人忍受不了,过不了关,有的人过了关,病马上好了。据说不少人获得痊愈,几乎天天有人鸣放鞭炮病愈出院,有人放炮送旗感谢神力,真像是“文化大革命”期间满到处的大字报,满到处的人乱糟糟,马上要打翻一个旧世界,忽然又出现一群人敲锣打鼓送喜报,马上要建造一个新世界。这里,什么事情都可以发生甚至立刻就会发生,你甚至不能不担心随时会发生骚乱。

返回的路上我问黄传贵此行的感想,他非常受刺激,侃侃而谈,大意如下:

中国缺医少药的老、少、边地区有多少贫苦的父老乡亲挣扎在生死线上?我倾毕生之力发扬“黄家医圈”的目的就是为老百姓们解除或者减缓痛苦,“一切为了救人!”“一定能延长癌患者的生命!”这就是我人生的追求。我的追求也是扶贫工程的一部分,而且是提高民族身体素质的一个理想。这么多生活困难的人得癌症我心里非常难受也非常着急,我多么盼望我们国家多出现抗癌的医生。特别盼望多出现几个采用廉价的中药有效控制癌细胞扩散的中医治癌专家啊!所以,对于胡万林我非常感兴趣,甚至非常尊敬,但愿一识其真面,今后取得联系,大家共同战胜癌魔。至于他今天不够热情,这个不能计较,彼此不了解嘛!中医诊病靠“望闻问切”,我是用“五诊合参”,胡万林却是运用特异功能,治疗的方法各异。医治青光眼,他“用一杯水不水、药不药的东西给张平文服下,第二天张平文的眼睛奇迹般地恢复了正常”。我则是采用民间医药验方“鸟龟精疗法”。《发现黄帝内经》一书又说:李俊祥患晚期白血病,气息奄奄,“‘胡疯子’在一杯水里放些白糖给病人灌下去……李俊祥果然从屋子里走了出来,家人还以为是鬼,吓得大叫。”要我,则用多年经临床证明确有作用的配方对症施治,哪种有效推广哪种,绝对不能盲目排斥。特异功能治癌也许能唤起一线希望,但是到底有多大的效验还需要严肃的科学论证。据《发现黄帝内经》一书所载,胡万林收治疑难病症患者 120 万人,对血癌之类的病症疗效也百般神奇,治愈率高得叫人不敢大胆相信同时叫人不敢轻易否定。压制新生事物就是犯罪，但是新生事物要经过实验证明，耳听是虚，眼见为实。大家都说"家属燃放鞭炮感谢怪医神医就是证明"，我认为这不说明实质问题，说明问题还得靠医械的检查、病理的报告和个案的分析。胡万林超量地甚至几十倍地使用芒硝、龙脑（冰片）、甘遂以至全蝎等含毒的药物，那是非常出格的，它启示我对有些患者的有些药量可否考虑增加，但现在不能下定论。至于院墙上贴出的胡万林创造的一套"运动疗法"、"四种健身法"如放开法、推陈出新法、贯通法、反击法，我觉得有可取之处，这个好办，练练便知。总之，他这人颇出奇，不妨考察一番，不说对癌症的治愈率多高多吓人，哪怕一百个人中有十个人得救，"大师"就不愧是神医、救苦救难的活菩萨。求生的本能可以越过万水千山，求生的愿望以发疯似的虔诚和超人的自信反击异教徒。打消"癌恐惧"固然是胡万林最大胆的宣言，他甚至连中医的精华部分和西医的化疗放疗都加以否定，但是心理战术必须真正落到实处，尊重科学必须拿出真凭实据……看来今天我们不会有太大的收获。

我们总算在秦岭下的太乙宫找到感觉。这所终南山医院，诊室外慌乱，诊室内神秘，院内一片不祥的"文化大革命"景象，而酷似"文化大革命"的突出感觉是造神，造医学之神、宇宙之神，常规的理性和科学在新神面前暗淡失色。

不承想黄传贵拜望"渺渺真人"的第二天，由于前天司马南被打，警察出动，胡万林等逃之夭夭成了"空空道士"，人去楼空，终南山医院被查封。这一消息黄传贵至今不知。我们有幸经历了"天下最后一座医院"的最后一天。

1998 年 3 月 17 日

亲情遭遇癌症，黄传贵哭了

当死神步步进逼的时候，爱情、亲情、友情发出紧急的呼救，一呼一行泪，一哭一滴血；当死神向癌症患者频频招手的时候，灵魂的审判最无情，悲凉之气笼罩全家……我被一曲曲人性的哀鸣所感动。

这是1987年夏季的故事。

云南军区的黄传贵，草医世家“黄家医圈”第八代传人，以诊治癌瘤闻名于世，现任南疆中医肿瘤医院院长。从1987年炎热的夏天开始，黄传贵在北京开设临时门诊，要我住到他那里为我髌骨骨折术后治疗。我们是新结识的朋友，难得一块吹吹牛，也就不客气地搬到解放军总后勤部白石桥42号，和施廷荣医生三人，挤进一间小屋。

我亲眼看见一条壮汉，两行热泪，倒头便拜：“黄医生，老人家见好了，见好了，我替他给您磕头！”

我亲眼看见黄传贵把一位老战友轰出门去，因为他送来几只活鸡让他补身子。他很恼火，气呼呼地斥责道：“再来这一套咱俩绝交！”

我亲眼看见排队挂号求医的人长如盘龙。

黄传贵每天忙到深夜，不是加班看病，就是配药包药，我上班早起晚归，两头见不着他的人影。他回到住所，头一句话就是道歉，生怕耽误了我的按摩。月落星稀，夜深人静，我平躺着，他一旁歇着，正对我的耳侧，会心地一笑。一天难得谈心的时刻到了，你一言、我一语，探究天理，感慨人生，倒也十分惬意。凌晨一时以前他没有上过床。他没有我幸福，根本不知道自由自在地、全身松快地躺到床上睡个囫囵觉到底什么滋味。

一天夜里，他激动起来，边按摩边给我口述了一封患者的来信。

敬爱的黄大夫：你好！

我今天冒昧给你写信，打扰你了，希望你在百忙之中读完这封长信，理解一个患难之中的女性之心，用你妙手回春的办法，使我告别病床，回到家乡，处理两件事——第一件事是，我有一个两岁半的女儿还需要托付给亲戚朋友，第二件事是，我有一个八十高龄的老母还需要我安埋。

我是江苏人，我的爱人是上海人，也许是命运主使我们结合在一起了。我们是在响应毛主席知识青年到农村去接受贫下中农再教育时走到一起的，所以，是命运将我们结合在一起。现在回想起当初的恋爱生活，还感到人间的幸福。但是，不幸的是，当我确诊为癌症之后，他毅然抛弃了我，另寻新欢，丢下两岁的孩子。

我平素身体健康，在一次无意中检查的时候，医生宣告我患了肝癌，当即宣判我的“死刑”，“缓期执行”。我为此不服，“上告”北京。北京几家医院驳回了我的“上诉”，维持“原判”。我还是不服，亲自到北京“上诉”，仍然维持“原判”。现在看来，这个“缓期执行”已快到了。我今天给你写信的时候，是躺在中国人民解放军三〇一总医院的病床上。通过朋友介绍，通过报纸上介绍，得知你有八代家传的医术，特写信求求你。

我两岁半的女儿需要托付给亲戚朋友后我才能死去，我八十高龄的老母双目失明，如果我死在她前面，不难理解她后面的惨景。我现在已经准备好敌敌畏，必须把我的母亲毒死，把她火化以后，才能完成我做子女的义务，我到九泉之下，才能得到安宁。你能理解吗？求求你了。

笋梅　草于北京

这封信狠狠地刺伤了黄传贵，所以深印在他的脑海里。他以惊人的记忆力准确无误地把全信背诵下来，而且提醒哪些地方另起一段。他擦了擦泪水，然后说：“我明天中午就去三〇一医院！”

我不能不佩服黄传贵极强的记忆力。他在13岁父亲去世之前，已经朗诵《黄帝内经》《本草纲目》，熟记“三诊法”“四脉组”“五诊合参”，并囫囵地死背硬记代代口传的“圈圈医学”（即现已整理出版，具有独立体系的“黄家医圈”学说）。他熟记3738个单验方，437个单味药，15个家传秘方。正是这从幼年起便开始造就的记忆力,为他此后专业的攻关插上了智慧的翅膀。他读书、看报,几近乎过目不忘;经他诊过脉的,多少人留在他的记忆里!哪里人,什么病情,他说得出,甚至能叫上他们的名字!这到底是个人禀赋,还是高度的责任心?我想起江姐——烈士江竹筠,她在狱中因为没有学习材料,便调动超强的记忆力背诵和默写下毛泽东的《新民主主义论》和刘少奇的《论共产党员的修养》。

又一天夜里,我一边接受他的治疗,一边听他背诵另一封信。

黄传贵大夫:你好!求求你了!

我面向北京大声地呼叫:黄大夫,求求你了!

我希望你用妙手回春的医术,让我在这世界上再活三个月,完成我心中的还愿。

我和我的丈夫同生在一个村庄,同上一个小学,同时一起走向生活。我们度过了童年,度过了少年,度过了青年,进入壮年和成年。在这个过程中,我负我丈夫的太多了。在学生时代,当我患了严重的风湿性心脏病的时候,他毅然和我恋爱。当我的病情严重而不能自理生活的时候,他毅然和我结婚。婚后,他在百忙的工作之余,总是无微不至地关照我,使我饱尝了人世之间的幸福。可是万万没有想到,在九月前的一天,他的生命被一次工伤夺去了,我万分地痛苦。我天天盼、月月盼,只盼我们夫妻二人在九泉之下相会,然而,事与愿违。九个月就这样过来了。

令我欣慰的是,前几天,我因为痰里带血,到医院一查,医生很忧郁地说我患了肺癌,而且有部分胸水,认为我不能活过三个月。医生和我的三亲六戚奔走相告,但是我没有感到痛苦,反而感到是一种幸福,因为,很快我就可以在九泉之下和我丈夫见面了。

在这种情况下,我去看望了我丈夫的坟墓(我用他的抚恤费在大同山脚下为他修了一座坟墓),当我去看他的坟墓时,坟墓却被牛踩塌了。这一脚踩在我的心上。根据我们家乡的风俗,必须满三周年后才能重新垒坟,但是,医生说我活不到三个月,所以,我希望你用妙手回春的医术使我在这世界上再活三个月,让我把他的坟墓修好后再离开这个世界,到九泉之下与他相会。那时,也许是我唯一感到宽慰的事。求你了,我给你跪下了,拜托了……

大同煤矿一个求医者

他念到“当我去看他的坟墓时，坟墓却被牛踩塌了。这一脚踩在我的心上”时，重复了三遍，声调衰微，略带哽咽。日光流年，星移斗转，难忘此番情景。

那天夜里，黄传贵还背诵了一封青年妇女的来信，求黄医生用什么办法能使她肺癌晚期的爱人将死期推迟到八月十五，好让她好好包上一顿他最爱吃的生日饺子，再献上团团圆圆和和美美的大月饼……可惜当时没有把这封信记录下来。

我记录下的最后一封信其实是个便条，字迹潦草，黄传贵把它亲自带回向我展示，要我帮他一一辨认。每一句话都是燃烧的子弹：

> **尊敬的黄大夫：您好！再见了！**
>
> 我们来自五湖四海（河南、河北、山东、山西）。我们卖了牛马羊猪奔向你来，为的是求你救病，然而，到今天整整三个月了，我们还在百米之外，还在原地踏步。我们亲眼看到了那些不排队而插队加塞的人把我们挤在原地，我们亲耳听到当当的电话铃声之后，眼巴巴地看着小轿车一冒烟把你接走。唉！老天就是这样不长眼，上帝就是这样不公平。如果还能给我们多一点一生的时间的话，我们最后的任务就是把那些不排队还插队特别是一个电话就把你占去的人统统杀掉，从中央到地方……
>
> 四个互不相识未能看上病的人

话说得狠些，要上纲，性质严重，可是，他们顾不了那么多，想到什么说什么，命都搭上了，我怕谁？

男儿有泪不轻弹，何况医生，但是黄传贵哭了。黄传贵向以某将军赠言“名在民中”自勉自慰，他也曾对我耳语：“真正需要我的不是城里人。阎老师放心，我绝不会为少数人所占有。”面对这封像锥子扎心一样的血泪诉函，他感到钻心的疼痛。

面对以上三封信，我深思良久。我的生命载不动这巨大的分量，我的心昧不尽如此裸露的真情。十多年来，充满于信中的浩叹与悲鸣不断地击打我的神经，叩问我的良心。

此后的日子里，黄传贵的觉睡得更少了，人也瘦多了。我看他是有意这么安排的，为了尽量挤出时间多看几个病人。吃饭走过场，中午加班，通常是什么时候看完病人什么时候下班，因为许多患者往返跑了多次，花销很大，看病不容易。但是作为一个军人，他必须执行军务，不能常驻北京一地。尽管如此，凡是找他看病的患者，他尽可能地给他们以准确的诊断和有效的治疗，并给予病人以人道主义的爱抚，让他们起码在精神上站立起来。他说："我没有任何理由多嫌癌症病人，我是解放军！我常常想，在八十多岁老母面前，我不算孝顺的儿子；在年轻的妻子面前，我没有尽到丈夫的责任；在幼小的子女面前，也够不上合格的父亲。可是，在千千万万的患者面前，我却应该而且必须是一个真正合格的医生。"

事过一年，1988 年 9 月，黄传贵背着 80 岁高龄的妈妈上长城。只见一个中国军人兴致勃勃，汗流浃背，像爬山一样蜿蜒而上，向上再向上。他口中念念有词，对着妈妈的耳侧劝慰着、咕唧着，亲切、温顺，充满幸福感。他们母子超越一群又一群游人，直向八达岭长城的最高处——"不到长城非好汉"的石碑奔去，气喘吁吁的老外们竟然向他欢呼起来。10 年后的 1997 年，黄传贵的爱女黄芹意外事故不幸去世，他秘而不宣，照常门诊，也没有耽误过一次急诊，但是，当着孩子的遗像，他放声大哭，万籁俱寂，夜，已深了。

……

夜已深了，我又想起那三封信。三封信就是三个动人的故事，而黄传贵，就是这些故事最能产生共鸣的一个受众，是亲情在死神步步进逼的时候所呼唤的绿色使者。颗颗善心能够延长一个垂危者的性命，亲友情分能够拯救一个人的灵魂。我想，凡人，唯有在生离死别的时候才不至于虚情假意。人们不论是上天堂还是下地狱，不论是变神还是变鬼，阴阳界上、奈何桥边、鬼门关口，总得把面具摘掉，哪怕你并不是任何场合都把面具戴在脸上。

啊，心酸的来信，亲情的绝唱！

啊，人啊，爱人吧，救人吧！死亡面前人人平等，让我们在亲情中求得永生。

此刻，一封邮自广东山区，插着三根鸡毛的快信，揽在我的怀里，是我当年从黄传贵那里索要来的，至今保存完好。只要用手心轻轻抚摸，鸡毛便跳动起来，毛茸茸的，那是生命的脉动。

1997 年 3 月 26 日

【2009 年补记】 黄传贵和我是君子之交，我不但受惠于他的医德医术，而且得益于他的博学多识、创造精神和人格魅力。我们见面就辩论，他相当自信却非常虚心。只要他门诊，挂号处早早排起长龙，但一个电话他就得火速飞到首长

床前。我常常跟他急，他便对着我的耳根平静地说："阎老师，你放心，我是山里人，绝不会被少数人所占有。"女儿车祸，他秘不告人，照常门诊，夜深人静时才面对女儿的遗像失声痛哭。他背着八旬老母小跑登上长城，直抵峰顶，老外们竟然欢呼起来。他荣获多种奖励，但最为珍惜的是"敬老好儿女"的勖勉。他面对弱势群体缺医少药的窘迫，首先擎起"中国民族民间医药学"的大旗；在全国政协会议上，他的提案主要向着缺医少药的弱势群体倾斜。

一天，黄传贵从沈从文那里回来，神情黯然，说：作家的身体堪忧啊！说自己集三十多万份病历之经验，大体可以得出这样的结论：第一，患癌症的大多是勤劳者，懒人患癌者少，所谓"好人命不长"；第二，健康人得癌多，残疾人得癌少，所谓"弯腰树不断，痨病人不死"；第三，过分感伤者易患癌，乐观主义乐天派较少得癌。还可以引申为：乐天派、乐观主义者即使长癌，也比"过分感伤者"容易治愈。我又特别补充一条说：环境污染最容易得癌，海清河晏延年益寿。

沈从文之后，作家贺敬之、高占祥、鲍昌、张志民、葛洛、冯牧、唐达成、宗福先、余秋雨、陆星儿等作家都请他看过病。他 4 年内给巴金看病不下 8 次。他轻轻走近巴老，小林对准老人的耳朵高喊："爸爸爸爸，黄传贵看你来了！"巴老眼睛微微睁开，没有表情。2002 年 7 月，多家媒体以显著的位置报道了黄传贵为巴金老人复诊的情况。他的三个指头按在巴金的腕上，然后对着老人笑了笑说："哦，你现在的脉象比起两年前要好得多。"

有作家问："作家为什么容易得癌？"黄传贵说："忧济在元元，也许感伤过度！"

我结识黄传贵的二十多年间，跟他吃住在一起好几个月，随同他去各地巡诊多次，从旁观察他给癌症患者摸脉看病查房上千人次，促膝谈心不计其数，天上地下，显学玄学，无所不谈。我亲眼见他极少在凌晨一点入睡，亲眼见他帮人，救人，爱人，一颗菩萨心肠。看，多少患者不是愁着进来笑着出去？多少患者弥留期间企盼着黄传贵亲手擦拭眼角的泪花作临终前最无憾的安魂？

一位老将军的题词代表了大众的心声："名在民中"。

我常常对朋友说：人不堪其忧，贵不改其乐，贤哉，贵也！

黄传贵启迪我在破除个人迷信、推倒"三突出"之后，必须十分清醒地抗拒文艺思潮中的"非英雄化"倾向。

"遍地英雄下夕烟"——其实，没有那么多真正的英雄；"世无英雄"——反历史，不足取；"英雄成千上万，可惜我们的文艺家没有去找他们"——仍然具有现实意义，只不过各人心目中的"英雄"大异其趣罢了。

我坚定地认为，我们的文学续写阿Q、续写李铜钟的同时，应该大写解放思想以来涌现出的像黄传贵这样的英雄、模范、英才、杰出人物。社会转型期，时势造英雄，当代英雄就是优秀传统的继承者、现代文明的创建人，是鲁迅说的埋头苦干的人，拼命硬干的人，为民请命的人，舍身求法的人，是以人为本造福人类并为万人仰慕的也许看似平常的人。

人以文传，文以人传，最终归结到对英雄的赞美、对人的关怀。

爱人，必然爱英雄；寻找真正的英雄，是文学即人学崇高的向往与追求。

黄传贵行医夜以继日，从不停止对于"人"的思考，其"圈环命理图"是依据博大精深的"圈圈"学说大胆设想引申而成的性灵之作，充满着奇异的想象力。他通过三十余万份病历的医学实践，发现生命（"物、神、性"）的运动以及"圈环命理图"所显示的人体运行的秘密，生机贯注，元气淋漓，进而发掘生命的无穷潜能，尊重人的价值和尊严，期人以颐寿天年，洋溢着人性的关爱和自强不息的进取精神。

它像诗一样，富有智慧和热情、灵感和意境，又像数学一样，充满天书般的神秘和哥德巴赫式的猜想。

黄传贵来京，参加全国政协十一届一次会议，期间，我们从巴金在文代会上的讲话被"假"了一把，聊到巴老的生死，从生死聊到基因，从基因聊到文学，问他："你寄希望于文学的是什么？"他说："还应该触及人的生物性，没有生物性便没有个性。"我自愧懵然。

2009年将尽之日，黄传贵来京。一、他编著的九百多万字的丛书已经完成六百多万字，计有《天然药8464种诠释》（《本草纲目》仅收1892种）《中医肿瘤临床1000方》《疑难杂症5000方》《高原卫生常识》《食疗6000方》《单方验方6000方》等，春节前后由人民军医出版社出版；二、受命负责基因健康的中医学研究，他说："转基因"已经广泛应用，更大规模的"基因混合"也不是不可能，人的预期寿命可以延长到120岁以上，备受全世界关注的基因破译工程将震惊全人类而变得非常可怕……我们又从基因聊到文学，继续问他对于文学有何期待，他说："三才者，天、地、人，大千世界无限大，'圣人不利己，忧济在元元'，你们作家胃纳狭小，又吃偏食，想象力不够丰富。还是那句话，文学应该触及人的生物性，没有生物性便没有个性。"闻者渺渺，依然是懵懂。

审美活动极其复杂，既涉及物质生产又涉及精神生产，既是心理活动何尝不是生理活动！

我不认命，但不能不认基因。"仁者寿"，人类越来越有望掌握自己的命运，安排个体生命存在的方式，文学啊，传神写照，正在阿睹之中。

他不是共产党员

——“怪人”连文成的三个快镜头

他是个怪人，但怪得有主见，有锋芒，有好事多磨的必胜信心。他成功了，却不自满。

去年仲夏，邂逅连文成，他的怪脾气使我好奇地走近他并喜欢上他，情急之下，抓拍到他的三个快镜头，很是耐人寻味。

到泉州师院讲学之后，一行到了长泰，那里有“休闲之旅”的搏击漂流，可以试试秀才们的胆量。

漂流公司到了，我们卸下行囊，准备歇息，但是，公司董事长一脸的不高兴，说房间紧张，“你们俩人挤一间小屋吧，明天撤出！”我们成了不受欢迎的人，可我们并非不请自来啊！

董事长不修边幅，瘦得干练，大嗓门儿，说话跟吵架一样，一双眼睛咄咄逼人。

第二天，他的口气突然变了，大声数落他们的副县长，埋怨这位县大人事先不给他打招呼惹他生气。

“好了，我最爱和文化人辩论，欢迎，欢迎！今天换房，一人住两间，漂流、骑马、滑翔、射击……全部免费。”

我们遇上了怪人，一个在当地创新出了名，同时也怪得出了名的企业家：连文成。

这座建于 2002 年的“水陆空同一景区一体游”，世界少有，中国百分之百的首家。远近叫它“福建第一漂”，企业创品牌嘛，我没太上心，因为福建境内有武夷山九曲漂流，还有泰宁上清溪漂流。漂流好，可以放浪形骸，让全身放松，让灵魂撒野，快乐似神仙，可你能压得过人家武夷和泰宁吗？然而，我错了。这漂流不是那漂流，那漂流以静制动，这漂流以动制静，别有一番滋味。这漂流，长达8公里，流急坡陡，跌宕起伏，浪遏飞舟，十分惊险，当然啦，也非常刺激！

连文成动员我等下水，北大教授谢冕出列，我只管往后退。连文成轻蔑地一笑，说："怕什么，肯定没危险，谁都不会出问题，来来来，让我们一同挑战冒险！"

我和谢冕同龄，但枉自长个儿不长肉，一辈子腿脚冰凉，见玩凉的就怯阵。送别谢兄弄潮，我急流勇退，骑马打枪去也。骑马挎枪自风流，大有升腾之感。

漂流，遇大雨，谢冕全身湿透，面不改色，悠然自得，连说："过瘾，过瘾！漂流有趣，漂流真有趣！"

当天晚上，又遇怪事，连文成邀请我们出席酒会，酒会的名称很长："庆祝厦广实业公司在长泰县民营、外资企业中连续18年纳税第一，同时纪念连文成董事长放下锄头36周年"。出席酒会的客人非常踊跃非常多，其中有他现在的朋友、过去的对手、爱他的官员（他说过："人民政府爱人民，我是地地道道农民出身，你们政府要爱我！"）以及曾经难为过他的领导。

连文成致开幕词，头句话就来了个不客气的幽默，说："大家克服一下，能说准普通话就不是我连文成！"显然是说给我听的，因为谢教授他们是福州人。连文成继续用他特殊的语言方式抒发他的感情："今天请大家共同庆祝我厦广公司'18年磨剑，18年用剑'。18年的用剑，在长泰走出了前无古人的路，创造了长泰企业史无前例的9个首家。我体会到：有能力才能有贡献，有能力才能有幸福，幸福就是一种净化的感觉。（谢冕咬我耳朵，说：他本质上是个诗人！）'没有共产党就没有新中国'，没有政府的关心，没有税务干部的信任，没有农行的支持就没有我今天的厦广！这是我的最大的幸福。"

邂逅连文成，让我眼前一亮，陡生一种走近他的强烈愿望。我四处打听，一步步向他逼近。当他的形象渐渐清晰起来的时候，他是那样可敬、可亲、可爱！土里土气又特有品格，地地道道一个地方名牌！

怪人的头脑里有新观念，有我十分感兴趣的东西：

——他放下锄头整整36周年，他要始终保有"农民味"。所谓的"农民味"，按他的解释，就是"锄头理念"，就是纯朴、务实、勤恳，先播种、再管理，然后收成。

——光有理走不遍天下，他发明了一个新词，叫"胆理"。他据理力争，不信"权比理大"。"无理无胆受人欺，有理有胆走天涯。"

——他不同意说“时间就是金钱”，人人有时间未必人人都有钱。真正的金钱是“人”，归根到底是“人”，是有能力开发利用时间的“人”。他给厦广实业公司定位的“企业性格”是：“做一个有能力的人。”

——“有能力才能有贡献，有能力才能有幸福。”他的理想，是每年为社会多创造财富，那才是他最最高兴的。他说：“幸福不就是金钱，也不是财富能够统计出来的。”“幸福不过是一种净化的感觉。”

——台湾的连战和连文成同一宗祠，他的太祖爷连佛保就出生在江都村。1990 年，江都村宗亲期盼着连战回来修祖祠，连文成说：“同样是连氏子孙祖祠，为什么要等连战回来修呢?”他先后投资十多万元把祖祠修好了，台湾宗亲多次回来拜祖。作为长泰首家民企的厦广，又投资三百多万元办学，利润全无，但心安理得，连文成说：“我办的不是企业，是幼儿园！13 年前，我的孩子要上县幼儿园，园长说你户口在枋洋乡江都村，不在县城，你连文成农民，幼儿园不收你农村户口的后代。……我实实在在是为了给咱扛锄的争这口气!”

——研究报告称：改革开放以来，新办的企业平均寿命是 2 年多，现在是 3 年多。这是《中外管理》杂志说的，不是我连文成说的。我创办的企业不只活了 18 年，而且在长泰连续 18 年纳税三千多万，在长泰县绝对第一！所以，我骄傲。

——1998－2000 年，县财政请求连文成担保贷款，帮助政府渡过难关。今天会上，县领导非常感慨，亲口对我说：“阎纲先生，你不知道，那时候多苦啊，财政困难，工资开不出，我们一共向他借款多达 23 次，数额高达 2582 万元！可是连文成呢？不求任何回报。”“他不愧是长泰人创业发展的一面旗帜。”

——连文成的心肠软，讲话的口气却很硬，做事非常果断。他也有流泪的时候，那是为弱者流泪，为人间的不平流泪。他的口头语是“示人以鱼，不如授人以渔”。所以，他的厦广从 1988 年至今，安排一千五百多人就业，对员工充满了爱，有口皆碑。

……

没有中国特色的社会主义，就没有连文成这样的怪人；没有连文成这样的怪人，也就没有中国社会主义的初级阶段。一花一世界，一人一情境，连文成满身氤氲着的是时代的气息。

入夜，我和连文成的谈兴不减，问他哪来的时间写东西。他说，我工作不分昼夜，凌晨 3 点起来写，写起来什么也顾不上了；一边蹲马桶，一边洗头，老婆问话，怨怨叨叨的，我已经听不清了。

夜深人静的此刻，我提出一个最为关心的问题问他："试看域中，多少共产党员变成'资本家'而多少'资本家'变成共产党员，你入党几年了？"

他哈哈大笑，头摇得像个拨浪鼓。

"啊？为什么？"

"你们文人好奇，总爱问个为什么。说奇还要奇呢，听吗？"他笑得爽朗而自信，也笑出眼神儿里的得意和狡黠。

"1998年中央组织部、省委组织部、市委组织部、县委组织部联合调研组，到我们厦广调研民营企业的党建工作。他们的问题一大堆，我说，我准备回答他们'十万个为什么'，他们竟然问了十一万个为什么！问我为什么办企业，问我为什么不入党，为什么成立党支部，为什么重视党建工作。我回答说，我不入党的原因并不复杂。我1970年当工人的时候工作很努力，我的当过兵的师傅有意培养我，天天给我上党课，要我为党、为人民服务。我想，家庭穷得要命，我能给人民些什么呀？所以，不敢入党，我不能骗党。我现在还不是共产党员！我想了又想，共产党员'无私奉献'的标准我还没有真正做到，还是不敢入。中央组织部的调研组视察我们，称赞厦广的班子团结，又为我连文成的大胆妄说吃惊，什么'团结是第一生产力！'他们当场反驳我是谬论，说邓小平的结论是'科技是第一生产力'，你怎么说'团结是第一生产力'？我说：'不团结能有科技吗？一颗卫星要上天，一颗原子弹要发射，如果没有一帮物理、数学、化学加工农兵学大家团结一致共同努力，它能上天、能爆炸吗？'"

我问他："连董，你不入党，可你们公司明明有个党支部啊？"

他很平静。"这不奇怪，早在1993年8月，公司就建立了党支部，成为漳州市首家民营企业党支部。这不奇怪，应该做的不能因为你不是共产党员就不去做，应该做的不但用心去做而且要像共产党员那样认真去做。"

"太奇怪，罕见！"

"这不奇怪，我的公司有四个党支部，一个党总支。我为党组织安排的活动经费是一年八万元，党支部花不完，年年有余。"接着又补充说："不怕你笑话，我这个非党员还积极介绍别人入党呢！还要求班组长干部上百人写申请书，抄党章，要求党员手抄党章、学党章世上少有，奇怪吧？县机关党委会上人家表扬我呢！"

再问："查过你的账吗？"

"查过，所有账都查过，未发现任何问题。我把账本甩给调查组，说：'拿去吧，不要了！'我心里踏实，所以，我敢跟人打赌拍桌子。"说着说着自己憋不住，仰天大笑。

凌晨一点，我们肚子饿了，连文成把儿媳妇叫醒，筛酒布菜，激辩不已，碰杯不止，一来二去、三番五次，我们俩都站起来开始吼了。我忘情地、密集地向他提问，他无所顾忌地只管掏心窝子。儿子斟酒，不动声色，静如处子，任凭老爸拍桌子发脾气骂人。“团结爱民，守法纳税，这是做人的根本，我创出‘胆理’这个新组词，就是说做事要有胆，做人要懂理，人一懂理，社会团结又和谐，再加上诚信经营，事业自然发展，社会自然进步。我不骗人，真的，我没有骗过党一回！好话假的多，坏话真的多，到底谁骗党呢？那些宣誓入党又没有实现誓言的人就是骗党……”“阎老师，信不信由你，我的每句话都可以晒太阳！”

他肚里好像吞下一颗炮弹，直冒烟，眼看着就要爆炸。

问他的思想为什么这样解放，观念为什么常常出新，他反诘：为什么只有书上写的才是对的呢？人要会读书嘛！我读列宁的《哲学笔记》，发现他说“观念就是真理”，所以，我要更新观念，抓住真理所向披靡。

天快亮了，连文成熄火了，和此刻的夜一样静静悄悄，蓦然，他站起，举杯向我：“团结是第一生产力。团结，自然和谐，来，为无私无畏干杯！”

他没有醉，但是醉醺醺。他抱拳相向，眼角里闪着泪花，难为情地说：

> 阎纲老师，多有得罪呀，原谅我心直口快，疾恶如仇，敢怒敢言敢冒险。原谅我一个翻身的农民！
>
> “到中流击水，浪遏飞舟”，那多痛快，不枉今世啊！天快亮了，去吧，不怕，有我！
>
> 阎老师，请你留下几点墨，然后我陪你漂流去。

我赠他两个大字：品格。

2006 年

五石头记

有石五块，赏藏两宜。
“石不能言最可人。”

石之一：《风采》，鸡血石，产于浙江昌化。

乡人骞国政，散文写得很多，我读得也不少。他把办报纸、管广电之余的一丁点儿应该休息的时间，用来经营心灵深处的艺术空间，工作狂更兼写作狂。其散文如“心灵的泉水”，滋润着他的精气神。

我告国政说，孙犁的散文，就是从心泉流出来的尺泽，希望在它的周围滋生一片浅草，几颗小树，能为经过这里的善良的飞鸟和走兽，春燕或秋雁，山羊或野鹿，解一时之渴，供一席之荫。

转眼间，国政也不年轻了，一手写散文，一手玩石头，痴心于奇石，寄情于收藏，心泉流过百般梦幻的世界。他以石为伴，老在琢磨着内里的神采和情韵。当他把一块鸡血石当众示我时（那简直就是一只活锦鸡，威风凛凛、血迹斑斑！）我被激活了，脑海里立刻跳出《韩诗外传》里称赞有加的话：“头戴冠者文也，足缚距者武也，敌在前敢斗者能也，见食相呼者仁也，守夜不失时者信也。”把鸡说得五美俱全无以复加！

国政的鸡，武也，血染的风采。见我激动，便求我配诗，不计工拙，一挥而就，凡四句：

荒寂野士困犹斗，战罢通体血猩红；
梦觉化石兀自立，天下不白不辞鸣。

石之二：《求偶鸡》，高山石。

军医黄传贵，不但是个合格的医生，而且是女儿的好父亲、“全国敬老好儿女”。

黄传贵背着80高龄的妈妈上长城，超越一群又一群游人，直上八达岭长城的最高处“不到长城非好汉”的石碑。一个中国军人兴致勃勃，汗流浃背，像爬山一样攀援再攀援，向上再向上，对着背上妈妈的耳侧念念有词，充满着幸福感，气喘吁吁的老外们竟然向黄传贵欢呼起来。10年后，黄传贵的爱女黄芹意外事故不幸去世，他秘而不宣，照常门诊，也没有耽误过一次急诊，但是，当着女儿的遗像，他放声大哭，万籁俱寂，夜，已深了。

一个周日，黄传贵到京，上车给我重病的女儿切脉，说：“肠吻合处水肿较厉害。”开了消肿的方子，鼓励阎荷是真正的战斗英雄。百忙之中，二次返回车中问寒问暖。又是精心诊治，又是资助药费，谁能拗得过他呢？送黄传贵上机场的路上，我们畅叙衷肠。黄传贵说：“刚才整理行李打开一看，才发现那么大一块寿山石精雕，鸡笼内外一群活泼可爱的彩鸡，太贵重了！阎荷有病，你这是干什么呀？”我说：“蓄谋已久了，正好，那天在王府井寿山石精品展销会上遇到此物，一见就爱上了。古人说：‘不为风雨变，鸡德一何贞。’唤起太阳，叫醒人类，被古人称为德禽。你曾说过：‘阎老师，我是山里人，绝不会被少数人所占有。’所以送一群生命力极强的鸡公公、鸡婆婆、鸡娃娃给你的老母。寿山石、寿山石，寿比南山，山石永存！”

回昆明后，他便让这群活蹦乱跳的鸡娃们嬉戏在老母的灵前。

《求偶鸡》属高山石，明丽鲜艳多色，浓淡过渡有致，为寿山艺术品中最佳的原料。古语说：“玉石无价”，寿山石者，石中之王。寿山石柔而易攻，最宜雕刻。《本草经疏》记：“花乳石，其功专止于血，能使血化为水。”民间利用其粉治疗痱子，十分有效。当谈到寿山石具有医疗保健功能时，黄传贵尤喜。

《求偶鸡》，中国雕刻艺术拍卖会上的精品。

石之三：昆山石。

那年，杨守松下海南，血气方刚，写了篇报告文学《中国死了》，被我看中，但要他必须改换标题，他坚持不改，几经反复，他同意改为《救救海南》，但提出一个不容辩驳的条件：“那就让我死吧，你给我的署名上加上黑框！”

我想，列夫·托尔斯泰不是活活地“死”过一回吗？托尔斯泰为了免受干扰专心写作《复活》，便将自己锁在房间里，对仆人说：“从今天起，我死了，就葬在房间里。”果然，来访者被悲痛欲绝的仆人告知：“先生死了，死在谁也不知道的地方。”托尔斯泰就这样“死了”。《复活》定稿后，托尔斯泰“复活”了。……我想，杨守松也一样，有“死”的权利，照办。

我是《救救海南》的责编，犯有“故意杀人罪”。

《救救海南》是探路者的报告，只找回了真实、真诚和焦虑，只求埋葬自己的奢望与海南的劣迹，必置死地而后生，但是，迷路了。他继续寻找，很快找到“昆山之路”。1990 年，《昆山之路》出版，空谷足音，继而有《苏州“老乡”》《昆山之路（续集）》等的一番热播，又有《黑发苏州》《永远的〈昆山之路〉》等鲜亮登场。杨守松又活了。

杨守松视角独特，敢唱《大风》，笔下有雷声，南京见面时，我以此二句赠之：“文章尤贵在肝胆，波谲云诡始动人。”

进入 21 世纪，杨守松还是拿昆山说事，出版了《小康之路》一书，备受媒体夸赞，却让守松本人陷入了冷静的反思：作家的创新之路到底该怎样走下去？

2004 年 3 月，杨守松专程来京，假中国作家协会会议室，召开“《小康之路》作品批评会”，事先明确“三不”：“不要主办单位，不请官家领导，不听一句好话。”我第二个向守松开火，守松头上直冒汗。会后题词，我写“别开生面”四字，又写“作家要表现，政府要宣传；读者要审美，书商要赚钱”。举座皆欢。雷达起，援笔立就，改为“作家要表现，政府要宣传；读者要好看，书商要赚钱”。众又笑。会散。守松交我一个提包，嘱我小心别打碎。进家门打开，见镜框有一石，白生生的，质坚，瘦、透、露、皱，活脱一座精美的太湖石，是他珍藏之物，说早就想送给我作纪念。随石附言：

> 阎纲：这是块石头，为昆石，极坚硬，原在我“工作室”，2002 年冬，你来见过。当时我突然感觉，此石非你莫属，之后一直耿耿于怀。这次来北京，就带来了。此意唯你能懂。
>
> 杨守松 3 月 5 日于北京

石之四：武夷灵石。

一个邮寄的小盒子，两页《寻石》的文字，包裹着一块很不起眼的粗石。

十分有趣！

“一次开会，遇到阎纲先生，我说：‘老师，你救了我一命！’他很吃惊。我是读了他为女儿阎荷写的《三十八朵荷花》，才下定决心做了卵巢囊肿手术，大夫说幸亏及时，再晚，肯定耽误了。

“我喜登山，为先父背回过一块泰山石，父亲激动得淌下热泪。今游武夷，也拣一块我最中意的，以‘武夷灵石’相赠谢，既雅且趣，岂不甚好。

“山奇水幽数武夷，武夷之魂在九曲。古人游九曲，由一曲的武夷宫出发，逆流而上，到九曲；崇（安）桐（木）公路开通以后，游人改由九曲顺流直下。溪水轻托着竹筏，清幽、闲适，犹如摇篮里的酣梦。难得这无拘无束的野趣，久违这自由无羁的快感，飘飘然如云中鹤，晃晃悠悠，轻舟迎进一曲溪。

“登上九曲的木筏，见沿岸码头全是水泥台阶、水泥路，无石。我不急，9.5公里的九曲溪长着呢！山挟水转，水绕山行，倏忽漂到了五曲。木筏击水，水色绿而黄，浑浊不得见底；即便水浅偶尔看到石子，也远非浅到伸手可得。急问年轻的艄公怎么能捡到石头，他一脸的坏笑：‘要石头干吗？刚才经过的双乳峰要不要？一会儿就到的玉女峰要不要？’一片哄笑。我不急，继续想我的办法，只要水浅，就开始‘捞’石行动。好容易漂到看来水浅流缓的地方，急忙弯腰把手伸到水里，艄公怒吼一声：‘不要命了！’便把撑杆插到水底狠狠地教训我：‘你就是跳下去也够不着的！’我双手合十，口中念念有词：‘天灵灵、地灵灵，石头石头快显灵！’一直念到一曲，手无数次地湿着，石头却一回也没摸着。我暗暗嘲笑自己不知天多高、地多厚、水多深。我着急了。

“下了竹排，上得岸来，一看，傻了：沿岸全是人工砌成的石路！今儿走进山山水水，难道就寻不到一块石头？干脆，沿岸往回走，嘴里仍不停地‘天灵灵、地灵灵’，腰快弯到180度，脸近得贴到地面，边走边用双手紧着拨拉，好容易吹沙出石，露出一块质地粗劣的小石子，不方不圆，鄙陋不堪，怎好拿它送人呢？不死心，继续找，没有；再找，还没有。‘转来哟，出发啦！’回头看，我竟然被落得老远。唉，天不灵地不灵石不灵，什么狮子星座五个星的好运气！罢了，起身直腰，决意放弃。就在起身的一刹那，忽地发现脚下有个小小的石尖冒了出来，像是猴头！俯首弯腰，下手挖出，竟拇指一般大小，立在手心，酷似卧猴，环抱着，一边是小兔，一边是小猴，慈幼之态可掬！哈，我太幸运了！天意早定，委屈它埋入沙中许多年，不就等着今天遇着我吗？有道是：‘有意寻它它不见，蓦然低首却自来。’”

……

甚小，2.8 cm×1.9 cm×1 cm

寄件人：小郝。

活灵活现，卧于掌中，立刻觉出体温，置于案首，相顾而叹曰：

有心寻之，无意得之；
猴兔拥之，栩栩生兮；

九曲久兮，彼心曲兮；

武夷寿兮，残年宝之。

示人，都说很像。

我属猴，小郝恰巧属兔。

石之五：昭陵卧牛。

陕西省有个醴泉县，醴泉县有座九嵕山，九嵕山下埋着唐太宗李世民，巍巍乎“昭陵”。“昭陵”有臣僚的陪葬墓108座，被誉为中国最大的皇家陵园，乡里人叫它“唐王陵”。“唐王陵”以西有座笔架山，像妇之双乳，则天皇帝的陵寝，俗称“姑婆陵”，即“乾陵”，辖归乾县。昭陵脚下有个西屯村，村里有个年轻娃，捏“泥娃娃”，烧“泥人人”，把家里弄得一片狼藉，结果出了名，出落成了泥塑家，竟然出洋到外国。鲁迅说：“我相信，从唱本说书里可以产生托尔斯泰、弗罗培尔的。”那么，从民间传统的“泥人人”里是不是也能捏出个雕塑家罗丹来？

要问李小超的雕塑艺术有多好，先看看他捏出了多少好玩意儿。他的近40套组1000余件“泥塑”，将“昭陵”所在地——我们醴泉县农民地地道道的艺术造型和“关中愣娃”硬汉子精神，同陈忠实笔下《白鹿原》里全景式的关中风情逼真地糅合在一起，虽小却好，那风格，使人想起汉代的砖雕，骨力毕现却大气浑然。

2001年9月，我受小超之邀，有幸在他家里作客，目睹了让人惊喜的一切，像雕塑工作室又像个窑场作坊，满地是活灵活现的泥人坯子，我想，临潼当年烧制秦兵马俑，也不过这番景象。人们见到过陕西茂陵的石刻，几锤子砸下去，即成生命的发动和力的威慑；人们也赞叹醴泉县的“昭陵六骏”，雄健强劲而神态各异，骁勇无畏又通达人性。我想，不管李小超有意无意，这憨实剽悍的风骨和简练传神的灵性，都像生命的乳汁一样滋养着他的雕塑艺术，薪火不灭。

正是这一天，在覆斗形的“昭陵”所落座的九嵕山的山麓——李小超的老家前院，他将这块十多斤重的石头当众递到我的怀里，然后发表演说：“这是咱醴泉的‘嵕山石’，一头默默耕耘的‘关中牛’，专门留给阎纲乡党作个念想。‘石不能言最可人。’可人之石最能言，再多的话，我——不说了！”

石牛不轻，我还是背回北京，心想，要是头骆驼该多好啊，我属猴，骆驼命！

2007年2月

“体胖”与《宽心谣》

父亲殁于望九之年，高寿。他的经验是：寿在运动，散步万岁。后来又有补充说：“‘心广体胖’，四字诀也！”“胖”者，舒适安泰之谓也，不能当“肥胖”解，不信查查字典。

生命在于运动，乃健身之术；心广才能体胖，乃健身之法。身心健康，才是真正意义上的健康。“哀莫大于心死”，“心死”，才是真死。

我，一个恶瘤患者，术后二十六年至今，活得好好的，究其原因，不外乎把“心广”看得比“体胖”更重要。为了治病养病，我自己发明了两个“方子”，一个是“饺子疗法”（薄皮大馅、青菜透绿、辣椒蒜水），另一个是“说笑逗乐子”（笑一笑、十年少，幽默出智慧，健脑又宽心），至于死呀活呀的，抛却脑后，哪管它世事无常、文坛云涌、不如意事常八九；哪管它人欲横流、名缰利锁、公无渡河、公竟渡河！不计较、不想、不怕，精神上成了强者。

我多年来服用“黄氏抗癌粉”作用显著。治癌军医黄传贵特别对作家的身体状况表示焦虑，积三十多万份病历之经验与教训，痛极而言之：第一，辛勤劳累者易患癌，癌症不大找懒汉，所谓“好人命不长”；第二，身健者易患癌，残疾人反之，所谓“弯腰树不断，痨病人不死”；第三，多愁善感者易患癌，乐天派反之。前两条看似荒谬，实则不诬；后一条一针见血，找着了病根。某年8月，几名作家一行到晋中南考察环保工作，我介绍完以上黄传贵的三条后补充说：“我续上一条：环境污染严重的地方易得癌，山清水秀、海清河晏之治人寿年丰。”言罢，掌声四起，千愁万绪，尽在这掌声起伏中。文艺理论家缪俊杰半开玩笑地说：“闹离婚的作家易得癌，婚姻美满自有抗癌反应。”我补充说：“应该是离婚长期扯皮的人易得癌……”众大笑。

作家艺术家情感丰富，喜怒无常，容易冲动，敏感而多愁。近年来，（尤其是作家）英年早逝的一个接着一个，但文艺界的寿星也渐渐多了起来。寿星总结自己的经验，或曰“倒行逆施”（每日早晚向后倒行）；或曰“无齿下流”“欺软怕硬”（多吃软食、流食）；或曰“水深火热”，“水深”，嗜茶犹可，“火热”，手指冒烟实不足取，仅取其"快乐似神仙"而已；或曰装聋作哑、装疯卖傻；或曰妻贤子孝、倚老卖老；或曰"能吃能睡，没肝没肺"；或曰"无怨无悔"；或曰"长寿则辱"（周作人八十高龄，口中念念有词，越活越受罪，请求速死，情况特殊）。我意独在"天人合一""心广体胖"，顺乎自然，合乎潮流，把生态环境治理好，污染可是要命的呵！

"无怨无悔"是史学家来新夏先生的发明，四字箴言。怨人悔己，郁郁寡欢，焦肺枯肝，何苦呢？无非是怨天道不公，怨人情淡薄，怨怀才不遇，怨领导不是伯乐，怨朋友不是羊角哀，怨妻子既非西施又非孟光，怨子女不能怀橘温席，怨世人都是傻子有眼不识泰山，怨生不逢尘投错了胎，怨多病故人疏穷到街头无人问，一肚子的不高兴、不服气，寝不安枕，死不瞑目，然心力交瘁，朝不保夕，距离不瞑目又不得不瞑目的日子已经很近很近了。

我想起《红楼梦》里跛足道人的《好了歌》："世人都晓神仙好，唯有功名忘不了！古今将相在何方？荒冢一堆草没了。"——权欲啊权欲！"世上都晓神仙好，只有金银忘不了！终朝只恨聚无多，积到多时眼闭了。"——利欲呵利欲！

有权又有钱固然诱人，但只能降福到极少数人的头上，为什么一定是你呢！

"世人都晓神仙好，只有娇妻忘不了！君生日日说恩情，君死又随人去了。"——去就去了，寡妇再醮合乎人道，只要生前不"随人去"就是幸福。"世人都晓神仙好，只有儿孙忘不了！痴心父母古来多，孝顺儿孙谁见了？"——孝顺儿孙还是有的，重病床前有孝子，然而，我得劝劝老哥，膝下有孝就当膝下无孝，现代子孙靠得住靠不住谁也难说，管它靠得住靠不住，真靠不住难道就不活了？照吃不误！读读、写写、画画、聊聊、玩玩，给人方便自己方便，多行善事。漫步公园听鸟叫，垂钓鱼塘静心性；沐浴春风种瓜种豆，莳养盆景复归自然。无欲则刚，心广体胖；勘透世故，可养天年；天人合一，寿登期颐。对生活从来不悲观，对人生无怨亦无悔；须饶人时且饶人，未竟之业待后生。

我佩服于光远老学者，他抱定"活着干、死了算"的坚定信念，笑对术后多次化疗，"无时不思、无日不写"，每年出四五本书。问他如何养生，他说："笑是智慧，笑是力量，笑是健康！"问他对付癌症的诀窍，他哈哈大笑，说："让自己身上的写作细胞一定吃掉癌细胞！"

"笑一笑，十年少"，以笑御死，自强不息，该干什么干什么，活得有滋有味。

无争无欲自无愁，
有子有孙书半楼。
敢向人间夸宝贵，

知音好友遍神州。

这是诗人刘向东约稿时抄录的一首打油诗，系“老爷子新近口占”，如偈如禅，简直就是抗衰老的一剂验方。

二十多年前，当人们“端起饭碗吃肉、放下筷子骂娘”的时候，有首《宽心谣》由山东传到北京，句句扣人心弦，听后十分喜爱，如今老矣，扪心重读，自得其乐，别有一番感受，故常歌之、舞之，以示友人。歌曰：

日出东海落西山，愁也一天，喜也一天；
遇事不钻牛角尖，人也舒坦，心也舒坦；
每月领取退休钱，多也喜欢，少也喜欢；
少荤多素日三餐，粗也香甜，细也香甜；
新旧衣服不挑选，好也御寒，坏也御寒；
常与知己聊聊天，古也谈谈，今也谈谈；
全家老少互慰勉，贫也相安，富也相安；
内孙外孙同待看，儿也心欢，女也心欢；
早晚操劳勤锻炼，忙也乐观，闲也乐观；
心宽体健养天年，不似神仙，胜似神仙。

这首《宽心谣》使我想起“是谁多事种芭蕉，早也潇潇，晚也潇潇；是谁心事太无聊，种也芭蕉，怨也芭蕉”。哈哈，那是什么境界，这是什么境界！

这首《宽心谣》尽善尽美，但是现成的“心广体胖”不敢用，偏偏改成了“心宽体健”。当然，“心宽体健养天年”也很好，但上文说过，“心广体胖”之“胖”（不读去声 pàng 而读阳声 pán）本来并不是“肥胖”的意思。据《礼记·大学》云：“富润屋，德润身，心广体胖。”所谓“心广体胖”，是指有修养的人胸襟宽广，体貌自然，安详舒泰，简单点说，“胖”者，舒适安泰之谓也。我怀疑，正因为对“心广体胖”产生误解，谈“胖”变色，为了支持以女性为中心的“反肥”“减肥”运动，方才生造出个“心宽体健”的新成语来。

既然“心广体胖”之“胖”不能当“肥胖”解，又安详、又舒泰，那么，把《宽心谣》里的“心宽体健养天年”改为“心广体胖养天年”，岂不更妙？

后来据查，《宽心谣》系赵朴老所作，难怪！佩服！惭愧！这不在太岁头上动土吗？

2006 年

俗人参禅

一

有句禅语，港台一位大师级的禅师讲经时引用过，一位声名远播的作家传授他的写作经验时也引用过，他们都以为这是了不起的发现，醍醐灌顶，教人心性自明。

禅语说："见山是山，见水是水；见山不是山，见水不是水；见山是山，见水是水。"

禅机缥缈，高深莫测，机要秘诀却采用通俗简易的修持方法触机生解，因而流行海内外。

这句话简单到了连小孩一听就懂的地步，可是小孩的爷爷未必能参透其中的奥秘，有的人，也许一辈子不解其中味。

原本是禅宗开创者慧能的一则上堂说法："老僧三十年前未参禅时，见山是山，见水是水。及至后来，亲见知识，有个入处，见山不是山，见水不是水。而今得个休歇处，依前见山还是山，见水还是水。"

一个哲学命题，一个经历着循环上升的怪圈。这难道是事物发展的三过程，认识的三段论，哲学上的扬弃、唯物辩证法的否定之否定？或者人生由幼稚到成熟的三个阶梯？

第一，"看山是山，看水是水"，认识的初级阶段；第二，"看山不是山，看水不是水"，认识的高级阶段。小孩子要说山不是山、水不是水，人会说他是白痴；老年人要说山不是山、水不是水，人们也会说他是白痴。第三，最后回归到"看山是山，看水是水"，山山水水，水水山山，空壳而已，壳也是空！

看山是山，看水是水——是初识。

看山不是山，看水不是水——是智识。

看山是山，看水是水——是彻识。

啊，肤浅，太肤浅！

乾坤旋转无穷时，山水是山水同时也不是山水，我是非我同时也是我，空就是色，色就是空，空空如也！

二

人从小时起，立志做人，渐渐长大，涉世深了真正做人，却觉得人并不是那么好做的，因而质问自己："这是在做人吗？做人是这样的吗？能这样做人吗？到底该怎样做人？这是人干的吗？到底该怎样做人？""文化大革命"，但凡成年人，谁没有这样拷问过甚至臭骂过自己？"文革"过后，改革开放，后半辈子怎样做人，各人活法不尽相同，直到生命的末日方才明白过来："哦，原来如此，多少事来不及做了！"

在觉者看来，还是肤浅、势利、世俗，迷而不觉，染而不净，根本没有跳出众生三界。

什么是佛？佛就是自觉、觉他和觉行圆满。

觉行圆满当至无我之境，无我者，第一，人无我，人身不外五类即五蕴（色、受、相、行、识）相合而成，没有常恒自在的主体；第二，法无我，五类五蕴都由种种因缘和合而生，不断变迁，亦无常恒坚实的自体。关于这一话题，清代顺治皇帝自以为得道，用一语道破："未曾生我谁是我？生我之时我是谁？长大成人方是我，合眼朦胧又是谁？"他连"我"是谁都不去想，认识的主体失落，"我"的存在还有什么意义？"我"的一切、"我"的一生还剩下什么？

我犯迷糊了！无常、无我，连生命的存在都不可知，或者说，生命根本就不存在，那么，还管它山是什么水是什么干什么！在虚无面前，任何实在不存在，整个宇宙外壳都是空的，谁来参禅？参禅又有何时益？禅在哪里？

只有西天——净土——极乐世界才是真的、实的。

三

如今谈禅，颇为时髦，遁入空门者大有人在。

文艺界信教的人不在三个五个。在一些有相当修养的文化人看来，佛教深刻，莫测高深，想要解脱烦恼、成就佛果，这是最好的精神的休歇处，灵魂的停泊地。

我的一位青年作家朋友70年代末就随母诵经拜佛。一位知名女作家皈依受戒,泪流满面,保证自己不盗不淫不妄。我熟悉的一位非常有才华的中年学者,几年不见,上山当了和尚,授了法名。还有一些我认识的作家,也开始用佛家教义破解现实生活中百思不得其解的老大难问题,津津乐道,如醉如痴,现身说法,解析生命之谜。对于他们,我实在不能理解,他们对我更不理解,说我不过大俗人一个,空皮囊而已。

他们为什么皈依佛门?说来并不奇怪,各有一本难念的经,各有自己心中的佛。说句实在话,当今之世,文化名人半路出家,不外乎人生路上遇到麻烦,解不开心里的疙瘩,失落、怀疑、绝望、痛不欲生、束手无策,不知何以解脱又决意解脱,回头是岸,忘却尘念,青灯黄卷,一了百了,于精神抚慰中实现忘我。

佛教入世又出世。佛教认为一切有生之灵都免不了轮回的命运。佛教相信人通过修炼可以超脱,即"超出三界外"。修炼的办法是:"从根本上下手,并且通过稳步培养同'食欲和情欲'相对立的心理习性,通过博爱,通过以德报怨,通过谦恭,通过戒除邪念……来克服'食欲和情欲'……'这种结局就是涅槃'"。从此,人变成自己的主人,宇宙的主人,再不受人间的约束,正像严复翻译的《天演论》里用美丽词句描绘的那样:"恒河沙界,唯我独尊,则不知造物之有宰。超度四流,大患永灭,则长生久治之蕲,不仅大愚,且为罪业。祷颂无所用也,祭祀无所歆也。舍自性自度而外,无它术焉。无所服从,无所竞争,无所求助于道外众生。寂旷虚寥,冥在孤注。"(《进化论与伦理论》)

信佛也好,出家也好,都是为了选择生命、净化灵魂,谋求生存的最佳方式,无碍于别人的鼻眼。信则诚,诚则灵,超然物外,境入菩提,恍惚莲界。佛祖慈悲为怀,宣示众生平等、命自我立,明心见性,自己解放自己,灵魂比肉体更重要。

观音菩萨大慈悲、大洞彻;普贤文殊大从容、大安闲;弥勒佛大宽容、大谐谑;更有释迦牟尼菩提树下成道、娑罗双树下入灰,多么富有灵性,值得以灵性领悟而不惜倾其毕生!这是一种人道自觉精神的信仰和行为,对于那些以自我牺牲精神探求人生奥秘以求自己跳出苦海同时普度众生的人道主义者来说,具有超大的诱惑魅力。

三世报应,六世轮回,超凡脱俗,长生不老,无牵无挂,善则善矣,然而,"一切有为法,如梦幻泡影,如露亦如电,应作如是观。"(《金刚经》)佛海茫茫,佛法无边,深奥玄妙,虚无缥缈,那么,佛到底是什么?佛到底在哪里?众生出路何在?劝善人常说:"佛在我心中。""放下屠刀,立地成佛。"问题恐怕没有那么简单,"放下屠刀”远远不够，“三界五行”怎么办？“三规五戒”怎么说？

真的，事情没有那么简单。佛教的一个基本的思想就是“无我”，世上根本不存在实在自体，不盗不淫不妄不酒，吃素不杀生，禁欲不成家，血债不用血来还，能做到吗？和尚的戒律五五二百五十条，一条一条要你去落实，能做到吗？禅家说：“春有百花秋有月，夏有凉风冬有雪，若无闲事在心头，便是人间好时节。”可是，一位大诗人的也是诗人的夫人说：“我是佛教徒，但修得不好，烦恼不能放下。”当然，一定会有人修得的，可是，古往今来，真正得道的又有几人？

当然，能做到几条算几条，能行善总比不行善要好，参禅悟道指不定真还悟出点什么荫庇世人的道道出来，因此，对于皈依佛门的朋友们，我不无尊崇仰慕之情。文艺界我的几位作家朋友，与其说是为了逃遁，毋宁说是为了参悟。他们舍身求法，总想明白点什么。有人不然。我的一位经学家朋友，平日钻研阴阳之学，人称文坛麻衣相士，出家当和尚，红尘无虑，六根清净，但每每邮差送信，难免有些提心吊胆。他之所以跳出红尘，其实是摆脱红袖，两只红袖一个女人，缠绕我朋友的红袖至少也有四只。他在山坳里、台灯下诵经时分，生怕字里行间飞出几块红绸子，红绸子里再飞出一对对纤纤细手来。

有这样一位姑娘，对文学充满热情，一心想当作家，写作，翻译，在大都市一家电视台当编辑、跑记者，酷爱摄像，小有名气，家庭幸福。我见到她时，她有了法名，已经受戒，“受戒就是再生，作为僧人，受戒就是出生的生日。”她像婴儿只知吃奶不问奶是什么一样，同爱人和爱女生别，出家为尼，她的肉身已经融入佛界，一身僧侣的行装，肩扛最高档的摄像机向着西藏走来走去，十年如一日，摄像机是她的禅杖。人们难以理解，女儿更不理解，后来理解了。

我有幸读到她15岁女儿的日记：“我并不喜欢西藏，甚至可以说我有充足的理由去恨它，因为它抢走了我的妈妈。”但是，“我总在若有若无地维护西藏，妈妈为了西藏抛下我和爸爸之后，我以为我会恨她，恨西藏，可我没有。”“很多作家、名人心中唯一的圣地就是西藏，他们在话筒前、醉酒后念念叨叨地说要去西藏，可是文章一旦发表后、采访结束后、酒醒后，‘去西藏’却被其他更重要的事情所代替，在他们的心目中，还有什么比生存更重要呢？”可是她的妈妈舍身去了西藏，念念有词的是老喇嘛临终时留下的功课——《百字明》！她不懂藏文，但懂英语，英语的大意是：

啊，喇嘛！/请接受我的忏悔吧，/请清除我的妄想吧，/我以一种强烈的内疚完全明白了：/心之混乱，/罪孽的黑色阴影，/如同灾难一般，/

我从此将放弃这一切，/即使让我付出生命。/喇嘛！让我从无知的沉睡中醒来吧。

啊，喇嘛！/请接受我的忏悔吧！/我请求您，/在我卑微无知的心灵，/种植慈悲和智慧的种子，/我恳求你保佑我心灵成长。/我忏悔我所有不好的行为，/无论是轻和重，/我祈求你使我完全净化，/洗去我灵魂的污点。/啊！喇嘛！/快些把我从贪、嗔、痴的深渊里拯救出来吧！

她说，每当念诵藏文《百字明》时，"就仿佛看到另一个根本放不下的自己，在那儿，一门心思地想着的，是上一世纪犯过什么罪孽，这一世只能记得忏悔的经文。""从此，喇嘛孩童样的微笑如明灯般地照着我，一路晃晃悠悠地试着往自己内心深处走去……"

"世人都说神仙好，唯有功名忘不了"，"世上都说神仙好，唯有金银忘不了"，"世上都说神仙好，唯有娇妻忘不了"。还是我的说法不错，"放下屠刀"未必"立地成佛"；无我之境，即便人道献身主义者又谈何容易！

四

话又说回来，"见山是山，见水是水"不失禅宗之渐悟顿悟，有深意存焉。

梁漱溟研究佛学76年，从西藏密宗贡噶大师处接受大手印灌顶；胡适长期以来研究敦煌经卷，晚年深入研究唐代禅宗名僧，著有《胡适禅学集》。老舍与旗人高僧宗月大师有世交，过往甚密，著有《宗月大师》一文。鲁迅对古印度的佛经进行深入研究，认为其宣扬佛理的同时也宣扬了不少由人民的智慧所孕育的人生真理，堪称"大林深泉"，捐资镌刻《百喻经》。孙中山著《游普陀志奇》以志亲见"菩萨显灵"、十八奇僧合十笑迎之奇观。毛泽东常读佛经《法华经》《大涅经》，多次阅读《六祖坛经》，对禅宗高僧六祖慧能特别感兴趣。

《金刚经》里有个著名的公式："佛说——即非——是名。"通俗一点解释，就是："说是什么；就不是什么；也就是什么。"譬如：说生，就不是生，也就是生；说死，就不是死，也就是死。

核物理学专家智行和尚在《佛法与科学》一文中解释道："说是"，即"假说"，假者，借也，是概念；"就不是"，即"空观"，本无自性，本无实体；"也就是"，即"中观"，为一定条件下方便，暂且如此。只讲缘起，会着于"有"；只讲性空，会着于"无"；只有圆融二者，既讲缘起，又讲性空，才能一切无碍，而与宇宙实相附。

这种理论，很像老子的《道德经》："道可道，非恒道；名可名，非恒名。"涉及相对论、糊涂理论、测不准原理等，如老僧常说家常话，深刻得通俗，又通俗得深刻。

1958 年 6 月 30 日，毛泽东主席在接见柬埔寨客人之前对赵朴初说："佛经里有些语言很奇怪，佛说第一波罗蜜，即非第一波罗蜜，是名第一波罗蜜。"

毛泽东这里说的，正是《金刚经》即《金刚般若波罗蜜经》的主题经义——"佛说""即非""是名"，它与"见山是山、见水是水"之三说如出一辙。中国南宗以《金刚经》为其重要典据，由此可以推断，"见山是山、见水是水"之三说，源于《金刚经》的"佛说""即非""是名"之三说。

毛泽东打比方说："佛说赵朴初，即非赵朴初，是名赵朴初。先肯定，再否定，再来一个否定之否定，是不是？"

赵朴初回答说："不是。是同时肯定又同时否定。"他解释说："'赵朴初'并非'即非'和'是名'，而是实实在在的'赵朴初'。"赵朴初说，佛法中有很多辩证的哲理和辩证的方法，如只有利他才能自利的菩萨，以救众生为自救的辩证目的等等。

毛泽东后来提到赵朴初时说："这个和尚懂得辩证法。"

五

"见山是山，见水是水"，同时肯定又同时否定，空壳无实，连壳也是空的！是这样吗？

一次，我向掌握有数十万份病历的治癌军医黄传贵传授"见山是山"的禅语，请他解析人生。在我眼里，人称"神医"而印尼医界称其为"医神"、智慧过人广结善缘指点迷津的黄传贵，敞开胸臆时颇有点禅宗的意味。

他回答说：我相信马克思，真理都是相对的。真理只有在一定条件下才称其为正确。我家祖传的哲学"圈论"，认为"内外合一，命为整体；和存有缘，离杀有因"。它把个体生命的自存，同宇宙的相存、依存的关系，以及相杀、自杀、桥杀的关系称为"命三关"，视"命三关"为一个矛盾三个方面的统一体。"圈论"的"圈"无限大又无限小。天地万物是在不断否定中发展自身，所以唯物辩证法在本质上是批判的，无休止地肯定又无休止地否定，循环往复渺无尽头。我不认为"见山是山"就是认识的终结，它还要被扬弃为"见山不是山"以至"见山是山"，以至无穷。人的一生在生生死死上、迟死早死上伤透了脑筋。谁都知道人总是要死的，但人们总盼着长生不老；谁都知道人总是要死的，但人们对生命科学兴味日浓，总想弄明白灵魂到底是个什么东西；人总是要死的，但人可以死而复生——更高意义上的不死。

接着，黄传贵问我："一世坎坷，人生百味，你有什么感悟？"我说："我是初级班的'见山是山，见水是水'，没有脱凡，只有感悟：(一)不整人就是好人；(二)不得癌症就是健康；(三)不打架就是幸福——善待人生，免除烦恼！"

黄传贵笑了："你这三句平常话，连小孩也说得出来，可是……"我打断他说："小孩说出来是常识，大人说出来就成了哲理。小孩说这是鼻子，那就是鼻子；大人说这是鼻子，就是一张长在'这一张'脸上的鼻子。"黄医生闻言微微点头，然后语气一转，说："有理！不过……"我替他说下去："不过，如梦如幻，如露如电，至大则无界，至小亦无界，小孩也罢，大人也罢，鼻子也罢，甚至你那个'医圈'也罢，是不是存在还成问题，这不又回到'见山不是山，见水不是水'么？黄医生，饶了我吧，我是大俗人！世上的事闹不明白，明白了没有世事，有的事能明白一辈子，有的事要用一辈子去弄明白，机缘难参，还是现实主义实实在在。老舍先生说得好：什么都是假的，只有窝头才是真的！"

黄传贵哈哈大笑："你这话包藏禅机，嗯，有点意思！"随即又添加说："禅机缥缈，我也是个大俗人！"

1995 年 8 月稿　后修订

人生三悟

罪犯·主教·警察

小说《悲惨世界》的开篇，是由警察介入的。

三个警察押着一个男人。

米里哀主教大步迎上前去，微笑着对警察说："他是这么说的吧？'那是留我住夜的一个老神父送给我的。'……他说的全是真话。"

他转向冉·阿让，温和地说："又见到您，我真高兴。但是，银烛台不也送给您了吗？您为什么不把它也带走呢？"

冉·阿让浑身发抖起来，好像快要晕倒似的。主教说："再见吧，我祝福您。请记住，这一家的门，不管早晚，不管什么时候都是开着的。"

他洗净了他的灵魂，把它献在主的面前。

面对这位以怨报德的冉·阿让，主教米里哀却以德报怨。明知他有过前科却留他过夜，好心招待他用餐他却偷走银餐具。当警察将冉·阿让抓来让他指认时，他竟然说这些银器"是我赠送他的"，并以银烛台相赠。就这么一句出人意料又非常诚实的话，解除了一场警报，平息了一场官司，此外，他什么也没说，什么也没解释，什么都是那么平常和自然，但是对于冉·阿让来说，心灵上的震撼该是多么强烈！它比加刑、镣铐、鞭打强烈百倍、深刻千百倍！主教博大的善德唤醒"罪犯"的良心，再造冉·阿让的灵魂，感召他以无私的牺牲精神积德行善一直到老，终于实现了自身的价值，自我完美道德精神，目光中流露出对"悲惨世界"不幸男女的钟爱和欣慰，好事做尽之后，目视着自己收养的女儿与男友挽手幸福的身影，快乐地笑了，然后在孤独中默默地死去。

这个情节在《悲惨世界》中只不过一段小小的插曲，却成为主人公人生的一个转折点，也切切实实影响了我的大半生，一切都在无言中，一切都以无言之德教人爱人做人。正是在浪漫主义大师雨果人道牺牲精神的感召下，我几乎在警察干预之外不走样地、圆满地处理了十分近似的一两桩怪事，其结局也如同雨果书中期冀和描写的那样，他们后来不但自爱、自强，而且菩萨心肠，与人为善，不无主教的余韵和冉·阿让的遗风。我得到莫大的慰藉。

因为反对路易·波拿巴复辟帝制，雨果被悬赏通缉，流亡他乡长达19年之久。在这期间，已经是法国文学院院士的女儿游泳不幸溺水，接着，被称作诗歌奇才的另一个女儿病逝，小女儿又因失恋导致精神崩溃。就是在这种悲痛欲绝的心境下，而且是在僻寂的葛纳塞岛，雨果写出举世闻名的《悲惨世界》。

作为赃物的银器唤醒"罪犯"的良心；博大的仁爱再造冉·阿让的灵魂；无私的善行挽救这"悲惨世界"，以至于忠于职守的警察头子沙威在冉·阿让至"善"的光照下居然跳进塞纳河，用生命保全了道义。

学者朱学勤著文介绍过他的一段感人的经历。他最后一次考研，路遇窃贼，他的一个信封被人扒走了。小偷打开一看，是张《准考证》，别无分文。小偷完全可以从从容容下火车，将这张薄薄的一张对他说来废纸一张一揉一扔了事，然而，他没有，却冒着被失主喊"捉贼！"的风险捧着原信小心翼翼地归还失主，而且不无幽默地说："老哥，看还丢啥不丢？"啊，古风义贼！朱学勤写道："这一奇遇，造成我生活的转折，一直延伸到现在。"我还听说过以俭朴闻名的某电影老演员，早上醒来，发现有贼来过，不但分文未失，桌子上反而多了几百元钱，原来小偷正要下手时看见主人的照片，"哎呀是他？他可是个善人！"便留下银两悄然离去。动人的故事！仁爱的感化！道德的力量！

在《教授与"劫匪"的故事》一文里，教授对着凶器说："你用刀子逼我拿走一分钱都算抢劫，这样会坑你一辈子。我看你也不像干这事的人，干脆我给你留张名片，你需要钱到我家里来取。我知道你可能碰上难事了。"后来，"劫匪"还钱，教授又给他母亲看病、开药、送钱，"劫匪"跪在地上重重磕了三个响头。原来他被诬偷人手机，被人打伤，看家狗又被城里人偷走，他要报复城里人。

《悲惨世界》里的银餐具事件，是偷；《教授与"劫匪"的故事》，是抢，不论偷成和没有抢成，全都构成道德的炼狱。大作家雨果和这位教授有一个最基本的看法，不管是"罪犯"还是"抢匪"，压根儿不是什么恶人，他们心地善良，偷窃或"抢劫"不是因为懒惰，也不是为了享受，而是由于贫困和无望。他们怨而无仇，不会像得救的毒蛇那样咬死"南郭先生"。《论语·宪问》："或曰：'以德报怨，何如？'

子曰：‘何以报德？以直报怨，以德报德。’”刘少奇在《论共产党员的修养》中要求“对于自己的同志和兄弟能够‘以德报怨’”。以我之见，“以德报怨”说到底也是“以直报怨”，或者深层次的“以直报怨”。积德行善会播下善良的种子，金针渡人，将产生巨大的道德力量。

环顾我们的四周，谁都看得出来：积德的事多了，缺德的事也多了，好事、坏事都多了，而且好得出奇，坏得也出奇。所以，做人就要讲德行，多行善事。我自己一生经历了大半个世纪，眼见是实，见得多了，心里亮堂了，默默地总结出一条做人的起码规矩，就是：要行善，不作恶，当你不能行善时，也不要作恶；说真话，不说假话，当你不能说实话时，也不能说假话。殷鉴不远的“文化大革命”，流行作假，全民受难，假话付出真血！恶之花啊，这无边昂贵的生命代价！

我们刚刚纪念过雨果诞生200周年，百多年来，他庞大的读者群一直没有忘记他。面对这位同我一样失去爱女、痛不欲生的老人，还有那偷与赠、德与怨、“悲惨世界”以及说不尽的烛台、银餐具……我默不作声。

雨果有句名言：“在人间一切之上，存在着一个绝对正确的人道主义。”

“请记住，这一家的门，不管早晚，不管什么时候都是开着的。”

作于世纪初

一个陌生女孩的来信

我深深地被她感动了。我跟她缘悭一面。女儿阎荷身患癌症去世以后，看见女儿的女儿时，我常常想起她——一个曾经给我写过求救信的陌生女孩。

阎纲叔叔：

不知道这封信您能不能收到，可我依然怀着一颗诚挚的心，向您表示最深最真的问候。

不知道您还记不记得曾经为了给母亲治病而给您写信的那个小女孩——李仪。我就是她。您更不会想到三年后我依然会给您写信吧？只是我此时的心情与以前有很大的区别，因为两年前母亲就离我们而去了。母亲去世的第二年，我考上了高中，而这一切她是不知道的。可是我并没有坚持到底，也许是家里的经济条件不好，我不想给爸爸增添更多的负担，也许是刚刚失去母亲，我在精神方面失去了最好的支持者，使我感到极大的空虚，常常有种无家可归的感觉（因为爸爸在鞍钢工作，不经常回来，当时我和姐姐寄居在哥哥家）。于是，我没有通知任何人，自己结束了只有一个月的高中生涯。

由于我太小的缘故，父亲费了很多周折把我户口办进了鞍山，从此我更孤独。读书对我还是有很大的吸引力的，于是我报考了鞍钢技校，竟然考上了，虽然我的理想是当一名医生。

在我踏进鞍山的同时，我的生活中随之走进第二个母亲和另一个妹妹。对于父亲追求幸福的选择，我无权干涉，然而这一切常常会勾起我对另一个女人的深切的怀念，那就是我的母亲，一个平凡、朴实、勤劳、善良的农村妇女。母亲给我的一切关心和爱护，我是永远不会忘记的，特别是母亲临死前那痛苦的眼神，让我增添了对她的无限思念。然而我今天唯一能做的，似乎也只有一个人静静地想她，除此以外，我不知道我还能做些什么。

母亲临死的前几天，还对我说一定不要忘了您，在现在这个社会里，难得有像您这样的好心人……当时我哭了。我至今还保留着您给我回的那封信，因为那不仅仅是一封信。

期望您能收到这封信，期望您愿意听我的这些唠叨，但愿秋风带去我所有的美好祝愿。我天天祈祷：

好人一生平安！

李仪　9月9日

一封令人心酸的来信，一个陌生的女孩儿……噢，我想起来了。

是我1989年主编《中国热点文学》的时候。

我认识治癌军医黄传贵，发表过一篇叫做《一切为了救人》的文章，常常有人十万火急、求医问讯。收到患者家属甚至他们的孩子的来信不在少数。他们求医心切，字字看来都是泪。凡是这样的来信，不管插着“鸡毛”还是没有插“鸡毛”，不管我认识还是不认识，也不管我多么忙碌多么疲劳，都不容许我有一时半刻的耽误。我即刻回信，并且常常自己出门上街投邮。李仪的信我记不起来了，但我可以肯定，那是许多封病母的女儿来信中的一封。在这些来信中，或者说在这些孝顺女子的感人肺腑的来信中，女儿对母亲形影不离、情愿终生为伴的无法形容的天爱，以及她们对生母身患“不治之症”的哭断肠的不堪忍受的特殊感情，都给我留下很深的印象。有些竟然是初中生或者小学生。李仪是其中的哪一位呢?

李仪当时不过十二三岁,一个女孩子,承受的痛苦却是超负荷的。我不知道母亲咽气的时候和后来高中辍学的时候她是怎样挺过来的;不知道一个女人离家而另一个女人进了家门之后她在梦里和母亲相执无言眼泪怎样打湿衣衫;不知道她怎样寄居在哥哥家然后历经何等艰辛上了中专;不知道在母亲的祭日她哭成什么样子。

只知道她立志要学医,又不得不放弃学医的宿愿。

只知道她很懂事,是个孝女,没有忘记母亲的叮嘱给我回了信。"母亲临死的前几天,还对我说一定不要忘了您……当时我哭了。"

收到李仪的信,我立即给她写回信,关心她的现状和命运。信发出后,几个月不见回音。后来她回信了,心态却十分平和,既不激动也不叫苦。端详着这封像小大人一样的平常信件,我愕然。后来想明白了。李仪已经在灾难面前学会镇定,在痛苦面前学会坚强。在她看来,遵母之命给"阎叔叔"写了信,"一定不要忘了您",这就够了。世态炎凉,人生滋味靠自己体验和品尝。失去母亲的人还怕失去别的什么?还有什么可怕的呢?

穷人的孩子早当家,失去母爱的孩子更理解爱的代价。

她最大的遗憾莫过于学医无望,不能救活天下的母亲。

皓月当空,其实比叔叔还要大一辈儿的我,把以上辛酸夹杂着欣慰的心,寄予远在鞍山炼钢炉旁十分懂事的孩子。

元旦刚过,突然收到李仪从鞍钢技校发出的邮政快件。孩子是个有心人,她选取新年开始、春回大地之际,连同她的祝福一并寄赠给我。信封下面和背面均注明"请勿折"的字样。打开信封,一张多角形的小纸片掉落下来,那是用一条条五彩丝线精心制作的圆形贺卡,上面只写了六个红里透黑的小字,即她在信中用心喊出的那句话:"好人一生平安。"

阎爷爷:

在自习课上,激动的泪水无声地滑落下来,我知道这泪水不再是悲伤,而是人间真情的泉水,让我在遥远的异地,感受这份茫茫人海给予我的关爱。

在这个世界上,我能拥有这份真情和关注,我感到幸运。也许我们擦肩而过,但我的祝福会在这飘雪的日子里送进你家的窗口。

我现在一切还算可以，只是有时会莫名的悲伤起来，但看到您写的那些话，似乎又给我增添了生活的勇气。

走在街上，看到许多精美的贺卡，思来想去，还是连夜给您做了一个不知名的小礼物，因为这份情谊是不能用金钱来衡量的，我想您不会觉得它太小吧，至少它是这世界上独一无二的，您说是吗？

不管生活是多么的艰难与无奈，我都会坚强地走下去，为了这头顶的蓝天白云，为了所有关心我的人。是的，“失去母亲的人还怕失去别的什么？还有什么值得可怕的呢？”请您放心吧！最后，祝您身体健康、合家欢乐！

春节好！

李仪（字写得不好，请您见谅，以后我会努力）
1月13日鞍钢技校　轧二

我立即回信给她，称赞她的品德和文笔，问她生活上有什么困难，希望她寒假出来玩玩。杳无音信。

1996年8月4日

总有那么一天

总有那么一天，我们撒手人寰。

人生，就是怎么活着。有生就有死。人活到老，老而不死，生的还照样生，家里养不起，地球装不下，非打起来不可。打仗就要死人，动枪动炮，血肉横飞，尸横遍野，然后，家里腾出点空地儿来好生养人，非生不可，无死即无生。所以，古人“鼓盆而歌”，庆贺死亡。即便是现在，家乡死了老人，七老八十的，是喜丧，就要当喜事过，送葬时重孙要戴红孝帽。“老而不死是为贼”，“贼”者，“戕贼”也（刘沙河有另解，说四川老人经验丰富处事精明者为之“贼”，按下不表），人老了做不动了，戕贼害人，亲戚烦，儿女嫌，哎，人老了可要当心，可要自谅！我非常拥护计划生育，我一直赞成“安乐死”，从来没有动摇过。

但是，再老也得活着，当然要活下去，越老越好，老寿星、高寿遗传是“儿孙的福”，“老有所养”、“老吾老以及人之老”是国家的好名声。我只是想劝劝有些老人，不要把这看得太认真，好像别人离开你真的不行，自己“活着”不见得那么重要，自己死了其损失不见得那么重大，不要割舍不得真的当成那么回事。我这样劝一些老年人，同样也劝有些准老年人甚至中年人。我的看法是，人靠精神活着，人死了以后留下的是精神，人也应该死得有点精神，战争时期如此，非常时期如此，商品经济时期也如此。什么是“孝子”？孝子就是父母生前尽力以使其精神得以维护，父母死后尽心以使其精神得以继承。精神遗产是最宝贵的遗产。是不是“三年无改于父之道”？不错，精神即“道”，只要是宝贵的精神遗产就要接续无改，时间越久远越好，“三年”嫌短。

有这样的追悼会，死者年高德劭，文艺界名副其实的一大损失。八宝山革命烈士公墓庄严肃穆，阴阳界上白花凄惨，但是等候和遗体告别的队伍里闲谈声、笑闹声不绝于耳，阵阵声浪淹没了哀乐。你并不想笑，可是对着你讲话的人不停地讲笑话逗你笑。笑声渐渐接近永别的遗体，然后，嬉笑者们敛起笑脸，换上苦相，作心情沉重状。现在，我很少参加追悼会，固然，不忍看见我尊敬的人枯瘦变形的面庞，但是，最怕的还是那笑——残忍的打闹声。

有这样一个儿子，老父在堂，什么都不管，父亲死了，拿死人赚钱，丧事大操大办，重孝厚葬，哭哭啼啼，叽叽喳喳，吹吹打打，一长串汽车拉上一大堆纸糊的金童玉女、使唤丫头，装满冥币和存折的保险柜、盛满各样吃货的电冰箱、电视机、洗衣机、双人床、电褥子、沙发衣柜和带三气的四室一厅（角角落落布满花枝招展的美妞们），烧了一大堆。我要是那位死者，我就要从棺木里钻出来，当着送葬的宝马、尼桑、桑塔纳和北京吉普把我的亲儿子一把掐死，然后空心一人跑到阎王爷那儿去投案，哪怕下油锅。

黄苗子70岁时立下《遗嘱》：“趁我们现在还活着之日起，约好一天会作挽联的带副挽联（画一幅漫画也好），不会作挽联的带个花圈，写句纪念的话，趁我们都能亲眼看到的时候，大家拿出来欣赏一番。这比人死了才开追悼会，哗啦哗啦掉眼泪，更具有现实意义。因此，我坚决反对在我死后开什么追悼会、座谈会，更不许宣读经过上级逐层批审和家属逐字争执仍然言过其实或言不及义的叫做什么‘悼词’。否则，引用郑板桥的话：‘必为厉鬼以击其脑’。”

“我和所有人一样，是光着身子进入人世的，我应当合理地光着身子离开（从文明礼貌考虑，也顶多给我尸体的局部盖上一小块旧布就够了）。不能在我死时买一套新衣服穿上或把我生前最豪华的出国服装打扮起来再送进火葬场，我不容许这种身后的矫饰和浪费……此嘱。”

人生体验啊，君莫笑！“人之将死，其言也善”，人之将老，其言也怪。话虽说重了，但是中听，悖于常情，却惊世骇俗，真真确确地总结了人生经验，不乏自知之明。

我今年比当年黄苗子留遗嘱时还长一岁，我想了很多，我已经想好了。在我离开这个世界的时候，我要像父亲一样，不与人间争地，不给后代添麻烦。我，一介书生，身无长物，没有给儿孙什么，也不想叫儿孙给我什么，再难受、再痛苦，也不哼哼、不嚎叫、不声唤，免得家人在病榻前看见心里难受，眼睛一闭，走人，任事不知，灰飞烟灭，骨灰也不留。“儿孙自有儿孙福”，该干什么干什么，死了拉倒，有你没你一个样，就像我在《体验父亲》一文中所描绘的那样：老人家临终时心诵“吾道不孤”、泰然处之，让床边的后辈们自个去琢磨、去理解……

1996 年 11 月 26 日